KB009822

나의 차례가 왔습니다

나의 차례가 왔습니다

사랑하는 가족의 죽음, 그 잃음의 과정과 그리움의 편린들

전수영 기록

오래되어 늙어 사라진

나의 아름다운 아빠(1940-2016)에게 바칩니다

그리고 또 그렇게 아름답게 사라질

누군가의 가족(-   )을 함께 애도하며……

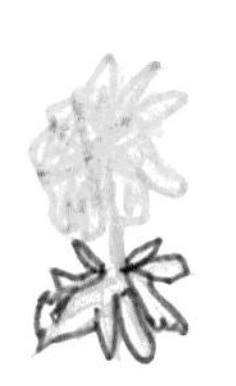

루디아
가♡

단상의 기록들을 모았습니다. 생명을 가진 아이를 키우며,
생명이 사라진 아빠의 죽음을 극복하고 있습니다.
아이가 그린 할아버지는 이제 언제나 하늘 공원과 구름 속에 있습니다
'생명으로 죽음을 극복하고 있구나'란 감격에
고사리 손으로 내게 건네준 아이의 그림을 함께 지면에 싣습니다.
삶과 죽음은 늘 그렇게 같이 있는 게 아니었을까요?

PROLOGUE

아빠가 우리 곁을 떠난 지 딱 일 년이 되던 날, 칠흑 같은 새벽에 일어나 노란 테이블 조명에 의지하고 길게 써 내린 그날의 일기를 기점으로 중환자실에서부터 기록했던 수 많은 메모와 이야기를 책 한 권으로 엮어야겠다는 결심을 했다.

2017. 8. 5. 일기

왜 이렇게 일찍 깼는지, 새벽 3시쯤 시계를 확인하고는 시간이 너무 일러 다시 잠을 청했다. 다시 눈을 떠보니 새벽 4시쯤, 자려고 뒤척거리다 그냥 벌떡 일어나 앉았다. 베트남 커피를 한잔 끓여 마시고 아픈 허리를 어디다 둬야 할지 몰라 소파에 앉았다가, 라운지 체어로 옮겨 앉았다가, 제주 관련 책을 1장쯤 겨우 읽다 말았다. 딸의 방에 흩어진 장난감 몇 개를 치우고, 어제 담궈 둔 설거지를 해치워 버리고, 건조기에서 돌다가 밤새 마른 채 그대로 있던 빨래를 끄집어내어 다 갰다. 그래도 시계를 보니 다들 아직 꿈나라인 새벽 5시반.

사람들은 대체로 비슷비슷하게 사는 것 같다. 그런데 비슷한 삶도 조금만 자세히 들여다 보면 어떤 이는 좀더 과감한 결정을 한다. 좀더 과감히 버리며 살고, 좀더 과감히 자유롭게 살고, 좀더 과감히 표현하며 산다. "애들아 학교 잘 다녀와", "오빠 운전 조심해", "아빠 아픈 데 없어?", "엄마 오늘도 바빠?" 이런 안부 인사로

나는 오늘 할 수 있는 최대한의 사랑 표현을 다 했다고 생각하며 매일을 살았다. 과감한 애정 표현은 세월과 아이들에게 양보한 듯 어른의 것은 아니라고 생각하며 산 게 아니었을까. 힘차게 바쁜 일상의 쳇바퀴 위에서 정확히 딱 하루씩만을 살아가고 있다. 참 열심히 살았던 건 분명하지만 늘 옆에 존재해준 것들에 대한 감사, 보이지 않는 것들에 대한 관심, 미래에 대한 호기심들이 조금씩 줄어들고 엷어질 즈음 나는 아빠를 잃었다.

그러나 그 미지근하던 비슷비슷한 삶은 다행인지 불행인지 빠른 속도로 뒤집혔다. 한 사람을 잃음으로써, 늘 옆에 있던 것들이 홀연히 사라질 수 있다는 사실을 인지했다. 현재 삶만이 아닌 죽음에 대한 싱싱한 호기심을 얻었고, '하루'가 아닌 '인생'을 잘 살아야겠다는 각오가 생겨났다. 아빠를 떠올릴 때마다 생각했다. 동방박사가 하늘의 별을 보고 귀인을 찾으러 갔듯이 아빠는 이제 내게 별 같고, 달 같고, 구름 같아서 하늘을 올려다 볼 때마다 아빠가 나를 보고 있겠지, 나쁘게 살 수는 없지, 그러니 앞으로 내가 절대로 길을 잃는 일은 없겠구나…… 삶의 기로, 답답한 갈등, 관계의 단절, 양심의 가책들 앞에 설 때 아빠를 생각하면 최고는 아니어도 최선의 길을 선택할 수 있겠구나 안심이 되었다. 그렇게 아빠는 사라지면서 내 길잡이가 되었다.

지난 번 아빠를 만나러 갔을 때는 언 땅을 뚫은 어여쁜 봄꽃들이 옹기종기 참 많이 펴 있었다. 지금껏 서울과 뉴욕, 피렌체 이런 거대 도시 속에서 콘크리트만 보고 살아온 내게 자연 속 생명들의 비밀이 참 경이로워지기 시작했다. 아빠는 이 비밀하고 경이로운 자연으로 돌아갔다. 큰 세상이 있으면 작은 세상도 있고, 부자의 세상이 있으면 가난한 세상이 있고, 건강한 세상이 있으면 썩은 고름이 터져 나오는 세상도 있다. 그리고 보이는 세상이 있으면 보이지 않는 세상도 있다. 보이지 않는 것을 어떻게 믿겠냐고 증명해 보라고 한다면, 보이지 않는 것이 없다는 것 역시 이 세상 누구도 증명하지 못한다. 그래서 나는 그곳, 보이지 않는 곳을 믿으며, 그곳으로 떠나 간 아빠를 다시 만날 것을 진심으로 믿는다. 아빠가 두 팔을 벌려 "어이구 우리 딸 이제 왔구나" 나를 반겨줄 모습을 이제 아무렇지 않게 실체처럼 그려낼 수 있다.

자연에 묻힌 아빠를 보러 갈 때마다 꽃밭 정원에서 내 딸을 업어준 남편, 그보다 더 안전한 곳이란 없을 아빠 등에 업힌 어린 내 딸도 보이지 않는 것을 볼 수 있는 마음의 눈을 갖고 살아가기를 기도한다. 모든 육아의 종착역은 엄마아빠가 없는 날에도 의연히 살아가는 자식의 모습일 것이다. 하얀 국화가 소복이 쌓인 외할아버지의 영정 사진 앞에 서서, 손목을 이쪽 저쪽으로 까딱이며 "할아버지 안녕, 할아버지 안녕"을 끊임없이 속삭였던 내 딸. 한 달에 두세 번쯤 내 딸은 여전히 내게 묻는다. "할아버지는 왜 인사를 안 해주고 갔어? 왜 나는 못 만나게 했어?" 산책길에서 마주칠 때마다 호주머니에서 꺼낸 캐러멜 땅콩을 늘 자기 손에 쥐어주고, 할아버지 전공이었던 컴퓨터를 가르쳐 주고, 나란히 앉아 함께 삶은 콩을 까먹고, 볼 때마다 "어이구 우리 루디아야"를 입에 달고 살던, 그렇게 자기를 세상에서 제일 사랑해 주던 할아버지가 자기에게 인사도 하지 않고 떠난 것을 여전히 이해하지 못한다. 할아버지가 자기에게 그럴 리가 없기 때문이다. 이 작은 아이는 갑자기 닥친 이 헤어짐이 얼마나 서운하고 속상할까. 이 아이는 언제쯤 죽음의 비밀을 이해하게 될까. 40살, 불혹이 된 나도 알 수 없는 그 '인사도 없던 이별'의 슬픔을 아이도 겪고 있다.

오늘은 너무 설레어 일찍 새벽에 깨었나 보다. 아빠가 일년 전 우리를 남겨 두고 하늘로 간 오늘, 아빠를 만나러 간다. 아빠를 만나러 가는 날은 데이트를 앞둔 아가씨처럼 이상하게 마음이 두근두근 설레어 온다. (2017. 8. 5.)

죽음은 누구에게나 지극히 개인적이고 매우 비밀한 이야기로 이루어지지만, 모든 인간이 빠짐없이 맞닥뜨려야 하는 100% 공동의 사건이라는 것이 죽음의 본질이다. 내 아빠의 죽음은 내 개인의 일이었지만 곧 세상 모두가 겪을 '우리'의 사건이라는 것을 의미하기도 한다. 그 의미는 개인의 기록을 세상에 내놓을 수 있게 하는 당위의 기쁨이자 공유의 슬픔이기도 하다. 아빠에 대한 끊임없는 상념은 아빠를 잃은 순간부터 매분 매초 끝없이 나를 따라다니고 그 그리움을 기록하는 일은 철저한 습관이 되었다. 메모지에 끄적거리고, 핸드폰에 메모하고, 노트에 꾹꾹 써 내리는 모든 종류의 글쓰기는 매 순간 내게 눈물을 불러왔다. 쓰는 순간부터 힘이 빠지고 가슴이 조금씩 조여져 왔다. 하지만 멈출 수 없었던 단 하나의 이유는 지독한 슬픔에 대해 받는 큰 보상이 있었다는 사실이다. 글을 쓸 때마다 숨차게 그리운 아빠와 다시 만날 수 있다는 사실은 정말 얼마나 크고 근사한 보상이었는지……

죽음에 관한 타인의 이야기가 지금 누군가에게는 너무도 상관없는 일일 수 있겠으나, 내게도 그러했듯이 그날은 충격적 일만큼 홀연히 찾아온다. 그날이 오면, 무엇으로부터든, 누구에게로부터든 깊은 위로를 받고 싶어진다. 그런 순간에 이런 책들을 찾아 읽게 된다. 죽음에 관한 것, 애도와 사별, 사랑하는 사람의 부재, 견딤에 관한 책들을 미친 듯이 뒤지고 탐독했던 순간들을 지나오면서 아빠에 대한 그리움이 편안한 일상이 되길 많이도 기도했다.

죽음의 본질 자체가 원래 막연하고 모호한 것이다. 그렇기에 죽음은 우리에게 평생을 거쳐 두려운 존재일 수밖에 없다. 다행스럽게도 죽음은 지혜롭게 숨어서 열매 맺는 아름다운 속성이 있다. 우리 모두는 사는 동안 언젠가 한번은 고아가 된다. 그 벗어날

래야 벗어날 수 없는 지독하고 유일무이한 슬픔 안에서 미처 상상 못 했던 열매를 나는 보고 있는 듯하다. 그 죽음의 열매는 가는 세월에 따라 잎이 되고 나무가 되고 숲이 되어서, 남은 날 동안 어쩌면 나를 햇살에 춤추고 그늘에 쉬게 해줄 수 있을 것 같다. 언젠가 (혹은 이미) 당신의 이야기일 수도 있는 기록이기에 죽음과의 만남이 매우 평범하고 당연하게 스며들기를 바란다. 당신이 모르고 있었지만, 결국은 알아야 할 이야기이기 때문에……

우리가족
소중한
노래
엄마는 너무소중해
루디는 너무소중해
우리가족소중해
엄마는 너우무 소중해
루디는 너무소중해
우리가족 소중해
할아버지

CONTENTS

계속되는 아빠

아빠의 삶은 끝이 났다. 그런데 아빠의 삶이 계속 되고 있다. 아빠가 홀연히 사라진 날부터 즉시, 아빠는 나의 삶에 예전과는 너무나 다른 형태로 새롭게 다시 개입되고 있다. 그것을 인식하게 되면서 나는 지독한 충격과 슬픔에서 서서히 정신을 차려 나간다. 간디가 했던 말이 생각난다. **진실한 우정은 겉 껍질이 사라진 뒤에도 그 실체를 만나고, 그 우정을 계속 지켜 가는 것**이라고. 아빠가 죽고 사라지면, 그저 아빠가 없는 삶이 시작되는 거라 생각했다. 그러나 죽고 사라진 아빠와 우리가 여전히 같이 살아가는 매우 새롭고 독특한 일상이 눈 앞에 펼쳐졌다. 어디에나 언제라도 존재하는 아빠와의 새로 시작하는 삶이다. 슬프지만 생각보다 매우 아름답다. 사라진 사람과 함께하는 삶.

대접받아야 할 죽음

우리 모두는 우리가 죽는다는 사실을 알기 때문에 죽음을 어떡해서든 알려고 애써야 한다. 사람은 불안을 감지하고 걱정을 하는 존재이다. 그래서 그것들을 야기하는 원인들을 제거하거나 또는 그 영향력을 조금이라도 상쇄시키려 미리 어떠한 노력들을 하지만, 대부분의 사람들은 죽음에 대한 본질적인 막막함을 어찌할 도리가 없다. 하지만 이제 적어도 내겐 죽음을 대접하는 방식에 따라 삶의 질이 달라질 것이라는 믿음이 있다. 사람은 죽음을 직접 경험할 수 없기에 나는 아빠의 죽음에 정서적으로 깊게 개입하였다. 내 짧은 인생의 많은 것들이 망각 속으로 사라졌지만 아빠를 잃은 과정의 기억은 충격 속에서도 살아남는 블랙박스처럼 무엇보다도 또렷하다. 아픔에 둔감해지도록 억지로 바쁜 것보다, 삶을 찬찬히 이끌더라도 지금만큼은 아주 세심하게 죽음과 그로 인한 슬픔을 자세히 살피고 돌봐야 할 시기라 여기고 있다.

소용 없는 일

아빠의 손을 슬쩍 잡아 보거나, 팔짱을 살짝 끼며 걷는 것은 내게 조금 부끄럽고 용기를 필요로 하는 일이었다. 부끄러워도 슬쩍 손만 대보면 만질 수 있었던 아빠의 살아 있는 육체는 꿈에도 생각하지 못한 어느 날, 예고도 예감도 없이 홀연히 연기가 되어 사라졌다. 온데간데 없이 그렇게…… 내 아빠의 육체가 순식간에 그렇게 사라져버릴 것이란 사실을 바로 어제도 알 수 없었다. 지금 용기를 백 번, 천 번 내봐도 아빠를 한번 만지는 일은 소용 없는 일이 되었다.

고통의 한 가운데

의식이 있던 짧은 며칠 동안, 아빠의 고통은 실로 엄청났을 것이다. 의사가 그럴 것이라고 말했고, 또 그 말만큼 의사의 말에 신뢰가 갔던 적도 내 인생에 없었다. 모르핀의 횟수와 투입되는 양만으로도 아빠의 고통은 짐작되었다. 먼저 아빠가 엄청나게 고통스러울 거란 사실을 인정하는 것이 제일 중요했다. 아빠는 그저 중환자실에 말없이 누워 있는 것이 아니었다. 매시, 매분, 매초, 모든 순간 엄청난 고통을 견뎌내며 '살아내는 중'이란 사실을 내가 짐작하고 상상해보는 일이 가장 시급했다. 아빠의 고통을 덜어내고 싶고, 아빠의 고통에 참여하고 싶다는 생각. 인간의 욕심 따위가 다 사라진 것은 바로 그때부터였다. 욕심은 다 부질없고 사소하며 하찮아졌다. 중요하지 않은 모든 것들이 깡그리 물러나고, 중요하지 않은 곳으로 힘껏 내달리던 속도도 멈췄다. 사랑하는 사람이 고통의 한가운데 있을 때에야 그랬다.

설득하며 사는 삶

사람의 삶은 시작부터 끝이 나는 날까지 모호함 투성이다. 단 하나 명확한 것은 우리 모두가 잠재적 장애인이며 예비 사망자란 것이다. 인간은 죽음을 영원한 궁금증의 대상으로 안고 살아가야 할 뿐 어찌할 도리도, 딱히 뾰족한 대책도 없다. 나도 그런 태도로 아빠의 죽음을 만났다. 내가 가족의 죽음에 대해 대책을 세우기 시작한 때는 안타깝게도 죽음을 만나기 이전이 아닌 죽음을 만난 이후이다. 죽음에 대한 공포와 슬픔은 최대한 잠시로 하고, 이미 닥친 죽음으로 인해 발생된 '부재'를 익숙함과 그리움으로 바꿔 놓아야 된다고 나를 설득하며 살아가는 것, 그 하나가 내가 설정한 첫 번째 대책이었다. 아빠가 떠나고 하루도 나를 설득하지 않는 날이 없다. 아빠가 없어도 잘 살고 싶기 때문이다. '사는 것'이란 슬픔이 전이되고 재발하는 낫지 않는 불치병인 동시에 끊임없이 치유를 바라는 희망 그 자체이기도 하다.

준비 없는 미래

곁에 사는 가까운 누군가의 죽음은 가까운 시일 내에는 일어날 일 같지 않다. 인간의 미래에 유일하게 모호하지 않은 100% 확정된 미래가 있다면 죽음 하나밖에 없는데도 사람은 완전 정반대로 유일하게 죽음만이 결코 다가오지 않을 미래로 믿으며 살아간다. 나 역시 막연히 미래의 언제쯤으로만 여기다가, 그 미래가 상상도 못했던 순식간의 찰나에 현실이 되어 내 눈앞에 나타났다. 내 나이 마흔을 딱 1년 앞둔 서른 아홉 살에 아빠의 죽음이 내 앞에 또렷하게 섰다. 나는 누가 봐도 적지 않은 나이의 성인인데, 죽음 앞에 엉엉 울어대기만 하는 신생아이고 죽음에 대해선 아무것도 몰라 우왕좌왕하는 바보천치였다. 99%도 아니고 100% 명백했던 진리 앞에, 나는 어떻게 이토록 아무런 준비가 되어 있지 않을 수 있었을까. 왜 이렇게 살았을까.

나의 눈코입

사랑하는 사람을 다시는 볼 수 없는 곳으로 떠나 보내야 하는 그 위대한 '죽음'이란 것이 내 앞에 있다. 유령처럼 중환자실을 스물스물 감싸는 알코올 냄새의 기운이 평범하고 만족스럽기도 했던 내 보통의 일상을 슬픔으로 바꿔 놓았다. 나의 코로는 고통과 슬픔의 향을 맡았다. 나의 눈으로는 아빠의 눈이 감기고, 아빠의 팔이 침대에 힘 없이 누워진 모습을 생생히 쳐다보았다. 심박동이 멈추는 소름 끼치는 기계음과 사망 선고도 내 귀로 다 들었다. 아빠가 내게 만들어 준 눈코입을 다 활용해서, 사랑하고 존경하는 아빠가 마지막 떠나가는 죽음의 모습을 직접 보았다.

나의 차례

정말 죽음인가 보다. '내 차례가 정말 왔구나' 한동안 나는 이 문장을 혼잣말처럼 입 안에서 빙빙 돌려댔다. 밖으로 뱉지 않지만 목구멍으로 계속 삼켜대며 내 차례, 내 차례구나, 내 차례가 왔구나라는 말을 반복해서 했다. "언제가 순서입니다"라는 번호표 따위 없이 날벼락처럼 훅 주어진 차례이다. 뉴스 속의 그 흔하기만 한 죽음의 소식들, 지인들의 부고, 그러나 내가 사랑하는 내 가족에겐 없을 줄만 알았던 죽음을 만난 내 순서는, 어제 잠자리에 잘 들고 오늘 잘 일어났는데 "미안해. 이번 차례는 너였어"라고 냉소하듯 찾아왔다. 지금도 무언가를 하다가 눈을 질끈 길게 감았다 뜰 때가 있다. 그 아찔했던 아빠가 죽던 날의 기억을 자주 더듬기 때문이다. 아이러니한 것은 아빠가 등장한다는 이유로 그런 기억도 한없이 반갑고 소중해서 나는 기억 속으로 더 깊숙이 들어가서 더 오래 머물고 싶어한다.

어느 여름날 아침

“아빠가 지금 침대에 말도 없이 누워만 있어. 응급실에 좀 다녀올게.” 엄마는 담담했으나 나는 단박에 이상함을 눈치챘다. 여러 차례 응급실에 다녀온 적이 있던 아빠였는데 엄마의 침착한 말은 되려 불안했다. 이상한 불안함이 왜 들었는지 모르겠다. 진짜 죽음이 찾아올 거라 그랬던 것일까. 왜 그렇게 떨렸던 건지……. “말 없이 누워만 있다는 게 무슨 뜻이야? 의식이 있어? 의식이 있는 건지 없는 건지는 몰라?” 엄마를 닦달하는 나의 걱정스런 질문에 그제서야 엄마의 얼굴에는 보일 듯 말 듯한 불안한 표정이 잡혔다. ‘괜찮을 거야’라는 마음을 희미한 눈웃음으로 대신하는 듯 “다녀올게”라고 말하며 엄마는 돌아섰다. 곧 폭염이 닥칠 여름인데 폭염보다 더 불같이 펄펄 끓다가 타버린 가슴을 먼저 만난 잔인한 여름이다. (2016.7.19.)

고인이 된 아빠

나는 아빠의 죽은 모습을 자주 떠올린다. 죽던 바로 그 순간 유독 고와 보이던 나의 아빠. 피부는 하얗지 않고 노랬고 입술엔 피가 굳어서 맺힌 조각들이 크리스마스 열매처럼 방울방울 빨갛게 달라붙어 있었다. 닦아주고 싶은데, 저 말라버린 핏방울을 떼내면 혹시 더 피가 나고 아플까 봐 그러지 못했다. 아빠는 이미 죽었는데, 그렇게 하면 아빠가 더 아플까 봐, 터져서 부풀다가 피가 맺힌 채로 그대로 멈춰버린 아빠의 입술을 울며 보고만 서있었다. 누가 릴렉스 하라고 말해준 것처럼, 아빠는 온 몸에 힘을 잘 빼고 잠을 자듯 누워 있었다. 감긴 눈으로 이제는 무엇을 보고 있을까. 나는 아빠가 막 하늘로 떠난 그 마지막 찰나의 모습을 사진으로 남겼다. 현실인지 아닌지 분간이 안 될 만큼 정신이 없는 상황인데도 아빠의 마지막 얼굴을 남겨야 한다는 생각을 했다. 지금이 아니면 이제 아빠를 볼 기회가 없기 때문이다. 그것이 죽은 모습이더라도, 나는 이 기회를 놓치면 영영 후회할 것 같아서 바쁜 마음으로 아빠의 사진을 한 장 찍었다. 시신의 사진을 찍어도 되는 것인지 그것도 잘 모른 체.

무능력

이미 부모의 죽음을 한번쯤은 다 상상해 보았을 텐데, 닥쳐버린 죽음은 상상과 참 다르다. 더 슬프다라는 말로도 정확하지 않고, 휘몰아치는 눈보라 한 가운데 서 있는 듯 한데 정신이 없기보다는 더 또록또록 맑아지기도 한다. 내내 울고 있을 것만 같은 장례식에서 간간히 미소를 머금을 수도 있다. 이제쯤 괜찮겠거니 싶은 아빠의 죽음이 한참이 지난 날에도 나로 하여금 장맛비처럼 눈물을 쏟게 하고, 예쁜 옷과 가방을 보면 물욕이 스멀스멀 차오르기도 하고, 버리지 않고 아껴왔던 물건을 미련 없이 후딱 내다버리기도 한다. 너무 시끄러운 장소에서도 신기하게 고독할 수 있고, 너무 복잡한 심경인데도 한없이 평온할 수 있다. 그저 상상과 '다르다'고 밖에 설명할 길이 없다. 죽음에 관한 모든 것은 처음이다. 처음인 것은 늘 낯설고 어렵다. 정규교육을 마쳤고, 정규교육이 아닌 박사학위까지 받느라 공부는 남들보다 더 했고, 그러느라 지식도 좀 더 쌓였을 텐데 죽음을 핸들링 하는 방법 같은 것은 전혀 알지 못했다. 그렇게 나는 성인이 아닌 바보 성인이 되어 있는 게 아닌가 싶다. 죽음은 고학력자의 지식 따위가 결코 도움을 주지 못한다. 누구에게 배워서 대비해야 했던 것일까? 지식도, 정보도, 대비도 없이 죽음과 순식간에 만나고 말았다.

남은 자의 태도

감정처리가 어려웠다. 발을 동동 구르며 아이처럼 울어대고 싶다가도 나는 결코 어린 아이는 아니기에 어른으로서 지녀야 할 평정심도 있어야 한다고 생각했다. 빨래를 하고 젖먹이까지 돌봐야 하는 엄마로서의 일상도 중요했고, 짝을 잃고 나보다 더 처절하고, 철저하게 홀로 남은 자가 되어 버린 엄마를 챙기고 위로해야 하는 자식의 역할도 남아 있고, 돈을 벌어야 하는 일하는 엄마로서의 역할도 여전하다. 정신을 차려야 하는 줄 알지만 나도 아빠를 잃은 사람인데, 나도 이 갑작스런 슬픔을 어찌해야 할지 모르겠는데…… 위로 받고 싶고, 애도의 시간이 필요하고, 그저 한참을 쉬고 싶은 마음을 어찌 다스려야 하는지 어려웠다. 이 복잡한 상태를 전달하기에 인간 최고의 발명품인 언어가 내게는 한없이 무력하고 제한적이다. 다시 일상을 꾸려야 하는 현실 안에는 비현실 같은 죽음이 들어와 버티고 앉아버렸다. 나 역시 부모라서 요구되는 성숙한 태도와 나 역시 부모를 잃은 고아라서 느끼는 슬픈 감정 사이에서 어떤 것이 가장 적절한 태도인지. 나는 그 숙제를 붙들고 아직도 죽음 이후 남은 자가 지녀야 할 태도에 어려움을 겪고 있다.

너무 아프다

지금 뭘 하고 있나요? 아프고 있습니다. – 알퐁스 도데

선배, 이제는 당신의 차례

나는 죽음이란 대상 앞에서 초자(初子)이다. 아직까지 부모와의 이별을 겪지 않은 내 또래의 사람들은 여전히 너무나 많이 있다. 나도 조금 전까지 그 무리에 속해 있었는데, 원치 않았지만 부모의 죽음이란 명목 앞에서만큼은 나도 누군가에게 앞서 경험한 선배가 되어 버렸다. 나는 닿을 수 없는 대상에 대한 그리움과 그것을 그저 참거나 끌어안고 살아야 하는 일상에 점점 익숙해져 가는 선배의 삶을 살게 되었다.

아픔의 사진

여전히 나는 고인이 된 아빠가 죽던 날의 사진을 자주 들여다본다. 죽은 직후의 아빠 모습도 내게는 그저 너무 그립고 가슴 터지는 사랑의 대상일 뿐이다. 누군가에게 죽은 얼굴이란 잊고 싶은 모습일 텐데, 희미했지만 다정하게 마지막 웃음을 보여준 아빠의 모습을 나는 사진을 찍고 있던 그 순간부터 이미 그리워했다. 아빠가 죽는 날부터, 벌써부터 아빠가 너무 그리웠던 것 같다.

그만할 때

'이제 그만할 때가 되었잖니?'라는 이야기를 누군가 내게 할까 봐 늘 안으로는 눈치의 날이 예민하게 서있다. 애도를 아직도 그만두지 못하는 내가 어린애 같은가 부끄럽기도 했다. 불쌍하기도 했다. 부끄럽다는 단어도 불쌍하다는 단어도 틀렸다. 아빠의 죽음 이후 오는 감정은 딱 하나 골라서 표현할 수 있는 명확한 단어가 없다. 이제 그만하라는 말을 듣기에 나는 아직 부족하고, 원 없이 슬퍼하지도 못했고, 죽음이 뭔지도 잘 모르겠다. 가장 중요한 점은 여전히 옆집에 살고 있을 것 같고, 산책길마다 집에 잠시 들러 아이들을 자상하게 바라보다 오래 머물지 않고 집에 가는 걸 미안해 하던 착한 아빠를 여전히 생생히 느끼니까 '이제 그만'이란 없고, 이제부터 시작인 것만 같다. 그만을 정하는 건 정말 나밖에 없다.

사망이란 단어

응급실에 도착하자마자 의사는 지금부터 15분만 지체되어도 아빠는 사망할 수 있으니 수술을 해야 한다는 말을 했다. 사망이란 단어를 내 가족의 일로, 내 귀에 들려준 사람은 그 의사가 처음이다. 순식간에 온몸이 마치 진공관 같은 곳에 갇힌 것처럼 멍해지고 목소리는 숨고, 웅성우성 소란한 병원이 정말 조용해지면서 아무것도 들리지 않았다. 눈앞이 캄캄했다. 정말 그랬다. 비현실 같은 현실. '설마, 설마 아빠가 죽겠어, 말도 안돼'란 생각에서 '정말 아빠가 죽으면 어쩌지'로 생각이 이동했다. '다시 일상으로', '결국 죽음으로' 생각이 이 양끝을 미친 듯이 반복하며 롤러코스터를 타는데, 죽음을 정말 만날 것 같아 너무나 두려웠다. 모 아니면 도라고 사는 것이 아니면 죽는 것이 정해지는 그 직전의 상태만큼 인간에게 공포스러운 두려움은 없을 것이다. (2016. 7. 19.)

어떡해요

심장이 네 번쯤 멎었고, 10시간의 수술을 했고, 아빠는 그 몸을 가지고 또다시 수술에 들어갔다. 태어나 처음으로 의사에게 마음의 준비를 해야 한다는 소리를 들었다. 마음의 준비라는 소리는 웅웅웅웅 물 속이나 꿈 속에서 울리는 비현실적인 소리처럼 들려왔다. 내 두 손을 한데 끌어 모아다가 가슴 위에 얹어두고 벌벌 떨었다. 드라마에서는 옆의 누구든 붙잡고 또는 주저 앉아서 제발 살려달라는 말을 외치던데 그렇게는 되지가 않았다. 덜덜덜 떨고 있는 건 나만 느낄 수 있는 것 같고 "어떡해"라는 그 3음절 외에 입 밖으로 나오는 말은 하나도 없었다. 가슴에서 달그락달그락 하는 소리가 실제로 들렸다. 심장이 뭔가 충격을 받고 조금 어긋나서 힘겹게 움직일 때의 소리 같은 그런 것. 의사에게는 "그럼 어떡해요", 엄마에게는 "엄마 어떡해" 그 두 말뿐, 그들에게 눈 초점도 맞추지 않으면서, 그 말만 계속 자동 반복했다. 수술실 유리 너머 침대 위에 누워서 잠시 대기 중인 아빠만 바라보면서 "어떡해요. 어떡해요"만 했다. 어떡하냐니…… 정말 우리는 어떡해야 하는지.

보고 싶다

딸은 매일 보던 할아버지를 며칠 째 만나지 못하고 있다. 두 아이들이 노는 소리를 녹음했다. 베란다에 나가 하늘을 향해서 "할아버지 보고 싶어요"를 외치는 딸의 목소리를 담았다. 겨우 15분 주어진 면회시간을 놓칠세라 달려가 딸의 씩씩한 기도를 아빠 귀에 대주었다. 하루 겨우 두 번뿐이라니, 중환자실 면회 횟수가 너무 너무 적고 시간은 또 왜 이렇게 짧은 건지 가슴이 온종일 기분 좋지 않게 뛰고, 애가 탄다. 면회시간이 점점 다가오면 또 가슴은 그렇게 쿵쾅쿵쾅 뛰기 시작한다. 왜 이러는 걸까. 설렌다는 말을 써도 되는 것인지 몰라도 아빠를 보러 들어갈 때는 설렘도 느껴진다. 아빠를 보는 면회시간은 늘 두려움과 기쁨 그 두 가지로만 가득찬다. 복잡한 기계의 도움으로 겨우 살아내고 있는 아빠. 나는 온종일 아빠 생각뿐이다. 아빠만 보고 싶다. 누구라도, 단 1초라도 제발 우리 아빠를 위해 한번만 기도해주기를. 지푸라기라도 잡고 매달리고 싶다는 정말 그 마음이 생겨난다. 그 마음 하나뿐이었다…….

아빠 상태

중환자실 앞. 10시간의 대수술과 2차 수술이 끝난 지 이틀이 지났다. 아빠는 현재 왼쪽과 오른쪽 목에 구멍을 냈고, 목부터 배까지 가슴을 열었다. 양팔과 양 발이 묶여 있고, 한 팔, 한 발에는 주사바늘, 그리고 산소호흡기, 투석기, 이름 모르는 병원의 온 의료기계가 아빠를 감싸고 있다. 고작 하루 전, 아빠는 내 딸과 나란히 소파에 앉아 삶은 콩을 까먹었고, 학교를 가는 내 딸에게 꼬깃한 몇 천원을 쥐어 주며 한없이 사랑스런 눈길을 쏟아냈다. 그런 아빠가 순식간에 만신창이가 되어 있다. 아빠는 병원 기계들을 만들고 가르치는 의용공학과 교수님이셨는데, 이 기계들이 지금은 아빠를 살게끔 돕고 있다. 의사는 어젯밤 또다시 수술동의 여부를 고민하고 오라 했는데, 앞을 내다볼 수 없는 인간이라서 "고민하고 오세요.", "결정하세요."라는 요청이 너무 어려워 진심으로 힘이 든다. (2016.7.22.)

중환자실 앞

1시와 7시 면회시간 외에도 아침부터 밤까지 중환자실 앞을 지키는 가족은 우리밖에 없어 보인다. 아빠가 너무 위중해서 언제 또 동의서가 긴박할지 몰라서 우리는 대기실을 집처럼 지내고 있다. 그런 동의서는 다시 없길 바란다. '아빠, 나 면회시간에만 오는 거 아니고, 계속 이렇게 밖에 있어. 아빠 안심해. 아빠는 세상에서 가장 행복한 사람이지?' 아침에 일어나 아이들을 챙기고 아빠에게 가는 길은 아이러니하지만 요즘 내게 무한한 행복감을 주고 있다. 말도 못하게 아픈 아빠지만 아직도 우리 곁에 있는 아빠가 있는 곳으로 아침마다 달려가는 행복을 느끼고 있는 것이다. 정말 이상하지만 이 설렘은 행복, 그게 맞고, 다른 말로는 표현할 길이 없다. (2016.7.24.)

오열의 날들

아빠가 깨어났다. 그런데 의사는 아빠가 깨어남과 동시에 모르핀으로도 견딜 수 없는 통증을 알게 된다고 했다. 어제는 하루 종일 오열을 반복했다. 내가 중환자실 문밖에서 아빠를 떠올릴 때 가장 가슴이 터질 것 같고, 가슴이 갈기갈기 찢어지는 것을 느낄 때는 아빠의 사지가 다 묶이고 몸 대여섯 군데가 뚫린 체 입까지 막아둔…… 마치 그 고문과 같은 상태로 200시간을 홀로 있었던 장면에 멈출 때다. 고통은 죽지 못해 어떻게든 견뎌낸다 하더라도 어디가 아프다, 입에서 뭐가 쏟아질 것 같다, 숨이 막힌다, 토할 것 같다, 그 어떤 것도, 아무 것도 소리로 만들어지지 않을 때, 어떤 간절한 부탁도 전달할 수 없을 때 느껴질 인간의 극심한 공포. 나의 상상이 그 장면에만 가 닿으면 오열이 터져 나와 반복된다. 내게 아빠의 외로움, 고독, 인간이 느낄 수 있는 극도의 공포가 고스란히 느껴져 벌벌벌 떨려온다.

아빠를 사랑해서

하루 온종일을 기다렸다 들어간 면회실. 아빠를 본 1초도 안 된 그 순간, 그렇게 꽁꽁 막아둔 아빠 입에서도 분수토가 끝내 비집고 솟구쳐 올랐을 때 나는 터지는 비명을 지르고 말았다. 아빠가 걸어 들어오는 나를 분명히 보고 있는데, 아빠 눈동자가 나를 보며 심하게 요동을 치고 있었다. 구멍을 뚫고 호스를 끼워 좌우로 전혀 움직일 수 없는 목을 가지고 아빠의 불쌍한 눈동자는 나를 떠나 다급하게 다시 간호사쪽을 향할 때 도움을 구하고 있다는 것을 알았다. 그때 나는 그 자리에 주저앉아 오열했다. 우리가 못 볼 때도 병실에서 홀로 이 고통과 공포를 마주하고 견뎠을 아빠가 너무 슬퍼 오열했다. '아빠 사랑해, 아빠 사랑해, 아빠가 최고잖아. 아빠 제발 꼭 힘을 내.'

손가락 하나

우리 둘째 아기의 손등처럼 하얗고 포동하게 부어버린 아빠 손을 잡아보니 아빠가 힘겹게 내 손가락을 꽉 쥐어준다. 아빠 손이 너무 퉁퉁 부어서 내 손 주먹 하나를 다 잡아내지 못해 겨우 내 손가락 하나만 잡아준다. '그래. 힘내 아빠. 그렇게 지금 할 수 있는 것을 하면 되는 거지. 손가락 하나만 잡을 수 있으면 손가락 하나만 잡아. 그게 아빠의 최선이니까 아빠는 지금 최고야.' 면회 시간이 너무 짧아 나는 아빠의 구석 구석을 재빨리 살펴봐야 한다. 말을 할 수 없는 아빠이기에 어디가 이상하거나 불편한 데가 있으면 어쩌나 늘 신경이 곤두서 있다. 아빠는 지금 무슨 생각을 할까. 아빠도 우리가 들어오는 면회시간을 기다릴까. 아빠가 신체적 고통을 참아내는 것보다 정신적인 공포를 물리쳐 준다면 바랄게 없겠다. 나는 두려우면서도 지금 많이 행복하다. 우리는 언젠가 모두 100% 고아가 된다. 고아가 아닌 지금이 바로 내 인생 최고 행복한 때인 것이다. 그것을 지금이라도, 너무 늦어 손 쓸 수도 없는 나중이 아닌, 지금 알게 된 내가 너무 대견하고 고맙기까지 하다. 지금 알아도 늦지 않았다.

오직 아빠

병원에서 돌아오면 아이들을 씻기고 둘째 이유식을 만들고 정신없이 뻗어 자기 바쁘다. 그런데 자꾸 새벽 세네 시만 되면 깬다. 잠에서 깨면 아빠 생각도 같이 깨어난다. 깜깜한 어둠 속에 누운 채로, 아빠를 생각한다. 연애시절에도 이러진 않았던 것 같은데 내 머리는 온통 아빠뿐이다. 혹시나 하루 밤 사이에 새로운 기사가 있을까 깜깜한 방안에서 핸드폰으로 아빠의 병명을 검색해 본다. 다시 잠이 들 것 같지 않으면 일어나 거실로 나가서 며칠 전 사둔 의학책도 들척거린다. 무에 가까운 내 의학지식으로도 목록에서 가장 도움이 될 만한 내용의 챕터를 펼치고, 가장 필요할 만한 부분을 구별해 내고 손가락 줄을 그어가며 정독을 한다. 혹시나 어쩌면 우리에게 시간이 많이 주어진 게 아닐까 봐, 시간을 쪼개서 무엇이라도 해야 된다는 생각뿐이다. 나 한 명이라도, 도움 될만한 무어라도 한 가지 더 안다면, 아빠를 살리는 데 한 가닥의 희망이 될까 봐서. (2016. 7.27.)

그곳에서 만나요

평소에 아빠는 오전, 오후 하루 두 번씩 꼬박꼬박 집 앞 공원을 거닐며 산책을 했다. 딸과 손잡고 산책을 하다 보면 공원 여기저기에서 우연히 아빠를 마주치던 날이 얼마나 많았던가. 딸이 할아버지를 부르며 넘어질 듯 달려가고, 아빠는 두 팔을 벌려 환하디 환한 웃음을 짓고, 걷던 속도보다 좀 더 빠른 속도를 내면서 손녀에게 다가왔다. 그 우연한 반가움의 마주침은 수도 없이 많았다. 그날들이 아름답게 스쳐 지나간다. 아빠가 매분 매초 보고 싶다. 아빠 우리 같이 공원 가자. 아빠가 그렇게 사랑하는 내 딸이랑 아빠가 좋아하던 공원에서 그렇게 반가워하며 또 만나자. 어디를 가건 집을 나설 때마다 집 코앞으로 펼쳐지는 공원을 바라보면 아빠 생각도 끝없이 펼쳐진다.

겁이 나

그새 아빠의 공원에는 못보던 연꽃과 수선화, 봉숭아가 피어났고, 비가 그치니 꽃들도 탱글탱글 참 싱싱하다. 베란다 앞, 담쟁이가 의지해서 올라타고 있는 여름날의 소나무는 더욱 더 푸르고, 딸이 돌보던 이름 모를 핑크 꽃은 더 만개해 있다. 늙은 소나무가 눈에 꽉 차게 들어오는 우리 집 베란다를 쳐다보면 몇 년 전에 방영했던 메디컬 드라마 〈하얀거탑〉의 OST가 자꾸 생각난다. 저녁 면회를 마치고 운전하며 집으로 돌아올 때면 남산에 높게 선 타워가 금새 모습을 드러낸다. 남산타워 위에서 물들기 시작하는 붉은 노을을 바라보며, 차 안에서 혼자 〈하얀거탑〉의 OST를 불러보았다. **소나무야 소나무야 언제나 푸른 네 빛. 쓸쓸한 가을날이나 눈보라 치는 날에도 소나무야 소나무야 변하지 않는 네 빛.** 눈물이 후두두둑 떨어진다. 턱턱 숨이 막히고 가슴 안쪽 어딘가가 찢어질 듯이 아파온다. 나는 지금 아빠를 잃어가는 중인 걸까 봐 너무나 겁이 난다. 누구 앞에서도 말하지 않지만, 내 안에는 아빠를 잃으면 어쩌나 하는 두려움이 이미 있음을 부정할 수가 없다. 숨어서 나만 몰래 느껴야 하는 이 부정적인 두려움이 아빠한테 너무 미안하다. 그렇게 나는 너무 무섭다.

자라고 사라지고

오늘 낮 면회시간에 만진 아빠 발은 그새 발톱이 너무 길게 자라 있었고, 그새 나는 그렇게나 못 빼던 살이 4키로나 어디론가 사라져 있다. 몇 년 동안 요지부동 꼼짝도 않던 유일한 내 다이어트 고민을 해결해 준 멋쟁이 은인은 아빠였다. **너 떠나고 눈물샘이 넘치더니 이제 창자샘이 막혀 며칠째 똥이 안 나온다**고 말하던 정진혁 시인의 시를 보고 웃던 게 생각난다. 나도 눈물샘이 넘치더니 창자샘이 막혀 그런 것인지, 제대로 먹지도 못하고 먹어도 깨작거리며 먹다 보니 살이 많이 빠졌나 보다. 아빠는 입 안으로 아무것도 먹지 못하고 있는데 나는 살이 많이 빠졌다며 좋아한다.

아빠의 싸움

아빠는 커다랗고 딱딱한 나무처럼 침대에 가만히 누워 있다. 땅 속에 꼼짝없이 발이 깊게 묶인 나무 뿌리처럼, 온갖 비바람과 찬 눈발을 고스란히 맞는 나뭇잎들처럼, 지금 아빠는 병실 침대에 손발이 다 묶이고 입도 막힌 채 고스란히 고통에 맞서고 있다. 너무나 외로운 싸움이다. 늙고 병들었지만 아빠는 내게 여전히 거룩하게 우러러 볼 수 있는 단단하고 든든한 거목이다. 손톱으로 살살 아빠의 머리를 긁어줬다. 많이 시원했기를…… 쩍쩍 갈라지는 마른 땅에 단비 같은 시원함이었기를……

에크모

의사가 저녁면회가 끝나더라도 집에 가지 말고 잠깐 대기실에 있으라 한다. 속으로만 대꾸한다. '우리 원래 집에 잘 가지 않아요.' 아빠가 병원에 온 첫날 마음의 준비를 하란 이야기를 들었고, 오늘은 면목이 없다는 이야기를 들었다. 파이팅 되는 말들은 별로 없는 게 아니라 하나도 없다. 이런 소리를 들을 때마다 가슴이 요동치는 소리는 진짜 나에게만 들리는 건가. 아무도 안 들리나? 너무 두근거려서 가슴 위에 손을 올려놓아야 한다. 내 핸드폰에 중환자실이란 발신자명만 떠도 미친 듯이 심장이 뛰어서 돌 것만 같다. 전화를 받는 것이 너무 무섭다. 의사와 십 분 정도 통화를 했고, 내일 아침 수술을 하겠다는 말씀을 하셨다. 난 "네." 라고 대답했는데, 다음 날, 한다는 수술은 온데간데 없고 아빠는 갑자기 서둘러 에크모를 달았다. 에크모. 전국에 메르스 공포가 있던 때 처음 이름을 들어 봤던 그 에크모가 아빠의 허벅지를 관통하고 에크모 기계의 위용이 아빠의 온 몸을 둘러쌌다. (2016.7.28.)

압도되는 마음

비가 오기 직전의 어둑어둑해진 불 꺼진 중환자실 앞에는 다들 집으로 돌아가고 엄마, 나, 미국에서 귀국한 친정 오빠밖에 없다. 다들 말이 없다. 텅빈 대기실에 앉아 나는 에크모에 대한 기사를 검색하고 또 검색하다가 그 기계의 위용에 너무 압도되어 그 자리에서 눈물을 또 후두두둑 떨궜다. 에크모로 인해 끔찍하게 변해버린 허벅다리를 가진 한 환자의 사진을 접하고 눈을 질끈 감았다. 가슴이 또다시 턱턱 막혀와 가슴 부위를 또 손으로 비비고 문대며 나를 진정시켰다. 사람의 몸에 언제까지, 어디까지 구멍을 내고, 또 내고 할 수 있는 건지, 그게 가능한 건지, 견딜 수는 있는 건지. 아빠가 너무 불쌍하고, 아빠가 너무나 보고싶다.

보석 같은 눈물

오늘 처음으로 저녁면회를 안 들어 갔다. 주인을 기다리고 지키는 충성스런 견처럼 그냥 중환자실 문 앞에 쭈그리고 앉아만 있었다. 아빠를 보는 게 너무 힘이 든다. 끔찍한 기계 속에 파묻혀, 눈을 감고 어둠 속에 갇히고, 움직일 수 없는 부자유함에 갇혀서도 가만가만 착하게 누워만 있는 아빠. 아빠가 너무 보고 싶은데 보고 싶지가 않다. 그러면서도 아빠를 볼 수 있는 귀하고 귀한 기회를 스스로 놓아버린 내가 벌써부터 밉다. 그 단 한번 포기한 면회마저 이미 너무나 후회를 하고 있으니 보고 싶어도 볼 수 없는 어느 날엔가 나의 상태는 어떨지 벌써부터 겁이 난다. 운전하며 돌아오는 밤 도로의 네온들은 늘 내 눈물 때문에 아름다운 보석이 되는 것 같다. 어린 시절 오빠가 하던 구슬치기 놀이의 구슬알 같기도 하다. 묘하게 섞인 여러 가지 색들이 동글동글 움직이며 눈물을 타고 씽씽 달리는 창 밖 뒤로 사라졌다. 저녁 마지막 면회 후, 엄마는 대기실에 남고 돌봐야 할 아이들 때문에 혼자 집으로 돌아오는 시간, 눈물과 만나서 보석이 되고 구슬이 되는 밤거리의 불빛들이 외롭지만 이상하게 마음에 든다. 외로운 순간도 이렇게 예쁠 수 있구나. '내일 또 올게 아빠. 아빠 밤새 안녕', '하나님…… 밤새 아빠를 도와주세요.' 혼잣말을 뱉으며 오열하는 내 운전의 시간들.

아빠에게서 온 나

'아빠, 어제 저녁에 안 와서 미안해. 그래도 밖에 있었어. 너무 너무 심장이 조여와서 너무 슬퍼서 너무 눈물이 나서 그랬어.' 지금 시간은 2:40 pm. 아빠는 또 수술 중. 이 수술은 견딜 수 있는 것일까? 아빠는 수술 후 중환자실로 돌아왔지만 다시 의식이 없다. 처음 보는 에크모의 실물이 눈 앞에 드러난 이후에 아빠는 그 안에서 더 작고 연약해 보였다. 1시 면회 때 보니 아빠 눈가에 눈물이 많이 있다. 아빠가 울었던 걸까. 아빠의 아픔과 외로움이 고스란히 내 것이 되는 경험을 한다. 나는 아빠에게서 온 존재이기에.

좋은 사람

집에 오니 딸이 부엌 벽에 그림을 붙여 놓았다. 커다란 하트가 겹겹이 가득한 스케치북 한 장. "엄마, 할아버지는 좋은 사람이지? 그래서 행복하시라고 하트. 하트가 많지? 많이 행복하시라고", "고마워. 루디야, 루디, 할아버지 이름이 뭐지? 할아버지 뭐하는 사람이지?" 아빠가 이 작은 아이의 머리와 가슴에서 점점 희미해지지 않고 제발 기억되었으면…… "응 할아버지는 전종웅, 할아버지는 공부하고, 컴퓨터하고, 침대서 놀아주고, 할머니처럼 교수고, 루디아 저금통에 돈 많이 주고, 어이구 우리 예쁜 루디아야, 어이구 우리 예쁜 루디아야 불러주고, 공원에 놀러가는 사람이지." 아빠는 정말 좋은 사람이다. 행복해야 할 사람.

몸살

중환자실 앞을 하루도 빠짐없이 지키면서도 어제 아빠를 안 봐서 내내 맘이 안 좋았는데 오늘도 두 번의 귀한 면회 기회를 모두 그렇게 보내버렸다. '아빠. 그래도 나 늘 밖에서 기다리고 있어. 벌써 2주가 됐어. 2주만에 꼴랑 몸살감기가 왔나봐. 미안해 아빠. 혹시 아빠가 내 감기 때문에 더 아파질까 봐, 아빠랑 같이 있는 중환자실 친구들이 더 아프게 될까 봐 문밖에 있어야 해서 못 들어갔어.' 몸살주사를 맞고 오는 내게 중환자실 한 가족이 말씀하셨다. "몸살 날만도 하지. 번갈아 오세요. 어찌 이 가족은 하루 종일이야." 그 분은 6개월 이 생활을 하고 있다고 한다. 6개월 후의 우리 가족 모습을 한번 상상해 본다. 우리는 365일, 3650일도 할 자신이 있는데 그러고 싶지가 않다. 아빠, 우리는 어서 빨리 함께 집으로 돌아가자. (2016.7.30.)

사랑하는 자

아빠가 병원으로 실려간 이후로, 거리에서 마주치는 모든 노인 분들의 건강이 의심되고 걱정되는 병이 생겼다. 병원 주차장, 딸뻘인 내게 차를 안내해주시던 어르신께 속으로 갑자기 혼잣말을 한다. '아픈 데 없으세요? 건강하세요. 혈관 검사도 하셔야 해요. 그 부분은 검진 때 잘 안 하잖아요.' 밖으로 내뱉지 못하는 오지랖의 말들. 아빠는 목에 구멍 3개, 가슴에 큰 구멍 1개, 허벅다리에 2개, 손발에도 이곳저곳, 그 많은 칼자국과 주사자국, 구멍들, 입술은 다 터져 피가 항상 범벅인데…… '아빠, 내 몸살감기가 너무 힘들다. 부끄럽고 창피해.' 오늘도 내내 아빠는 계속 자고 있다. 예배 시간에 졸던 아빠를 툭 치면, **하나님은 사랑하는 자에게 잠을 주시는도다**. 시편 127장의 이야기를 하며 같이 웃던 옛날이 생각난다. 그날들이 사무치게 그립다. 아빠랑 나란히 앉아 다시 예배를 드릴 수 있을까. 하나님이 이리 오래 잠을 주시는 아빠는 사랑받는 사람이다. '푹 잘자 아빠'

장남

조금은 변했지만 내 일상은 그런대로 이전과 비슷하게 꿀렁꿀렁 굴러가고 있다. 뉴욕에서 온 오빠는 새벽부터 밤까지 한시를 아빠 곁을 비우지 않고 보름을 꼬박 지키고는 "곧 또 올게"란 말을 남기고, 내게 보일 듯 말 듯 웃어주며 어제 다시 뉴욕으로 돌아갔다. 돌아가는 발걸음이, 어깨가, 마음이 얼마나 무거웠을지. 내색않는 그 복잡하고 힘든 마음이 내겐 고스란히 느껴진다. 마지막일지도 모른다고 각오하고 왔고 그 각오로 돌아가는 걸 안다. 25년을 넘게 미국에 사는 오빠…… 처음으로 오빠가 부재한 것에 대해 슬프다는 감정이 든다. 오빠의 긴 부재에 화가 나는 날도 참 많았는데 멀리 있어도 오빠는 우리 집의 장남이고 나의 나무 같은 오빠임을 깨닫는다. '빨리 와 오빠……'

미역국, 카레, 장조림

나는 새벽에 일어나 딸이 좋아하는 미역국과 카레를 한솥 끓였다. 친정엄마는 늘 하시던 대로, 손쉽게 손녀 밥 비벼 먹이라고 동부이촌동 30년 단골 정육점에서 산 고기로 밤 사이 정성스레 장조림을 만들어 집으로 가져왔다. 잠도 안 자는 모양이다. 3만원어치 갈아온 안심으로 나는 둘째의 이유식까지 후딱 만들고 밥까지 안치고 나니 땀이 한 범벅이 되었다. '아빠, 아빠를 만나러 아침 일찍 서둘러 집을 나섰어. 한동안 같이 지내던 오빠가 뉴욕으로 돌아간 후 엄마가 마음이 허전할 것 같아. 아침 일찍 엄마를 만나는 게 나도 엄마를 오래 볼 유일한 방법이야.' 엄마를 태우고 아빠에게 출발한다.

아기 아빠

오늘 아빠는 외과계 중환자실에서 내과계 중환자실로 전과를 했다. 외과도 가고 내과도 가고 '아픈 데가 많구나'란 어린애 같은 일차원적 생각을 했다. 베드가 바뀌어서 그런 건지, 놀라서 그런 건지, 어디 불편한 건지 아빠 눈동자가 평상시랑 달리 이리저리 계속 구르며 방황하고, 고정된 사지로도 너무 괴롭게 몸을 움직여서 내가 더 무서웠다. 아빠는 여전히 의식이 없다. 아빠가 혹시 무의식 중에 기계를 쳐서 호스나 주사 등이 빠지거나 오작동될까 봐 아빠는 여전히 묶여 있다. 아빠를 살리기 위해 아빠를 잡아둔다는 게 우리 가족에게 여전히 어렵다. 아빠…… 하고 늘 나지막이 불러본다. "아빠 괜찮아?" 어디가 불편하다고 말할 수 없는데도 나는 늘 아빠에게 묻고 또 묻는다. 아무것도 할 수 없는 아기가 되어 버린 아빠를 슬프게 바라본다.

감사해요

피곤하면 늘 구강염으로 고생했던 아빠는 지금 눈뜨고 볼 수 없을 정도로 입술과 입안이 헐어서 매일 입 밖으로 피가 흐르고 있다. 아빠 입가로 간처럼 물컹한 핏덩어리가 흘러 나와있는 걸 보자 내 눈이 질끈 감긴다. 살점이 떨어져 나온 건가? 심장이 쪼그라든다. 간호사는 말한다. "입안이 많이 헐으셔서 그래요. 괜찮아요." 괜찮긴 뭐가 괜찮단 말인지. 괜찮다고 말도 못하는 사람인데 괜찮은지 어떻게 알았으며, 본인이 한번도 똑같은 상황에 놓여본 적도 없을 텐데, 괜찮은지를 어떻게 안단 말인지. 혼자 상상으로 간호사에게 따져 묻는다. 짜증이 난다. 그런데 혹시나 아빠를 잘 안 돌봐 줄까 싶은 상상까지 생각이 뻗치며, 나는 "감사해요."라고 말할 뿐이다. 마치 내가 약자가 된 듯한 느낌이다. 사실 정말 감사하기도 하다. 내 아빠를 간호해주는 사람이니까. 내 감정은 이렇게 실로 변덕스러우며 매일 복잡하다. 매번 이렇기도 하고 저렇기도 하고, 극과 극의 감정이 둘 다 동시에 있을 때도 정말 많다. 그게 진심이다.

죄책감

평생을 아빠가 구강염 때문에 아파한 걸 봐왔다. 나도 늘 구강염 때문에 고생을 하는데, 아빠는 그런 나에게 아빠를 닮아 그런 것 같다고 했다. 그러면서 구강염에 좋은 약이나 좀 덜 아픈 방법을 알려주시곤 했다. 입안을 벌려 입안에 생긴 동그라미 하나를 엄마아빠한테 보여주며 나 이렇게 크게 헐었다고, 구멍이 너무 크지 않냐고, 아프다고, 밥도 못 먹겠다고 난리를 쳤던 날들. 손톱보다 작은 구멍 하나로도 아파했던 나는 에크모고 뭐고, 중증환자고 뭐고 일단 내 눈에 보이는 아빠의 퉁퉁 불고 헐어 터져서 피가 범벅인 그 입술 하나의 고통이 눈에 박혀 사라지질 않는다. 가슴이 답답해 미치겠다. 가슴 언저리를 주먹으로 또 탁탁탁 때린다. 입술의 상처 따위는 지금 아빠가 이겨내고 있는 고통과는 차원이 다를 것임을 짐작하고 있지만, 입안이 헐은 것만이라도 낫게 해주고 싶은 마음이 굴뚝 같다. 아빠 입안이 지금 얼마나 엉망일지, 상상이 가지 않아 눈이 질끈 감긴다. 중환자실의 깊은 고요 속에 자꾸만 아빠가 죽는지 안 죽는지가 알고 싶은 이 마음이 죄스럽다.

심장이 아파요

새벽에 잠이 깨면 아빠 생각도 함께 깨어난다. 곤히 잠든 아이들이 깨든, 같은 빌라 주민들이 깨든 미친 듯 눈물이 솟구쳐 오르기 시작하면 이내 오열로 바뀌는데 멈출 수가 없다. 오열이 시작되면 심장 쪽이 너무 너무 아프고 답답해서 자꾸 가슴을 탁탁탁 치게 된다. 이 찌릿찌릿 아픈 곳은 분명 심장이겠지, 아픈 그 부분이 바로 심장일 거라고 생각했다. 나이 마흔에 심장의 위치를 정확히 찾은 것 같다. 가슴이 답답하고 마구 아파오니 손으로 한참을 비벼대며 운다. 한번 잠들면 절대 깨지 못하는 남편이 어느새 곁에 왔는지 내 머리 위에 손을 잠시 얹었다가, 머리카락을 헝클어트리며, "울지마. 내일 또 아빠 보러 가자."라고 말한다. '오빠, 오빠는 아빠가 돌아가셨을 때 어떻게 그 시간을 견뎠어?' 아빠를 잃어본 남편에게 혼잣말로 묻고 혼자 오열한다. 아빠가 죽을까 봐 겁이 나기도 하지만, 당장 이 깜깜한 시간에 혼자 누워 있을 아빠가 외롭고 두려울까 봐서 그게 더 더 겁이 난다. 혹시 나처럼 깨어났는데 아빠에게 공포가 엄습할까 봐 그게 가슴이 찢어진다.

'아빠, 내가 지금 같이 깨어 있어.'

책밖에 모르던 사람

병원을 다녀오니 경비아저씨가 도착한 택배들을 탑으로 쌓아 잔뜩 안겨준다. 이번 달에도 교보문고에서는 VIP를 위한 무료 책자를 보내왔다. 마음이 가는 책들을 골라본다. 여전히 이러저러한 책들로 나는 일상을 견디고 있다. 중환자실 앞에 있으니 한동안 손에 잡히지 않던 책을 읽을 시간이 꽤 많아진 것 같다. 책밖에 모르던 아빠였다. 아빠 서재엔 벽지가 보일 틈이 없이 사방의 벽이 늘 거대한 책 더미로 덮여 있었다. 어릴 때부터 본 아빠의 책 읽는 모습은 오랜 날 나에게 서서히 스며들어 책 읽는 습관이 만들어졌다. 그 옛날부터 지금 아빠가 아픈 순간까지, 아빠가 내게 주고 있는 선물은 책을 읽는 시간인가 보다. 책을 읽을 시간은 많아졌는데, 나에게 주어진 총체적 시간은 너무 부족하다는 생각이 든다. 무엇인지 모를 초조함, 불안감, 안타까움으로 인해 시간이 너무 소중하게 느껴진다.

터널을 걷다

새벽, 둘째 아이가 반쯤 깨서 비몽사몽 엉.마.엉.마. 소리를 내며 아기 멍멍이처럼 내게 기어온다. 촉촉하고 말랑말랑한 부드러운 아기 팔살과 허벅지살이 아직 내 한 손안에 잡히는 너무 예쁜 나의 둘째. 우리 아기는 깜깜한 어둠 속에서도 엄마를 참 잘 찾아오네. 대견해라. 엄마도 어둡고 답답한 이 길고 긴 터널 속에서도 꼭 아빠를 잘 찾으려고 한단다. (2016. 8. 4.)

대기 상태

아빠가 누워 있는 침대로 다가가는 걸음은 설렘과 두려움을 싣는다. 중환자실은 분주하면서도 고요하다. 이 안에 있는 사람들이 알고 싶은 것은 어쩌면 모두 하나였으리라. 죽는지 사는지. 살지도 모른다는 아스라한 희망과 죽을지도 모른다는 불길한 예감, 어쩜 이곳은 모든 것이 이렇게 극과 극으로 딱 반반일 수 있나 생각했다. 삶을 관통하는 고난의 순간에 인간을 견디게 하는 것은 희망뿐이나, 절망을 예감하면서도 인간은 숨을 쉬고 계속 산다. 인간은 참 살고 싶어 하는 존재이므로…… 결국 올지 모를 죽음, 또는 마침내 살아남, 나는 현재 이 두 가지 다를 위한 대기 상태를 유지하는 사람인 것 같다. 상상하기 싫은 죽음도 자꾸만 떠올린다. 그 죄책감을 말로 표현할 수가 없다. 그만큼 참으로 불안하고 막막한 힘든 날들이다. 아빠를 살게 도와주는 중환자실의 의료기계들에도 제발 힘내라, 도와달라 기계마저 어루만지고 싶은 날들.

제발

제발 아빠…… 어서 깨어나…….

침묵하는 고목

며칠 전 딸을 픽업하며 집으로 돌아오던 길, 뜨거운 여름 햇살 때문에 함부로 올려다 보기 힘들던 하늘을 흘깃 올려다 보았다. 파란 하늘이 아닌 초록 나무와 먼저 눈이 마주쳤다. 그 무성하고 풍성한 잎새들이라니, 나무가 감탄을 자아낼 만큼 진짜 너무너무 길고 높고 웅장해 나는 딸의 손을 잠시 놓고 사진을 찍었다. 아빠가 깨어나면 보여줘야지. 그렇지만 아빠는 당연히 집 앞을 지키던 이 나무들이 이렇게 길고 높고 크고 웅장한 걸 알고 있었겠지. 아빠는 눈썰미가 좋으니까. 아빠는 나무에 애정이 많았으니까. 태곳적부터 살아온 나무들은 침묵하는 지혜가 있겠지. 아빠도 그렇게 침묵하고 있다.

다시 공부

밤마다, 아니 시간이 날 때마다 아빠의 병명을 계속 검색하고, 서적을 뒤지고 있다. 1-2권밖에 재고가 안 남은 아빠병과 관련한, 또는 간호에 관한 전문의학서적이 있어 그새 누가 집어 갈까 봐 9시 30분 땡, 서점 오픈 시간에 입장해서 사들고 나왔다. 어릴 적 엄마가 이야기해줬던 영화 로렌조오일에 대해 생각했다. 불치병의 자식을 살리고자 스스로 그 희귀병에 대한 공부에 뛰어들었다가 실제로 발견해낸 치유법 로렌조오일. 교보문고로 달려가고 태어나 펼쳐 본 적도 없는 의학서적을 뒤적거리는 것은 내게 일종의 로렌조오일과 같은 희망의 마음일까? 기적을 바라는 정성일까? 아빠 병에 대해 공부를 조금씩 한다. 아빠의 수술이나 시술이 예정될 때마다 검색에 검색을 반복하고, 그 병을 전공하는 유명 의사들의 SNS를 즐겨찾기 해두고 그들의 에세이와 기사 글도 빠짐없이 읽는다. 아빠 병에 대한 글을 찾아 읽는 것만으로도 희망 같은 기운을 만나기 때문이다. 그러다 치사율이나 사망기사를 접하면 좌절과 짧은 우울을 만나기도 하지만, 글을 찾아 헤매는 내 간절함이라도 아빠에게 혹 도움이 될 수 있을까? 내 마음이 로렌조오일이 되어 아빠에게 닿을 수 있길 바란다.

수술중의 의미

아빠에게는 너무나 위험하고 큰 수술이 감행되었다. 수술을 앞둔 의사는 우리 가족에게 '수술 중 사망' 가능성이 매우 높다는 무서운 말을 남겼다. 사망이라니. 태어나 이런 단어를 직접 들어 본 적이 없어 온 몸이 바들바들 떨렸다. '그런 말은 하지 말고요.'라는 말이 목구멍까지 올라와 걸려 있었다. 오전 11시에 수술실로 들어간 아빠는 밤 10시가 되도 나오지 않았다. 중환자실 앞 대기실에 앉아서 아빠의 이름 옆에 써 있는 '수술중'이라는 표시를 수백 번, 수천 번 바라보았다. '수술중'은 사망하지 않았다는 의미이기에 희망의 끈이면서도 사망의 가능성이 여전히 남아 있다는 의미이기도 해서 너무 무서운 것이었다. 이렇게 인사도 없이 아빠를 보낼 수는 없다. 아빠와 이런 식으로 헤어질 수는 없다. 어제까지 웃던 나의 아빠가 어떻게 하루만에 없어질 수 있을까. 기도밖에 할 것이 없는 상황인데도 기도에 절대 집중을 할 수가 없다. 수술실 앞에서 기도하던 그 많은 사람들이 과연 기도에 집중할 수 있었을까. 신경이 온통 '수술중' 표시에 꽂혀 있다.

불면의 날

2001년 뉴욕에서 911 테러를 직접 겪으면서 태어나 처음으로 불면증의 고통을 경험했던 이후, 내게 불면이 다시 오고 있구나 느낀 것은 마음의 준비를 하라는 고개 숙인 의사의 말을 들은 날 이후부터이다. 공포스러운 그 말은 나를 잠에서 깨웠다. 그 짙은 밤마다, 내 불면증 따위보다 더 큰 고통과 홀로 싸우고 있을 아빠가 보고 싶고, 또 보고 싶어 잠들지 못하겠다. 아빠는 자고 있을까. 늘 엄마 옆에서 잠들던 아빠가 갑자기 온기 없는 그 침묵의 어둠 속에 혼자 누워 있다는 슬픈 생각이 들 때마다, 나는 다시 엄마를 떠올린다. 혼자 있는 엄마. 엄마는 자고 있을까. 그럴 때마다 시간에 개의치 않고 엄마에게 문자를 보낸다. "엄마 자? 나는 잠이 안 와. 아빠 잘 견디고 있을까?"

이 길을 같이

마치 송곳이 심장을 콕콕 콕콕 쉴새 없이 찌르고 있는 것 같다. 어떤 일이 터질 듯 말 듯 아슬아슬하고 답답한 예감을 감지하며 생활하는 것은, 몸보다 마음에 심각한 피로감을 가지고 온다. 희망을 갖고 지내면서도, 티를 내서는 안 되는 이 불안한 마음이 동시에 내 안에 있음을 인정한다. 희망이 요동쳐야 하는데, 불안감이 좀 더 자주 요동치는 것도 인정한다. 하지만 불안감이 더는 요동치지 못하고 꼼짝 못하도록 노력하는 정신적 피곤의 날들이 지나가고 있다. 그런 무겁고 고된 하루하루 속에서도 엄마는 딸인 나를 잊는 법이 없다. 병원에 엄마를 내려주고 돌아오는 길에 문자가 온다. "차 조수석 아래 아기들 줄 LA갈비 있어. 냉장고에 바로 넣어야 해. 아기들이랑 맛있게 먹어." 우리는 분명 무서워하고 있지만 다행히 같이 이 길을 가고 있다. (2016.7.22.)

잘 된 수술

아빠는 회복이 더딜 수 밖에 없는 개흉을 하고 출혈이 큰 대수술을 했다. 의사의 "수술은 잘 되었습니다"라고 말하는 어감이 너무 불편했다. 수술은 잘 되었다. 그럼 무엇은 잘 되지 않았다는 것일까. 의학적인 면에서 볼 때 수술이 잘 되었다는 것은 대부분 기술적인 성공만을 의미한다는 걸 이전엔 잘 알지 못했다. 수술이 잘됐다는 게 100% 살 수 있다는 공식이 아니고 일단 숨은 쉬게 만들어 놓았다는 표현이 좀 더 맞았던 것 같다. 잘 된 수술 후에도 죽는 사람은 셀 수 없이 많았으니까. 그러나 수술이 잘 되었다는 말로 인해 우리 가족의 희망이 엄청나게 커진 건 사실이었다. 그 말에 우리 가족은 모든 희망을 걸었다.

아빠의 상태

수술이 잘 끝난 듯 해도, 아빠는 77세의 나이와 이미 쇠약해진 신체로 견뎌낸 대수술의 쇼크가 유지되고 있는 상태이다. 호흡부전, 패혈증, 뇌 손상, 신부전 등등 예측도 불가할 정도로 많은 후유증의 예상 위험 위에 놓여 있다. 꺼져가는 모닥불의 흔들리는 불씨처럼 되살아 날 수도 있고, 꺼져버릴 수도 있는 상태의 아빠였다. 아빠가 죽어가고 있다는 걸 감으로 인정하고 있는 내 모습이 무섭다. 모든 것이 줄어들고 사라지는 듯한 상황에서 아빠에게 스며드는 모르핀의 용량만 최다로 늘고 있다는 것이 마음이 아프다.

눈 한번 깜빡

내 핸드폰에는 언젠가부터 "엄마 자?"라는 문자가 많아졌다. 엄마는 쉬이 잠들 수 있을까? 없겠지. 엄마에 대한 걱정도 아빠에 대한 걱정 못지 않게 자꾸만 커진다. 엄마는 겨우 잠 자리에 들어도 매일 밤마다 감은 두 눈 위로 아빠와 함께한 세월이 파노라마처럼 길게 펼쳐지리라. 엄마는 눈 한번 깜빡하니까 그 세월들이 모두 지나가버렸다고 했다. **저 가을 산을 어떻게 혼자 넘나. 우리 둘이서도 그렇게 힘들었는데** - 미상, 7세기 중국, 헬렌 니어링 〈아름다운 삶, 사랑 그리고 마무리〉 중에서

세상에서 가장 어려운 문제

병원 차량 정기권을 끊어두었다는 엄마에게 도착한 핸드폰 문자를 깜깜한 이불 속에서 가만히 들여다 본다. 정기권의 의미, 중환자실에 장기 입원한다는 것은 아빠가 여전히 살아 있다는 의미로 좋은 것일까. 여전히 위독하다는 의미로 나쁜 것일까. 간단히 생각하고, 쉽게 대답하고, 고민 없이 결정할 수 있는 것이 하나도 없다. 가족의 아픔 앞에 매우 확고한 신념이나 명확한 태도를 갖고서 후회 없을 결정을 내리고 행동으로까지 옮긴다는 것은 세상에서 가장 어려운 이슈라는 것을 알았다. 모든 것들에 기도가 필요하다. 그래도 병원차량 정기권의 의미는 우리 가족에겐 또 한 가닥의 희망이다. (2016.7.27.)

눈맞춤

한동안 아빠는 눈을 떠도 천장의 어느 한곳만을 응시한다. 의식을 잃고 눈을 감고 지내는 날들이 줄곧 이어지는 동안엔 아빠가 그저 깨어만 나길 기도했다. 아빠가 눈을 떴을 때는 깨어났다고 신나했다. 그도 잠시, 나와 눈의 초점을 못 맞춘다는 것을 알고는 아빠가 나를 알아보기를 또 기도했다. 사다리를 놓고 천장으로 올라가 아빠가 응시하는 저 위의 저 자리, 딱 그 스팟에 달라붙어서 아빠가 응시하는 그곳에 내 눈이 있어서 우리가 눈맞춤을 하면 얼마나 좋을까. 아무것도 없는 하얀 시멘트를 응시하는 것보다 내 눈동자를 응시하는 게 나은 거 아닐까. 아빠에게 그게 더 행복일 텐데 생각도 한다.

기관지 삽입

입이 열리자 아빠는 말을 너무 하고 싶어 했다. 그런데 말을 할 수 없다. 목소리를 만들 수 없는 고통, 말을 할 수 없는 슬픔, 마음을 전달할 수 없는 좌절. 인간에게 언어도 이렇게 생존과 관련한 것인지 몰랐다. 나는 40살이 되도록 모르는 것 천지이다.

속죄

뉴스에 보이는 일련의 심각한 차 사고들. 아빠 엄마를 모두 잃은 두 어린 아이, 손주들과 딸, 평생을 함께 산 부인을 잃은 남편, 대중들을 순식간에 충격에 빠트린 유능하고 친근했던 배우의 끔찍한 사고, 자막으로 휙휙 지나가는 사망자들의 이름, 그 안에 내 가족처럼 누군가의 소중한 가족들이 있다. 누군가에게 나의 아빠와 같은 귀한 존재들이 홀연히 죽음으로 그들 앞에서 영영 사라지는 것이다. 이제는 그 뉴스들이 어마어마한 슬픔으로 내게도 전해진다. 뉴스는 먼 나라의 사건, 말 그대로 어떤 소식 하나일 뿐이었는데 설명하기 힘들지만, 이제서야 남의 고통이 실제 나의 고통같이 느껴진다. 죽음의 사건을 전하는 뉴스를 볼 때마다 그 사고 안에 나를 집어 넣어 본다. 한밤중에 깨어나면 암흑 속에서 뚜렷한 대상도 없이 하나님 앞에 속죄하고 싶어진다. 반성과 슬픔에 잠긴다. 그렇다. 우리는 감사할 것이 너무나 많다. 모든 것은 감사였다.

소나기 슬픔

8월, 사납게 쏟아지는 소나기의 소리가 어디선가 큰 북을 치고 있는 것처럼 불안하게 들린다. 아빠를 서서히 잃어가고 있는 것이 아닌가 하는 두려움이 너무 커져 있다. 마치 꿈쩍하지 않고 소나기를 덮어쓰고 있는 모양새와 같다는 생각을 한다.

절실한 15분

기계들의 위엄 앞에 한숨이 절로 나온다. 병원기계들이 보여주는 뭔지 모를 알파벳 명칭과 나열된 숫자들, 위험인지 정상인지 알 수 없는 기계 버튼의 깜빡임, 줄줄이 늘어선 링겔선, 투약물의 혼돈 염려, 온갖 복잡한 생각과 이미지들이 꽉 찬 채로 일상과 비일상을 오가고 있다. 아빠의 사지가 침대난간에 묶여 있는 것을 보는 것은 나에겐 세상이 무너지는 슬픔이지만 타인에겐 그저 소멸해가는 당연한 노인의 모습이겠지. 안쓰럽게 바라볼지언정 나처럼 절실하지 않겠지. 지금 내 유일한 욕심이 있다면 면회시간에 대한 욕심. 아빠를 좀 더 자주 보고 싶고, 아빠 곁에 좀 더 오래 머무르고 싶은데, 아빠를 볼 시간도 허락되지 않는다. 하루에 주어진 30분의 면회시간, 가족과 나누느라 내게 주어진 고작 15분 동안 아빠의 다리, 팔을 주무르는 것만이 내가 표현할 수 있는 유일한 사랑이다. 아빠의 존엄, 생명의 잔여시간, 삶과 죽음, 노화와 질병, 힘든 수술과 처참한 고통, 내 머릿속은 터질 것처럼 궁금하고 해결되지 않는 주제들로 꽉 채워져 있다.

우리 여기

아빠는 시든 레몬 색처럼 노오랗게 변한 눈동자로, 눈을 활짝 뜨고도 딸을 알아보지 못하고 초점 없이 계속 천장만 응시하다가 다시 감는 행동을 천천히 반복했다. 다시 천천히 뜨고 다시 또 조용히 눈을 감는 아빠의 아기 같은 얼굴. 아빠는 무슨 생각의 바다를 헤엄치고 있을까. 내가 닿을 수 없는 심해…… 토요일 낮, 수술도 없고, 의사도 떠나고, 면회시간도 끝나버린 텅 빈 중환자실의 대기실에는 엄마랑 나밖에 없다. 엄마랑 앉아 있는 이 시공간은 슬픔이면서 행복이다. 아빠를 기다리며 이틀 만에 책 한 권을 또 다 읽었다. 그저 아빠가 외롭지 않았으면 좋겠다. '우리가 여기 있어. 아빠' (2016.8.6.)

엄마는 나의 희망

"장조림 문에 걸어 두고 지금 나가." 어스름한 새벽녘, 아빠가 있는 중환자실로 떠나는 엄마에게 도착한 문자도 내게는 일종의 희망이다. 그대로 일상을 살아가는 엄마, 삶의 모든 순간 지치지 않는 엄마는 나의 희망일 수밖에 없다. 아빠 병문안을 마치고 집에 돌아온 늦은 밤에도 엄마는 평범한 어느 날처럼 장조림 고기를 삶고, 손자손녀 먹기 좋게 두꺼운 고기를 하나하나 잘게 찢고, 짜지 않게 여러 번 간장 간을 맛 보고, 엄마는 그렇게 장조림을 만들었을 것이다. 엄마가 무너지지 않고 현재에 무사히 있다는 것은 아빠에게 보여줘야 할 나의 약속이기도 하다. '엄마 우린 일상으로 꼭 돌아갈 거야.' (2016.7.31.)

꼭 평범하게 일상으로

내가 보기에 가장 아름다운 삶은 보편적이고 인간적인 본보기를 따르는 삶, 질서가 있으면서 특별함도 괴상함도 없는 보통의 삶이다. – 몽테뉴 〈수상록〉 3권 13장

아빠, 저 어딘가

아빠는 어느 날부터인가 눈을 뜨고 있어서 중환자실로 들어서자마자 아빠의 얼굴을 살피던 나를 너무 기쁘게 했지만, 다시 나를 침울하게 하는 것은 아빠가 나와 눈동자를 맞추지 못한다는 사실이다. 아빠, 아빠, 아빠 하고 불러도 아빠는 천장 어느 한 곳만을 응시하고 있다. 그 응시도, 천장의 어디인지 알 수 없을 만큼, 아빠의 눈이 가 닿아 있는 곳은 현실이 아닌 '저 어딘가'인 것 같다. 우리도 모르는 그 어딘가. 아빠는 어떤 마음일까, 아빠는 무슨 생각을 할까, 나도 아빠 눈을 따라 중환자실 천장을 가만히 올려다본다. 소설가 오스카와일드가 병환으로 누워 썼던 글에 이런 것이 있었다. **나는 벽지와 목숨을 건 결투를 벌이고 있다. 둘 중 하나가 죽어야 끝이 나겠지.**

소생술

세상에서 슬픈 일들을 한번 쭉 나열해 본다면, 사랑하는 사람의 심폐소생술을 직접 목격하는 일은 분명 순위 맨 앞쪽 어딘가에 있을 것이다. 저 심폐소생술이 끝나면 아빠는 더 이상 세상에 없겠지. 어렴풋이 나는 알 수 있었다. 하지만 심폐소생술이 진행되는 동안, 제발이라는 말을 수없이 내뱉었던 것을 보면, 내 마음속 어딘가의 '절실'은 여전히 아기개미만큼 작은 기적을 바라는 마음을 버리지 못했었던 것 같다. 죽는다는 것이 확실하다 해도 제발이라는 단어 외엔 무슨 말이 나올 수 있었을까.

문틈 사이

중환자실 문이 닫혀졌다. "나가 계세요." 문은 닫혔는데 나의 시선이 끼어들 정도의 얇은 문틈 사이로 아빠가 정확히 보였다. 아빠의 몸이 심하게 들썩거리며 침대 위로 올라갔다 내려갔다를 반복했다. 심폐소생술에 저렇게 큰 힘이 가해지는지 전혀 알지 못했다. 의사가 저렇게 최선을 다해 사력을 쏟는다는 것도 처음 알았다. 너무 고마웠다. 정말 최선을 다하는 거였구나. 내 아빠의 죽음을 목도하는 그 와중에도, 그 마음이 들 정도로 의사는 열심히 최선을 다했다. 남자 전공의가 아빠의 가슴을 여러 차례 펌프질했다. 조금 지나 여자 전공의에게 자리를 내어준다. 남자 전공의는 반대 쪽으로 자리를 이동해 헐떡거리는 숨을 고르고 팔을 매만지며 잠시 대기한다. 너무 사력을 다해 팔이 아픈가 보다. 다시 온몸의 기가 빠져나간 듯한 여자 전공의가 그 자리를 내어준다. 몇 번이고 그들은 이 행위를 반복했다. 울음을 쏟으며 통제된 문 틈 사이로 그 모습을 바라보고 있는 내가 불쌍해 죽을 것 같았다. 이런 끔찍한 순간이 있을 수 있을까. 내 인생에 있으리라곤 상상도 못했던 상황, 시간, 장소, 경험. 나는 아빠가 사라지는 생생한 시간 속에 고스란히 머물며, 아빠가 떠나가는 모습을 처음부터 끝까지 바라본다. 아빠가 이제 우리 곁을 떠나는가 보다…….

2016.8.6

2016년 8월 6일 밤 11시 28분 전종웅 님 사망하셨습니다. 전공의가 선언을 했다. 죽음을 바로 앞에서 목도한 사람은 무엇을 해야 하는 걸까. 우는 것인지, 비명을 지르는 것인지, 벽을 주먹으로 꽝 쳐야 하는지, 의사에게 아빠를 살려달라고 애걸해야 하는지. 그런 것은 아무 것도 없다. 눈물만 주르르륵 흘러내릴 뿐이다. "아빠, 아빠…… 아빠 어떡해"라는 소리만 자동 재생되고, 뜨거워 데일 것 같은 눈물만 입술 위로 끊임없이 흘러내린다. 엄마의 손을 가만히 잡는다.

과거시제

이제 아빠와 지냈던 모든 시간들이 과거시제로 적혀야 한다. 그 사실은 내가 무너지는 것이 아니라 세상이 다 무너지는 슬픔 같다. 태어나서부터 지금까지 곁에 아빠가 없던 날이 단 한 순간도 없었다. 당연한 사실이 이렇게 당연하지가 않은 것이 되었다. 나는 아빠와 행복하다가 아닌 나는 아빠와 행복했습니다. 이런 것이 되었다. 어제까지도 아닌 1분전까지도 뛰던 아빠의 심장이 멈추었다. 삶과 죽음이 이토록 가깝다. 아빠가 나를 떠나는 순간 내 세상이 달라져 버렸다.

무사한 아빠

어느 날 죽음에 관한 책을 읽다가 기원전 4세기 그리스의 철학자 아낙사르코스가 했다던 말에 밑줄을 그었다. 한참 동안 내 눈이 그 글 위에 머무른다. 아낙사르코스는 절구에 담겨 절굿공이로 두드려 맞는 고문을 받고 결국 사망에까지 이르는 잔인한 처형을 당했다. 그 고통의 몸부림 속에서 그는 이런 말을 했다고 한다. **죽을 때까지 치거라. 아낙사르코스가 담긴 주머니를 마구 치거라. 그건 아낙사르코스를 치는 것이 아니니.** 어쩌면 몸은 사람의 육체를 담는 주머니일 뿐, 절대 사람의 모든 것이 아닐지도 모른다. 그의 말 때문에 고통이 아빠를 집어 삼켜 없애버리지 않았을 거라는 이상한 위로를 받는다. 아빠의 육체가 고통과 아픔으로 으깨지고 일그러져 사라졌더라도, 나의 아빠라는 존재, 아빠의 영혼만은 무사하다는 믿음을 갖는다.

마지막 순간

심박과 혈압이 정지하고 처음으로 사람에게서 생명이 빠져 사체로 변하는 죽음의 순간을 보게 되었다. 간호사에게는 죽은 사람이 전혀 무서워 보이지 않았다. 기계적으로 아빠를 둘러싸고 있던 의료기계를 착착 정리했고, 옆 환자에게도 한번 흘깃 눈길을 주었고, "잠시 나가주세요.", "다시 들어오세요."라는 말을 엄마와 내게 매우 익숙하게 했다. 늘 하는 수순인 것 같다. 엄마와 나는 초인적인 힘으로 간호사의 지시에 따른다. 어쩌면 우리가 간호사보다 더 기계적이었는지 모르겠다. 이런 순간을 처음 맞았다. 뭘 해야 하는지 알 수 없기에 시키는 대로 했고, 혼이 나간 사람처럼 움직였다. "이게 마지막 보는 시간이에요." 간호사가 자리를 비켜주며 다시 한번 건조하게 말을 건넸다. 간호사가 모든 권력을 가진 듯, 그에게 매달리고 싶어졌다. 간호사는 내가 가장 사랑하는 아빠를 마지막 보는 시간이라고 감히 정해줄 수 있는 사람이었다.

처리 과정

약속해 할 것도, 참 냉정하구나 판단할 것도 없었다. 아빠가 하늘나라 가는 그 시간에 당직이었을 뿐인 간호사였다. 그래도 나는 잠시 잠깐, 울먹거리는 내게 죽은 아빠의 처리과정을 또박또박 안내해 주는 간호사를 보며 참 차갑다는 생각을 했다. 간호사는 아빠가 누워 있던 침대 아래 쪽 사물함에서 아빠가 사용했던, 아빠의 소유로 분리돼 있었을 몇 가지 의약품들을 꺼내어 내게 주었다. 아빠의 손발을 고정해야 했던 천 끈, 그런 것들이다. 내가 병원 지하에 내려가 사가지고 왔던 것들이다. 앞으로 우리에게 필요 없을 그 물품들이 단지 아빠를 위해 샀다는 이유 하나만으로 애틋한 보물이 되어버렸다. 나는 쇼핑백을 공손하게 가슴팍에 꼭 안아 들었다. 그때의 심정으로는 죽는 날까지 이 물품들을 버리지 않으리라 생각했다. 사람은 어떤 물건을 버릴 때, 필요가 없어져 버리는 것이 아니라 그 물건에 더 이상 이야기가 없어서 버리는 것이다. 아빠와의 이야기는 사라지지 않는다…….

두 음절

드라마에서만 보았던 병원 지하 안치실의 눈 시린 은색 냉장고, 그 새벽에도 정장을 갖춰 입고 대기하던 두 명의 장례 안내사에 의해 하얀 천 속에 누운 아빠가 덜커덩하며 차가운 겨울 안으로 스르르 밀려 들어갔다. '아빠가 너무 보고 싶어요. 너무 보고 싶어요.' 나는 이제는 아빠를 못 보게 되는 것 같아서, 냉장고 안으로 밀려 들어가는 아빠의 다리를 꽉 붙들고 싶었다. 하지만 그러지 못했다. 그래도 되는 것인지 알 수 없었다. 모든 것이 비현실적이고, 어찌해야 하는지 도통 모르겠는 이 일들이 나를 얼어붙게 했다. 밖은 뜨거운 8월인데, 아빠는 겨울 속으로 들어갔다. 얼마나 추울까, 얼마나 깜깜할까, 얼마나 외로울까, 얼마나 살고 싶었을까, 얼마나 슬플까, 얼마나 우리가 그리울까, 벌써부터 아빠가 못 견디게 그리워 죽을 것만 같은 나는 아빠, 아빠, 아빠, 아빠, 아빠, 아빠…… 아빠란 단어만 계속 내뱉는다. 두 음절 외에 나오는 말이 전혀 없다.

엔딩

육체의 엔딩을 보았다. 몸 속 돌기를 멈춘 피, 힘 없이 누인 팔, 숨을 내쉬고 들이쉬기를 그만둔 코, 아픈 신음의 소리도 멈춘 채 굳게 다물어진 부르튼 입, 소생술의 흔적으로 골짜기처럼 깊게 푹 꺼진 가슴, 하지만 너무나 평안하게 고요하게 감겨진 눈을 갖게 된 아빠를 마침내 만났다. 아빠의 왼쪽 목을 관통했던 호스를 빼면서 흘러내렸을 피의 빨간 선형이 목 주름을 지나 어깨 축에 고여 있어 엄마가 보지 못하도록 조용히 면포를 끄집어 올려 감추었다. 아직 피는 까맣게 변해버리지도 않았고 굳지도 않은 동백처럼 붉은 액체였다. 아빠가 방금 전까지 우리랑 함께 살아 있었다는 생생하고 뜨거운 유일한 증표였다. 방금 전까지 우리가 아빠와 같이 살았다. 아직 나는 살면서 더 만나야 할 슬픔이 많을 텐데, 이보다 더 큰 슬픔은 없을 것만 같았다.

계속 되는 마지막

한번도 누군가의 죽음을 겪은 적이 없기 때문에 나는 중환자실에서 아빠의 얼굴에 흰 천을 덮던 순간, 그 때가 아빠의 얼굴을 볼 수 있는 마지막 순간인 줄 알았다. 그래서 미친 듯이 아빠를 만지며 아직 중환자실에 누워 있는 죽은 아빠와의 시간을 끌어야 했다. '조금만 더, 조금만 더, 조금만 더요. 잠시만요. 잠시면 돼요.' 이동침대에 누운 아빠가 엘리베이터를 타고 지하의 안치실로 옮겨 갈 때, '이제는 정말 아빠를 못 보는 거겠구나, 이제 정말 마지막이구나.'라고 생각하면서 아빠를 덮은 흰 천을 붙들고 서있었다. 그리고 마침내 아빠가 안치실의 냉장고 속으로 들어갈 때, 이것이야말로 아빠의 몸을 내 곁에 두는 마지막 순간이구나 싶었다. 타 들어가는 마음, 조급하고, 슬펐다. 죽음의 순간을 처음 겪는 나는 죽자마자 처리되는 어떤 절차, 이동해가는 장소, 모든 다음 단계마다 이 순간이 아빠를 볼 수 있는 마지막 기회인가? 이게 끝인가? 너무 두려워서 매 순간을 간절하게 아빠를 불렀다.

미안해요

그날 새벽 당직을 맡은 중환자실 간호사가 아빠의 죽음을 돌보았다. 분주히 죽은 아빠 곁을 정리하고 처치할 때, 같은 병실에 있는 중환자분들에게 나는 이상하게 아빠의 죽음이 미안했다. 간호사가 내는 소리들이 너무 크게 들려 가슴이 조마조마했다. 그 마음을 설명하기는 쉽지가 않다. 그저 나는 아빠의 죽음이 믿기지 않았고, 여전히 그들과 같은 중환자의 가족이라서, 환자들이 안심하길 바란 게 아닐까 짐작한다. 육체적 고통에 잠들지 못하는 긴긴 불면의 시간에 아빠가 죽어 병실을 떠나가는 걸 마주친 환자들이 있을까 봐, 혹시나 환우의 죽음을 바라보고 겁을 먹을까 봐, 그 순간에도 나는 그들이 걱정되었다. 그 환우들은 또 다른 나의 아빠였다. 혹시나 그들의 희망이 다 사라질까 봐, 용기가 달아날까 봐, 공포에 휩싸일까 봐 아빠 쪽을 보지 말기를 잠시지만 진짜 간절히 바랐다. 어쩌면 그분들은 의식 없이 사경을 헤매는 중증의 환자들이었기에 아빠의 죽음을 알 수 없었을 거다. 그래도 무슨 소설의 한 장면처럼, 옆 침대에 누워 있다가 이제 세상을 떠나가는 병실 친구의 죽음을 눈치챌까 싶어 나는 안절부절했다.

끝까지 간절하다

며칠 뒤 나는 입관식에서 꽝꽝 얼어서 더욱 하얘진 아빠를 또다시 만났다. 나는 이때도 그랬다. 이것이야말로 정말 마지막이라고. 화장터로 옮겨지고, 불 속으로 들어가기 직전에도 그러했고, 아빠가 뼛조각 몇 개와 곱게 가루가 된 다음에도 그랬다. 이것이, 이 모습이, 오직 지금이, 아빠를 눈으로 보는 마지막 순간이라고 생각했다. 죽음이 처음인 나는 이 다음 단계는 뭐고, 그 다음 단계는 무엇인지 알지 못했다. 아무것도 알지를 못했기에, 모든 단계마다 지금 순간이 아빠를 볼 수 있는 마지막이라고 생각해야만 했고, 그래서 두려웠고, 그래서 간절했고, 그랬기에 철저히 끝까지 간절할 수 있었다.

덩그러니

나는 누군가 죽어가는 과정을 한번도 지켜본 적이 없다. 이제는 매우 디테일 하게 죽음의 과정을 지켜본 사람이 되었다. 사랑하는 아빠가 눈앞에서 지금 막 숨을 거두었고, 아빠의 죽음을 지금 내 눈으로 딱 보고 있고, 믿기 너무 어렵지만 분명한 현실의 상황이었다. 더는 아빠가 살길 바랄 수가 없구나, 더는 회복의 기도도 할 수 없게 되는구나 받아 들여야 하는 죽음의 순간이었다. 죽음이구나. 나의 차례가 왔구나. 내게도 이런 시간이 오고야 말았구나. 아빠가 죽었구나. 아빠가 없구나. 아빠를 못 보는구나. 아빠는 이제 우리 곁에 없는 거구나. 아빠의 없음, 그 생각뿐이다. 죽음을 막 통과한 아빠의 옆에는 세상에서 가장 아빠를 깊이 사랑한 사람만 덩그러니 남았다.

외로운 바다

당신의 눈을 마주칠 때면 도무지 알 수 없이 깊은 바다가 보여. 한번도 본 적도 없는 듯한 외로운 바다. 너무 깊고 너무 추워서 아무도 들어갈 수 없는. 아무 일 없다고 그냥 내게 말하지 마요. 짐작할 뿐이지만 여전히 고요한 눈빛, 어딘가 깊숙한 곳엔 뜨거운 슬픔들. 들켜도 돼요. 내가 뛰어들 수 있게 - 루시드폴 〈아름다운 날들〉 루시드폴을 좋아해서 차에 꽂아두었던 CD는 아빠 면회를 가는 폭염의 여름 내내 차 안에서 울린다.

볼 수 없는 사람

낮에 중환자실 대기실에 앉아 루시드폴의 〈아름다운 날들〉 노래를 다이어리에 글로 옮겨 기록했던 날 밤에, 아빠는 하늘나라로 떠났다. 가사를 따라 적었던 그 시간을 수없이 테이프 감듯 감아 봤다. 그때까지는 아빠가 살아 있던 시간이었는데…… 당장 오늘밤 아빠가 죽고 없어지리라는 것을 전혀 알지 못했던 같은 날의 어느 시간이었다. 아빠가 깨어나기만 바라면서 서글프고 쓸쓸해 듣던 노래를 글로 옮겨 적던 그때까지도 아빠는 말 그대로 살아 있는 사람이었다. 내가 볼 수 있는 아빠. 불과 몇 시간 사이에 나는 아빠를 볼 수 없는 사람, 아빠 없는 사람이 되고 말았다. 지금도 CD를 바꾸지 못했다. 차에 시동을 걸면, 아빠를 살리고 싶어 폭염을 뚫고 설렘과 두려움을 안고 아빠에게로 매일 달려가던 우리 가족의 시간에 시동이 걸린다.

평안

보옵소서 내게 큰 고통을 더하신 것은 내게 평안을 주려 하심이라 – 이사야서 38장 17절

죽음에 대한 무지

사람이 어떤 식으로 죽는지, 어떤 과정을 거치는지, 제대로 몰랐을 뿐 아니라 죽음 이후의 발인, 입관, 화장, 장지, 이런 장례 절차에 대해서도 나는 아는 것이 거의 없었다. 마흔이 다 된 성인의 나이에 어떻게 이렇게 죽음에 무지할 수 있는지. 죽음이란 건 내게 오지 않을 일이라고 철떡 같이 믿고 살았음이 분명하다.

장례 1일

모든 정신력을 쥐어 짜고 쏟아 부어 아빠의 장례 첫날을 보낸다. 장례 첫날, 나는 태어나 처음으로 사람이 이렇게 피곤할 수가 있을까 생각을 했다. 아빠가 죽은 장례식에서 몸이 두들겨 맞은 듯 너무 아프고, 마치 아빠를 따라 죽을 것처럼 몸뚱어리가 고통스러운데, '아파요.'라고 아무한테도 말할 수가 없다. 아빠는 죽었는데 내가 아픈 것이 뭣이 대수란 말인지. 48시간 정도를 못 잤을 뿐인데도 그랬다. 이틀의 시간도 못 이겨내는 내 스스로가 부끄럽고 절망스러울 정도였지만 심각한 피로감은 보란 듯이 나를 놓아주지 않았다. 아빠의 장례를 전부 다 눈에 담고 문신처럼 내 어딘가에 새기고 싶은 마음은 또 넘쳐나서 피곤을 이겨내려 죽을 힘을 낸다. 피곤을 티 내지 않으려고 나의 온 말초신경이 곤두서 있었다.

고문

극도로 피곤한 몸을 이끌고 아빠의 장례라는 상상도 못해봤던 내 인생 최대의 특수한 상황이 정신 없이 지나가고 있다. 잠을 재우지 않는 고문이 왜 고문의 한 가지 방법으로 채택됐는지도 짐작해봤다. 내 의지로 잠이 들지가 않는 것만 다를 뿐 그 고문의 고통이 짐작 간다. 이런 생각, 저런 생각, 필요 있는 생각, 필요 없는 생각들을 중구난방으로 하고 있다가 아빠의 영정 사진에 눈이 가면 이 상황이 다시 신기할 뿐이다. 아빠의 장례식에 내가 서있다는 것은 그저 너무나 이상할 뿐이다. 비현실적인데 너무 현실인 중이다. 육체적 피곤에 뜨거운 정서적 화상마저 더해져 버린 것 같다.

아빠의 학생들

장례식장에는 아빠의 제자들이 찾아왔다. 파도의 밀물과 썰물처럼, 한 무리가 오고 돌아가면 또다시 다른 무리가 들어 오고 돌아갔다. 끊임없이 아빠를 보러 왔다. 머리가 벗겨져서 나이가 많이 들어 보이는 분도 아빠의 제자라고 문상을 왔다. 성인이 된 후, 친지 어른이 아닌 본인의 사회생활과 관련하여 누군가의 문상을 가는 일이 어쩌면 처음일지도 모를 고등학생처럼 보이는 풋풋한 신입생들도 찾아왔다. '아빠 보고 있어?'란 말을 마음 속으로 몇 번이나 했다. 1988년에 아빠가 가르친 학생과 1988년에는 태어나지도 않았을 아빠가 가르친 적이 없는 2016년의 학생들 모두가 열심히 아빠를 찾아왔다. 아빠는 좋은 교수님이었구나. 아빠는 정말 멋진 사람이었구나.

좋은 사람

마치 합창단원처럼, 하얀색 상의와 검정색 하의를 다같이 맞춰 입고, 1만원, 2만원, 많으면 5만원권을 봉투에 소중히 담아 저 멀리 부산에서 기차를 타고 아빠를 보러 신입생들이 서울로 올라왔다. 장례란 것이 낯설 아이들이, 옷은 어떻게 입고 가야 할까 이야기를 나눴을까. 스승에게 부조금은 얼마를 해야 하는 걸까 서로 물어보고 했을까. 어린 학생들의 순수한 마음과 그 상황이 그려져 너무 고마웠다. 아빠는 그 푸르른 청년들을 가르친 적이 없었다. 그런데 그 어린 학생들이 아빠를 보러 왔다. 정말 훌륭한 스승이었다는 선배들의 말만 듣고, 스스로들 그렇게 아빠를 찾아온 것이다. 20살의 나라면 어땠을까, 나는 그러지 못했을 것 같다. 가르침을 받지도 않은, 심지어 은퇴한 지 10년이 넘어 학교에서 얼굴 한번 마주친 적도 없는 스승에 대한 존경심이 들 리가 없다. 절대 쉽지 않은 일이라고 생각하며 나는 그 많은 무리의 어린 제자들을 보며 온 몸에 소름이 몇 번을 돋았는지 모른다. 아빠는 존경을 받았구나. 정말 좋은 사람이었구나. 아빠는 살아서도 좋은 사람이었는데, 죽어서도 정말 좋은 사람이구나.

슬픈 입관식

아빠의 입관식은 살아온 내 인생을 통 털어 내가 느낀 슬픔의 극치에 닿은 사건이다. 숨쉬지 않는 아빠를 바라보는 것이 마음이 찢어질 듯 아팠다. 아빠를 만지며 울면서 나는 현실인데 비현실 같고, 비현실 같은데 현실인 몽롱한 상태로 많이 울었다. 깡깡언 아빠의 얼굴을 조심스레 만지고, 하얀 아빠 손을 또 한번 잡아주고, 차가운 아빠 볼에 내 얼굴을 가만히 갖다 대었다. 장례사가 아빠에게 마지막 인사를 하라고 했다. 마지막 인사는 무엇일까. 아빠에게 이제 말을 못한다는 것은 어떤 것일까. 왜 못하게 됐을까. 살면서 여러 이별을 겪어왔지만 아빠와의 이별은 정말 너무나 싫어서 나는 그냥 주륵주륵 울고만 있다. 마지막 인사를 해야 한다는데 마지막 전할 말이 고맙고 사랑한다는 거 외에 하나도 생각나질 않는다. "아빠 고마워. 아빠 사랑해." 아빠 앞에서 그저 울고만 있는 나는 여전히 아빠의 작은 딸이었다.

화장터

아빠를 보내야 하는 뜨거운 폭염의 이번 여름은 내 인생 처음으로 더위가 전혀 느껴지지 않는 이상한 여름이었다. 뜨겁지도 않고, 그렇다고 시원하지도 않고, 땀도 나지 않았다. 그저 신기할 만큼 너무나 파랗고 티 한 점 없이 투명한 날씨였다. 그것은 마치 우리가 있는 공간에만 거대한 유리 돔을 씌어 놓은 것처럼 바깥 주변의 소음은 하나도 들려오지 않는 계속 고요하고 평온한 상태였다. 아빠의 관이 천천히 천천히 이동했고 아빠 발인을 같이 해준 사람들이 〈하늘 가는 밝은 길〉 찬송가를 불러주었다. 나는 이 맑고 아름답던 날, 많이 울었다. 저 관이 들어가면 아빠랑 영영 이별하는 사람은 바로 나인데도, 드라마를 보는 듯 남의 일 같기도 한 느낌을 여전히 떨쳐낼 수가 없었다. 관을 붙잡고 "고마워, 아빠. 고맙습니다. 아빠"라고 크게 말했다. 어느 날부터 귀가 점점 안 들려 오던 아빠에게 하던 버릇처럼, 아빠를 향해 크게 크게 말해주었다. 고맙다고. 정말 아빠가 고맙다고.

가루가 된 아빠

티 한 점 없이 깨끗한 유리창 하나 너머로 화구에서 조각이 되어 나온 아빠를 만났다. 아빠의 평생을 튼튼히 버티고 세워줬던 뼈가 이렇게 생겼었구나. 이게 처음 보는 사랑하는 내 아빠의 뼈구나. 회색과 하얀색이 섞여 모래알처럼 보이는 한 알 한 알 가루가 된 나의 아빠가 조그맣고 뽀얀 유골함에 담긴다. 아빠는 그 안에서도 나를 볼 수 있다고 믿는다. '아빠는 어디에서도 나를 볼 수 있지요?'

16.8.13. 21:33 엄마문자

"루디아 자? 루디아 주려고 맛밤 샀는데." 엄마는 편의점에 들렀다가 손녀가 좋아하던 간식이 생각났는지 하나를 사 들고 나온 것 같다. 불과 며칠 전에, 반평생을 함께한 파트너를 잃은, 인생 최악의 슬픔 한 가운데를 관통하는 중에서도 맛밤 한 봉지를 들고 편의점을 나올 때, 엄마의 저 마음 밑바닥 끝에서 꿈틀꿈틀 움직이는 행복한 기운이 있었을까. 할머니! 하고 반기는 손녀의 웃는 모습이 자연스럽게 떠올려져서 입고리 끝에 미소도 잠시 만들어졌을까. 작은 맛밤 한 봉지는 '조금 있다가'가 아닌 생의 고통 한 가운데 있더라도 '바로 지금' 줄 수 있는 타인에 대한 사랑이고 자기 삶에 대한 감사의 실체 같았다. 짐코벳은 **자신이 걸어가는 길에 있는 것들에 관심이 없는 사람은 목적지에 도달해서도 행복하지 못하다**고 했다. 가판대 위의 작은 과자 봉지 하나로도 지금의 삶이 충분히 벅찬 성공일 수 있다. 엄마가 행복을 찾고 행복해졌으면 좋겠다.

나의 일

아빠가 죽기 전에는 세상의 어떤 비탄을 지켜봐도 내 슬픔처럼 느껴지지 않았다. 아빠가 죽고 나서 남의 비탄을 지켜보는 일이 많이 힘이 든다. 대형 사고는 마치 나의 일같이 공포스럽고 누군가의 죽음에 그들의 가족이 나처럼 울고 있을 것이 상상되면 그 고통이 고스란히 느껴져서 내 몸이 정말 이곳저곳 아파온다. 뉴스를 보고 눈이 질끈 감기는 사건을 접할 때마다 이제는 내 일처럼 가슴이 두근거린다. 그리고 그때마다 다시 아빠의 기억이 고스란히 기지개를 켠다. 아빠를 잃은 고통이 그들 가족에게도 똑같이 체험되고 있을 것을 알면 슬픔을 같이 할 수밖에 없다. 모두에게 매일같이 이런 일이 일어나고 있다. 모든 일이 어제까지 전혀 모르다 오늘 순식간에 맞이하는 일임에 분명했다.

가족의 합창

아빠가 의식과 무의식 속에서 삶과 죽음의 아슬아슬한 경계를 왔다갔다하던 모든 날들은 두려우면서도 동시에 늘 희망적이었다. 우리는 두렵지만 정말로 희망을 가지며 지냈다. 1분 1초 고통스러운 싸움이 벌어지는 중환자실에서 할 수 있는 것이라곤 기도와 응원뿐이었다. 아빠에게 속삭이던 엄마의 말, 오빠의 기도, 나의 혼잣말은 각자의 나지막한 독백들이었지만 호수에 던져진 작은 돌멩이 한 알이 큰 동심원을 그리며 호수 끝까지 퍼져가듯이 쿠우웅, 쿠우웅, 쿠우웅 우리 가족에겐 다 들리고, 우리 가족에게만 울리는 합창 같았다. 엄마가 하는 말이 내가 하고 싶은 말이고, 오빠가 하는 말이 내가 하려던 말이었다. 아빠가 허공에만 눈길을 주고 어느 날부터는 비록 눈을 꼬옥 감고 있었지만 아빠의 귀에는 우리의 소망이 들리며 아빠가 듣고 끄덕이고 있으리라 믿어 의심치 않았다. 왜, 왜, 왜, 아빠가 눈을 뜨고 웃으며 나를 바라보고 말을 건네던 수없이 주어졌던 날들에는 도대체 왜 멋진 소망과 응원의 말들을 건네며 살지 못했을까. 그것은 알 수 없다. 인간은 죽는 날까지 알 수 없을 것이다. 그렇게 바보 같은 게 인간이다.

결정할 수 없는 결정

엄마를 앞에 앉혀두고 뉴욕에서 날라온 오빠와 딱 한번 날카롭게 싸웠다. 병원 지하 식당에서, 테이블 위의 식사들이 식어가도록 쏘아대며 싸우고 말았다. 이러면 안 된다는 것을 그 순간에도 알고 있었다. 우리가 이 시간 이러는 게 아무런 도움이 안 된다는 것을 서로가 모를 리 없다. 죄책감에 두려워 쿵쾅대는 심장소리를 고스란히 다 느끼면서도 싸운 이유는 아빠를 살려내고 싶은 간절함, 둘 다 그것뿐이었을 것이다. 자신이 믿는 좀 더 나은 방법의 이유를 피력하느라 팽팽한 줄다리기를 했다. 싸우면서도 날카로운 의견 대립이 무섭고 슬퍼서 가슴이 콩닥거리며 떨렸고 나는 엄마랑 오빠 앞에서 펑펑 울 수 밖에 없었다. 오빠도 나도 아빠를 너무 사랑해서 그러는 걸 알면서도 혹시 한발짝 물러서는 내 양보가 아빠를 만약 죽음으로 몰까 봐, 또는 오빠의 생각이 어쩌면 맞는 것일까 봐 진심으로 두렵고 외로웠다. 결정을 해야 하는, 그러나 결정을 내릴 수 없는 일들이 가족 앞에 놓이게 된다. 살면서 분명히 한번쯤은……

똑같은 우리들

병원 지하식당에 둘러앉은 어떤 가족 무리에게서 들려오는 큰 소리나는 싸움은 일반 식당에서 나는 것과 다른 대우를 받는 것인가 보다. 점점 우리 목소리가 높아지고 있다는 것을 우리 가족도 다 느끼는데, 사람들은 우리를 다 이해한다는 듯이 한번도 쳐다보지 않았다. 저지하지도 않았고, 질타를 하지도 않았다. 거, 좀 조용히 얘기하세요 따위의 말은 없다. 그들 누구라도 우리가 벌이고 있는 논쟁을 이미 다 했었다는 듯이, 아니면 앞으로 언제라도 할 수도 있는 것이라고 이해한다는 듯 가만히 있어주었다. 병원 지하식당에 모인 한 명, 한 명의 모든 우리들은 가족을 사랑하는 똑같은 우리들이었으리라. 가만히 있어주는 누군지도 모르는 그들이 너무 고마웠다.

좋은 싸움

오빠는 억지로라도 밥 한 그릇을 다 먹고 먼저 일어나서 식당을 나갔고(밥을 다 먹어준 오빠가 사실 너무 고마웠다.) 엄마는 바보같이 밥을 먹지 않고 고집스럽게 안 먹겠다고 버티던 나와 함께 식당에 남아 나를 위로했다. "어서 먹어" 엄마가 나를 위로한다는 것이 말이 되는가, 엄마에게 너무 미안했다. 아들 딸의 언성 높인 싸움을 보는 엄마의 심정은 어떠했을까? 한참 후에 엄마는 오빠에게 온 핸드폰 속 문자를 내게 보여준다 "엄마 미안해요. 아무 도움도 못되어서요" 오빠와 나는 아빠를 너무 사랑해서 싸웠고 아빠를 살리고 싶어 싸웠지만 정말 아무 도움이 되지 못한 채 둘 다 아빠를 살려내지는 못했다. 하지만 그날의 싸움이 오빠와 내가 그때 할 수 있는 아빠를 사랑할 수 있는 최선의 방법들 중 하나이진 않았을까. 그날의 짧았던 싸움은 고독했고 또 부질 없었지만 이상하게 좋은 기억으로 내게 남았다.

인간의 무능과 지혜

나는 의사가 잠깐 언급했던 두 번째 큰 수술을 꼭 해야 하지 않을까 하는 입장이었다. 그 수술을 하지 않아서 아빠가 더 위독해지면 어떡하나, 그 수술을 하지 않아서 살릴 수 있었던 아빠가 죽게 되면 어떡하나 하는 입장이었다. 오빠는 지금 또 한번 큰 수술을 감행하면, 이미 대수술의 쇼크로 허약해질 대로 허약해진 노쇠한 아빠가 버티지 못하고 악화되거나, 최악은 또 한번의 수술 시도 중에 죽게 될 수도 있다는 입장이었다. 싸움이 될래야 될 수도 없는, 누구의 말도 맞고, 누구의 말도 틀릴 수 있는 이슈였다. 미래를 예측할 수 없는 보잘것없는 인간의 무능력과, 그런 인간이 낼 수 있는 최대의 지혜 사이에서의 싸움이었다. 죽음은 너무나 두렵고 혼자 감당하기 힘든 슬픔이기에 죽음의 계기로 가족은 흩어지기보다 똘똘 뭉치고 화합해야만 한다.

가지 마세요

천국에 대문이 있다면 저렇게 거대할까? 아빠가 누운 관이 화장을 하기 위해 통과해야 하는 은색의 문은 정말로 컸다. 아빠가 누워있는 관이 그 큼지막한 문 앞 입구에 마침내 다다랐을 때 주륵주륵 흐르던 내 눈물은 오열과 통곡으로 변하고 말았다. 이것이 진짜로 마지막이겠구나. 아빠의 몸이 사라지는 게 바로 지금인 거구나. 아빠의 관을 부둥켜 안고 나는 늑대처럼 울며 부르짖었던 것 같다. 나는 아빠를 정말로 보내고 싶지가 않다. 이렇게 가면 정말 안 되잖아요. 마지막 인사도 나누지 못했잖아요. 어제까지 아빠랑 같이 산책을 했다. 아이들과 같이 우리 간식을 나눠 먹었다. 나는 아빠의 마지막 말이 무엇인지도 듣지 못했는데…… "잘지내. 딸" 이 네 음절조차 듣지 못 하고 나는 이제 아빠를 보내줘야만 했다.

쾅

"아빠 고맙습니다. 아빠 사랑해요. 아빠 고마워. 아빠 사랑해." 나는 반말과 존댓말을 섞어가며 고맙다고 대답 없는 아빠에게 정신 없이 말을 붙였다. 곧 아빠가 사라지니까 빨리 마지막 말을 전해야만 하는데, 고맙고 사랑한다는 말이 다였다. 다른 말이 안 나왔다. '어떡하지, 아빠가 이제 저 은색 문 안으로 들어가면 이제 나는 어떡하지, 아빠 가지 마세요.' 나는 관을 붙잡았지만, 관은 서서히 빠져나갔다. 쾅. 그리고 문이 닫혔다. '아빠 안녕.' 그런데 어쩌지, 나는 정말 아빠에게 안녕을 하고 싶지가 않다.

복선도 없이

너무나 청명한 하늘에서 갑자기 예고도 없던 비가 후두둑 쏟아지면 사람들은 무심히 하늘을 올려다 보며 '호랑이가 장가가나?' 말하곤 했지. 아빠의 죽음은 어느 해의 여름보다 더 쩌렁쩌렁 내리쬐는 눈부신 햇살이 쏟아지던 8월의 한 날, 호랑이 장가가는 비처럼 어이없게 그리고 아무렇지도 않은 듯 우리에게 왔다. 이럴 수도 있나 싶게, 먹구름 같은 불길한 사인도 없이, 허리가 아프거나 찌뿌둥한 몸상태 같은 불안한 복선도 없이 말이다.

죽음으로 말미암아

그래. 서성이지 말고, 대충 보지 말고, 삶을 매우 똑바로 봐야 하는 거였다. 삶이란 사는 것만이 아닌 죽는 것도 분명히 포함하며, 그 죽음으로 말미암아 최종 마무리가 되는 것이다. 탄생이 모두에게 왔듯이 죽음도 모든 이에게 공평하게 온다. 확률이 있는 것이 아니라 100% 분명히 오는 것이 죽음이었다. 그래서 사는 것에만 목숨을 바치지 말고, 죽음 역시 그렇게 대비해야 하는 거였다. 우리는 하나뿐인 유일무이한 인생에서 최종의 목적을 항상 행복이라고 말하는데 인간이 최종적으로 다다르는 그 목적지가 사실 바로 죽음이다. 목적지가 '끝'에 있고, 인간의 끝에는 공통적으로 죽음밖에 없다. 이처럼 중요한데 모르고 살고 있고, 또는 모른 척 살고 있고, 깊숙이 생각해 보지도 않는 사실이다. 죽음도 삶처럼 행복해야 하는 것이인데 말이다.

무섭지 않다

아빠의 흰 머리카락은 어떻게 타고 있을까, 아빠의 살은 어떻게 사라지고 있을까, 하얀 모반증이 있던 아빠의 귀여운 볼과 이마는 사라졌을까. 사람이 무서워 상상을 꺼릴 모습들을 나는 기어이 상상하고 상상했다. 나에게 생명을 준 아빠니까, 나는 하나도 무섭지가 않았다. 그저 지금은 아빠가 어떻게 됐을까, 화장되고 있는 지금쯤의 아빠, 또 지금쯤의 아빠 모습을 기어코 계속 상상했다. 화장 중이란 모니터의 표시를 보며 나는 깊은 상상, 깊은 슬픔으로, 아빠가 떠나간 깊은 비밀의 세계로 빠져 들어갔다. 나는 이제 아빠가 화장되어 연기처럼 사라진 경험을 하게 된, 그런 아픈 사람이 되었다.

한 올의 희망

숨이 멎고 피돌기를 멈춘 창백한 아빠의 하얀 얼굴에 뽀뽀를 했다. 아빠의 하얀 머리카락 한 가닥을 찾아 엄지 손가락과 검지 손가락으로 집어 들고는 두 손가락에 피가 안 통할 정도로 있는 힘껏 붙들고 있었다. 아빠 머리카락 한 올이라도 꼭 가져와야 된다는 생각이 들었다. 겁이 났다. 모든 것이 싹 다 사라질까 봐. 아직은 기회가 있다는 생각에 아빠 머리카락 한 올을 붙잡았었다. 그때 한 올은 한 가닥의 희망 같은 거였다. 어느 세월에 아빠의 머리카락이 이렇게 백발이 되었을까. 아빠의 머리가 까만색일 때 유치원을 다니던 어린 나와 함께 찍은 사진의 액자를 열어 그 안에 아빠의 머리카락을 고이 넣어두었다.

벌써 그곳

누군지 기억이 나지 않는데 내게 집에 가 잠시 눈을 부치라 했었다. 잠을 자야 장례를 치를 수 있다고 했다. 깊은 새벽이 시작된지 이미 한참이 된 시각에 불 꺼진 집에 들어왔다. 자다 깬 시어머니가 현관으로 나와 나를 안아주었다. 잠든 아이들 옆에 살며시 누워 눈을 감았는데 머리가 몹시 피곤하고 둔탁했다. 머리 안이 새하얗게 변해가더니 아무리 잠을 청해도 잠이 들지 않았다. 차갑고 깜깜한 냉동고 안에 있는 아빠 실체가 자꾸 그려졌다. 지금까지 잠들던 아빠집, 아빠의 온수 침대가 아닌 그 차가운 암흑에 갑자기 아빠가 누워 있는 현실이 도무지 믿겨지지 않아 너무 괴로웠다. 내가 잠을 잘 수 있을까, 잠은 언제 드려는 걸까, 아빠가 죽었는데 내가 자도 되는 걸까, 꼬리에 꼬리를 무는 생각들로 잠을 잘 수 없었다. 언제인지 모르게 잠들었던 걸까, 시간은 얼마나 흐른 걸까, 나는 화들짝 놀라 깨고 말았다. 엄청나게 큰 너비의 하얀 소매에서 건강한 살색의 손이 뻗쳐 나오며 내 얼굴 바로 위로 내려오는데 눈을 감겨주려는 행동 같았다. 가까운 곳에서 "자거라"하는 음성이 들려왔다. 너무 생생한 꿈에 눈을 번쩍 뜨고도 심장이 벌렁거렸다. '아빠 벌써 하늘나라야? 아빠, 정말 벌써 그곳에 있는 거야? 그곳은 정말 흰옷을 입는 거야?' 불면이 많던 내게 멜라토닌 약병을 챙겨주던 아빠가 하늘에서도 내가 푹 잘 수 있기를 바라는 것일까.

신비한 죽음

장례식장에서는 내내 머리로 죽음을 이해했다. 끝없이 사람들이 밀려왔다 빠져 나가는 곳에서는 죽음이 매우 냉철히 생각되어졌다. 장례식도 끝이 나고 아빠를 두고 집에 돌아오니 점점 죽음에 대한 생각은 머리가 아닌 가슴 쪽으로 내려와 머무른다. 다시 시간이 조금 지나면 죽음에 대한 생각은 머리로 올라가서 한동안을 매우 객관적인 내가 되었다. 집요하게 파고들기도 하고, 포기한 듯 생각하기를 멈추었고, 다시 궁금함에 어쩔 줄 몰라 마치 죽음학 박사가 되려는 듯 책을 뒤지며 공부를 하기도 했다. 죽음은 그렇게, 슬픔도 그렇게 머리와 가슴을 오가는 신비로운 존재였다.

돌아갈 자연

아빠를 보내고 돌아왔는데 베란다 앞 마당을 지키고 있는 빼곡한 식물과 나무들은 그 자리에 그대로이다. 아무 말이 없지만 그 자리를 지키는 식물들을 바라보고 있자니 책 다음으로 식물을 좋아하던 아빠 생각뿐이다. 사람이 떠나도 떠나지 않고 그대로 자리를 지키는 나무, 흘러가는 시간을 온몸으로 표현하는 식물, 식물을 공부해야겠다는 생각이 든다. 자연만이 아프고 허전한 나를 치유할 수 있겠다는 생각이 들었다. 평생 머무르면서 연못과 온실을 만들고 온갖 꽃들과 나무를 심고 가꾼 지베르니가 모네에게는 현실의 살아있는 낙원이었던 것처럼, 평생 머무르고 싶은 자연으로 들어가야겠다는 생각을 하고 있다.

10초만 더

갑상선 세포검사를 하려고 병원 침대에 누워 천장을 바라보았다. 큰 검사가 아닌데 덜컥 겁이 났다. 몸 세 군데 구멍을 뚫은 체 천장만 보고 있던 아빠의 외로움이 순식간에 느껴져 눈물이 옆 볼을 타고 똑 떨어져 내린다. 어느 비 오던 날, 친정집 주차장에서 차를 뺄 때, 백미러에 갇혀 사라지지 않던 아빠 모습이 떠오른다. 내 차가 이동할수록 점점 백미러에서 없어져야 할 아빠는 계속 백미러에 갇혀 있었다. 내 차가 주차장을 다 빠져나갈 때까지 아빠가 조금 더 앞으로, 조금 더 앞으로 걸어 나오고 있던 것이다. 사라지는 나를 조금 더 오래 바라보려 했던 아빠. 그렇게 조금 더 걸어나오면 나를 볼 수 있는 시간이 고작 10초쯤 더해졌을까? 아빠는 집으로 들어가지 않고 차를 쫓아 천천히 계속 걸어 나왔다. 그날로 되돌아갈 수 있다면 차를 돌려 아빠에게 다시 가리라. 백미러에 갇혀 있던 아빠가 보고 싶어 왈칵 눈물이 나는데 나는 검사 중이라 가만히 누워서 목구멍에 통증 같은 것만 느꼈다. 나처럼 아빠도 병원에서 무서웠을까.

하늘에도 있지요?

남편 고향을 향해 달리던 도로 위에서 삼양라면 공장을 마주쳤다. 아빠가 유일하게 즐겨 먹던 라면이다. 마치 아빠를 만난듯 반갑고 그립다. 엄마에게 문자를 보냈다. “엄마 나 지금 삼양라면 공장 지나가.” 아빠가 사무치게 보고 싶다. 조금 후에 엄마에게 답장이 왔다. “한 개 사서 하늘로 보내죠.”

보따리에 담긴 사랑

아빠는 은퇴 이후에도 강단에 섰다. 명예교수로 꽤 오랫동안 학생들의 지도를 계속해 나갔다. 일주일에 2-3일씩 학교로 향하던 아빠의 양손에는 뚱뚱해서 터질 것 같은 오래되어 낡은 가죽 가방과 보자기에 꽁꽁 싼 프린트물 보따리가 늘 들려 있었다. 아빠가 하늘로 가고 몇 달이 지났을까. 아빠의 제자가 아빠 꿈을 꾸었다며 전한 꿈 이야기에는 그 보따리가 등장했다. 교탁 위에 보따리 꾸러미를 이엉차 올려놓고 푸르면서 아빠는 학생들을 향해 그 동안 잘 지냈냐며 활짝 웃었다고 한다. 아빠는 은퇴 전에도 은퇴 후에도 학생들 만나는 일을 그렇게 행복해 했다. 무거웠을 그 뚱뚱한 가방과 보자기 보따리는 이제 어디로 갔을까. 어쩌면 학생들의 기억과 꿈 속에 그렇게 지금도……

떠나간 사람의 가을

아빠는 2016년의 가을을 보지 못했다. 아빠는 당신이 2016년의 가을을 만날 수 없다는 것을 알았을까, 몰랐겠지. 아빠가 매일 걷던 집 앞 공원의 이 예쁜 가을나무들을 보며 아빠가 보지 못한 이 '예쁨'이 너무 슬프고 안타까워서 제주도에 머무르고 있는 엄마에게 아빠의 가을공원을 사진에 담아 전송했다. "엄마, 여기 이렇게 예뻐졌다."

너를 잃은 줄 알고

너를 잃은 줄 알고 엄마는 미친년 모양으로 돌아다녔다 –피천득 〈엄마〉 날이 더 어두워지면 발을 헛디뎌 어디 하수구나 하천 같은 곳에 빠져버릴지도 몰라서, 그러면 영영 찾지 못하게 될 테니 두려웠다고 한다. 1980년 초, 어둑해지기 시작하는 어느 날의 저녁 식사시간 무렵, 마당 문을 열고 3살의 내가 사라졌다. 아빠는 퇴근하자마자 허공을 향해 소리를 버럭버럭 지르며, 결혼 후 처음으로 엄마에게 불 같이 호통을 쳐대며 나를 찾아 온 동네를 휘젓고 헤매 다녔다고 한다, 나를 잃을까 겁을 먹었을 아빠의 두려움을 상상해 본다. 아빠를 잃을 것 같아 두려워하던 나처럼, 아빠도 그랬을까. 그랬겠지. 나를 잃은 줄 알고 아빠는 미친놈 모양으로 돌아다녔고, 아빠를 잃을까봐 나는 미친년 모양으로 울었나 보다. 피천득 할아버지 말이 맞다. 사랑하는 사람을 잃는 것은 그렇게 미치는 일이겠지.

희극을 위한 노력

사랑하는 사람을 잃은 것이 비극이 아니라, 사랑하는 사람을 잃은 슬픔을 극복해 내지 못하는 것이 비극일 수 있겠구나. 아빠가 사라진 사건으로 내 남은 인생이 결정되는 게 아닌, 아빠가 사라진 후의 내 반응으로 내 남은 인생이 결정되는 것이다. 죽음의 비극도 희극이 될 수 있다. 그것을 이룰 수 있는 것은 남겨진 자의 마음가짐뿐이다. 그래. 그리움은 어쩌면 참 예쁜 말이고, 매일 그립지 않은 것 자체가 되려 안타까운 슬픔의 사건이다. 매일 누군가 그립다는 것은 참 좋은 날들이 연속되고 있는 것이다.

안전하고 안심하고

삶을 원하거든 죽음을 준비하라 sivisvitampara mortem _시비스비탐 파라 모르템, 라틴 명언 겨우 40살이 된 내가 어느 순간부터 죽음에 대한 무언가를 계속 기록해 나간다. 죽음은 무엇일까, 죽음을 어떻게 이해하면 되는 걸까, 사랑하는 사람의 죽음 이후에 내가 다시 잘 살 수 있을까. 나는 죽음에 대한 책을 닥치는 대로 사서 읽고 있다. 죽음에 대한 비밀, 죽음이 숨기고 있는 가치, 비밀 따위를 알고 싶은 의욕에 불타 오르는 내 모습, 그래야 아빠가 안전하며, 아빠를 안심하고 저 하늘에 놔둘 수 있다고 믿는 사람처럼 나는 그렇게 죽음을 탐독하고 지낸다.

제자의 엽서

'전종웅 교수님께, 혹시나 교수님을 못 뵙고 돌아갈지 몰라서 기내에서 이렇게 펜을 들어봅니다. 수술은 성공적으로 잘 마쳤다고 들었습니다. 회복 잘 되시길 진심으로 기도 드리며 다음에 뵐 땐 교수님의 다양한 말씀들을 들려주시길 꼭 부탁 드리겠습니다. 다음에 다시 한국에 돌아오면 제일 먼저 교수님을 찾아뵙도록 하겠습니다. 그리고 엽서 뒷면에 있는 비행기 타고 일본도 꼭 놀러 오세요. 늘 기다리고 있겠습니다. 김석원 올림.' 엄마가 서재에 붙여둔 아빠 제자에게서 온 엽서가 내 눈에 안타까움으로 들어온다. 제자는 아빠가 쓰러졌다는 소리를 들은 날, 바로 일본에서 날아와 아빠를 면회했다. 한번에 두 명씩만 허용되는 중환자실에 제자와 내가 함께 들어갔을 때 수술을 마치고 깨어 있던 아빠가 제자를 보자마자 반사적으로 허리를 일으키며 눈빛으로 반가움을 쏟아내던 모습이 잊혀지지 않는다. 아빠는 그렇게 제자들을 만나는 것을 행복해 하던 사람이었다. 그 제자는 다시 한국에 돌아오면 교수님을 제일 먼저 찾아 뵙겠다는 엽서 속 약속을 지켜주었다. 엽서를 전하고 돌아간, 불과 몇 주 뒤 아빠의 장례식장에 찾아왔다. "수술은 잘 마쳤다고 들었습니다."라고 써 있는 제자의 엽서 속 인사말이 희망을 꿈꾸던 그때 우리의 시간들을 떠올리게 한다. 어제의 일들인데 마치 아련한 과거처럼 뿌옇다. 수술을 잘 마쳤다던 아빠가 결국 지금 나의 곁에 없다.

영정사진

아빠의 영정사진은 당연히 준비된 게 없었다. 아주 작은 사진을 가져와도 크게 확대해서 쓸 수 있다고 했다. 그렇게 할 수 있는지도 몰랐다. 아빠의 모습이 가장 아빠답게 멋진 것으로 골라와 확대를 맡겼다. 아빠는 인자한 교수의 모습으로 영정사진 안에서 웃고 있다. 그런데 아주 살짝 수줍게 부끄러운 듯 웃고 있다. 슬며시 사라져서 미안하다는 듯이, 하지만 '그리 나쁘지 않아, 괜찮아.' 라고 말하는 것 같은 표정이었다.

아빠가 있는 곳

삶이 고단하고 불안해질 때 늘 그랬듯이 아빠가 떠난 후엔 더 강박적으로 책을 사들이고 또 읽고 있다. 본능적으로 지혜를 얻을 곳이 그곳뿐이라 생각한 때문이었을까. 어쩌면 어떤 곳에 푹 빠져서 집중되어 있는 상태, 그것을 원하는 것은 아닐까 싶기도 하다. 늘 나지막이 불러보는 아빠. 부르면 허공에 부서져 하늘로 높이 다시 날아가는 아빠. 아빠 집은 이제 하늘 그곳이기에. 불안하고 쓸쓸해질 땐 자꾸 자꾸 책을 읽는다. 하늘도 그 어느 때보다 더 좋아졌다.

독일인의 사랑

아빠를 만난 이후, 처음으로 아빠 없이 어제 생일을 보낸 엄마. 엄마 집에 가보니 거실에 책이 몇 백 권 놓여있다. 아빠가 엄마를 만나 고백하며 선물했다던 막스뮐러의 〈독일인의 사랑〉과 내가 출간하겠다 고집했던 〈아빠 안녕히 다녀오셨어요〉 사진집이다. 아빠를 하늘나라에 보내던 날 와서 엄마 손을 잡아주던 재학생들에게 〈독일인의 사랑〉을 선물하고, 졸업한 제자들에게는 〈아빠 안녕히 다녀오셨어요〉를 감사의 뜻으로 보내신단다. 엄마는 사진집마다 "아이와 엄마가 간절히 기도하는 것은 아빠가 안녕히 다녀오는 것, 그것뿐"이라는 메모를 적어 놓았다. 이 메모는 사람들에게 잠시라도 어떤 생각의 울림을 줄까? 그렇다면 엄마에게 주는 아빠의 최고 생일 선물일지도! '아빠, 막스뮐러도 아빠처럼 더블럭키세븐 77세에 하늘나라에 간 거 알아요? 너무나도 갑자기 홀연히 내 곁을 떠난 아빠야, 그렇지만 지금 내 곁에 살아 움직이는 그 어떤 것들보다, 사라진 아빠가 내게 맺고 있는 열매와 풍요가 더 큰 것 같아요.' (2016.9.2.)

어림 없는 일

누구는 태어나면서부터 고아이고, 누구는 다섯 살에 아빠를 잃고, 누구는 본인도 70살 노인이 다 되어서야 더 늙은 노모를 여읜다. 내 차례는 39살이었다. 나는 큰 병치레나 사고 없이 성장했다. 학교를 다니고, 두 나라에 유학을 가고, 두 개의 사업을 하고, 한 남자를 만나 결혼하고, 출산을 했으며 금전적 독립도 이룬 어른이 되어 있다. 인간이 보편적으로 지나는 과정을 남들과 크게 다르지 않게 걸었다. 자식으로서 부모님께 손자 손녀를 한 명씩 안겨드린 불혹의 나이 즈음에 아빠를 여읜다는 것은, 아빠에게도 딸에게도 어쩌면 한없이 아름다운 축복이었을 것이다. 호상이라는 말도 몇 번쯤 들었다. 이 정도면 아빠에게도 너무나 행복한 죽음이며, 이 정도면 딸에게도 너무나 감사한 죽음이었을 것이다. 맞다. 그러나 참 어림 없는 일이었을까? 그렇게 호상이라고 마음을 다독이기 이전의 내 첫 마음은 축복보다 충격이 너무나 컸다.

빠른 날

왜 간 걸까, 왜 이렇게 빨리 떠난 걸까, 남겨진 사람들은 무수히 많은 날 생각하고 또 생각한다. 남들에게는 우리 가족의 죽음이, 장례가 이젠 잊혀졌겠지만 우리 가족은 계속 계속 생각하며 살아간다. 떠나간 그 사람이 피 끓는 젊은이였든, 노령의 할아버지였든 남겨진 사람에게 그 사람이 '떠나간 때'는 예외 없이 언제나 너무 빠른 것이다. 아직은 아니었던 것, 인사도 없이는 더더욱 아니어야 하는 것. 폭발사고로 새까맣게 정말 홀연히 사라져버린, 이미 가고 없는 아내를 만나러 간 고속도로에 주저 앉아서 통곡하던 오늘 뉴스 속 한 남편의 사진을 보며 나는 그 마음을, 어찌 어루만질 수도 없을 만큼 알 것 같아서 가슴이 무너진다.

아빠의 동물친구

집 앞 공원에는 다람쥐 정도는 당연했고 토끼도 함께 살았다. 그것도 희귀한 블랙토끼. 산책을 갈 때마다 그 블랙토끼를 늘 만났는데 언젠가부터 안 보인다며, 죽었나 걱정하던 아빠였다. 공원 안 작은 인공호수에 큰 물고기가 살았는데 언젠가부터 그 물고기도 안 보인다며, 죽었나 한참을 호수를 빙빙 돌며 찾던 아빠였다. 아빠는 살아 있는 동물 친구들에게 사랑을 많이 줬다. 이제 내 눈에는 토끼도 안 보이고 아빠도 안 보인다.

2016.9.5. 엄마 문자

“내일 아침 아빠에게 가면 어때? 1달이네. 벌써”

한 달 2016.9.6.

아빠가 하늘나라로 이사 가고 딱 한 달이 되서 아빠에게 다녀왔다. 어찌나 설레던지 새벽부터 그렇게 서둘렀나 모르겠다. 엄마는 눈가를 빨갛게 물들였고 아이들의 고사리 손을 붙잡은 나는 이상하게도 울지 않고 많이 웃었다. 그런데 집에 돌아와 늦은 밤 잠자리에 들었는데 침대에 코를 박고는 미친 듯이 오열을 했다. 그렇게 헤헤거리며 웃던 웃음이 머쓱하게 눈물은 아직도 언제든지 갑자기 쏟아진다. 그리고 또 다시 눈물을 뒤로하고 웃고 지낸다. 감정은 여전히 이렇게 널을 뛴다.

두 달 2016.10.3.

아빠가 하늘나라로 이사간 지 2달. 아빠에게 가서 납골함 옆에 아빠를 닮고 엄마를 닮은 할아버지 할머니 목각인형을 놓아주고 왔다. '좀 덜 외롭지. 아빠?'

잘 지내요. 엄마

엄마가 제주도로 떠났다. 엄마마저 떠나 완전히 텅텅 비어버린 깜깜한 엄마아빠집에 들어서니 눈물이 후두둑 떨어진다. 암흑 같다. 언젠가 정말 아무도 이 집에 없을, 그 먼 훗날의 언젠가를 당장 상상하며 내 마음이 걷잡을 수 없을 만큼 미래로 뛰쳐나간다. 나를 더 슬퍼지게 만들고 있는 나를 어쩌지도 못하고 잠시 내버려 둘 수밖에. 자꾸만 내가 나를 더 괴롭히고 있는 것 같다. 잃고 싶지 않은 대상을 잃어도 괜찮다는 마음, 집착하지 않는 마음이 오히려 매일매일 그 대상을 더 충실하고 깊게 사랑할 수 있다. 그러나 나는 또 잃을까 벌써부터 벌벌 떨고 있는 사람이 됐다. 경험은 그만큼 무섭다. (2016.10.4.)

일상이 된 그리움

아빠, 아빠가 우리 곁을 떠나 저 멀리 하늘나라로 가고 딱 2달이 되는 시간이 흘렀어. 나는 두 달이 아니라 2년이나 된 것만 같아. 아늑하고 꿈 같기도 하고. 친구들은 벌써 2달이나 됐냐고 하는데 난 2달이라니…… 2년처럼 너무 까마득한 것이 아무래도 하루 24시간을 너무 꼬박꼬박, 꼼꼼하고, 디테일 하게, 성실하게 매 순간을 아빠를 떠올리고, 생각하고, 그리워하다 보니까 남들 하는 2년어치를 다 그리워해서 그런가 봐. 아빠, 1996년, 그러니까 딱 20년 전에 오빠랑 내가 모두 미국에 살고 있어서 여름방학을 맞아 한국에서 방학을 보내다 다시 미국으로 돌아갈 무렵은 늘 엄마 생일 근처였잖아. 우리랑 잠시 같이 시간을 보내다 갑자기 또 허전해지고, 생일도 혼자 보낼 엄마에게 아빠가 생일선물로 줬던 성경책 기억나? 엄마는 가방에 그 성경책 하나만 챙겨서는 제주도로 떠났어. 나는 엄마가 제주도로 가는 것을 너무 반대했어. 혼자 지내게 하고 싶지가 않았고, 엄마의 건강이 너무나 염려됐어. 아빠, 앞으로 살아가게 될 나의 날들에 내게 어떤 두려움이 있을까 생각해 봤어. 그건 또 한번 부모를 보내야 하는 일. 아빠, 당분간 제주도에서 지낼 엄마를 잘 지켜줘. 눈동자처럼, 별처럼, 달처럼.

여행 중

엄마가 신청했던 안식년은 아빠가 없이 시작되었다. 엄마는 한 번도 뵌 적 없는 시어머니의 고향인 제주도로 떠났다. 엄마가 잘 지내는지 너무나 궁금하여 나도 아기들을 데리고 곧 제주도에 다녀오려고 한다. 우리는 여전히 아빠와 여행 중이다. 아빠와의 추억을 되짚고, 아빠의 그리움을 깊게 더 우려내고 있다. 여행도 할 수 있도록 우리를 자유하게 해 준 '아빠, 고마워.'

떠나는 사람

아빠에게 사랑한다는 말을 전한 것이 언제였을까. 어린 시절 어버이날 카드에서, 그리고 아빠 곁을 멀리 떠난 유학시절에 보낸 엽서가 유일한 것 같다. 엄마에게는 그렇지 않았다. 수도 없이 입 밖으로, 음성으로 '사랑해. 엄마' 말하며 살았는데, 아빠에게는 카드와 엽서로만 전했다. 왜 그랬던 건지 모르겠다. 나는 아빠를 어려워하던 딸도 아니고, 아빠를 너무 사랑하는 딸이었는데 살면서 아빠에게 내 마음이 전해졌을까, 이제야 많이 후회가 된다. 떠나는 사람은 자식이지 부모가 아닐 거라 생각했을 만큼 어리석었다. 아빠는 나처럼 유학을 떠난 것도 아니고 아주 영영 내 곁을 떠나버렸다. 그때도 너무 사랑했고 지금도 사랑하고 있으며, 많이 존경했는데, 여전히 그 존경도 사랑도 어쩌지 못하고 있는 내 모습이 안타깝다. 후회는 슬픔의 본질인가 보다.

다른 이름

아빠의 한 팔 위에 사뿐히 걸터앉듯 안겨서 아빠와 저녁 산책을 나가던 1980년대 낡고 빛 바랜 사진 한 장이 책상 위에 있다. 어린 나와 아빠의 행복했던 시간이 저렇게 이 세상에 있었다는 것이 참 신비롭게 느껴진다. 시간은 지나갔지만 시간 따라 사라지지 않고 남아 있는 것이 여전히 있다. 추억은 되짚고 찾아내면 더 많이 얻게 된다는 걸 아빠를 보내고 알았다. 아빠는 늘 내게 다정했고, 정신적으로 스스로가 풍요롭게 채워진 존경의 대상이었다. 그리움은 아빠를 향한 내 존경의 다른 이름이 되어 있다.

마음 상태, 몸 상태

대부분의 사람들은 사랑하는 이의 죽음에 대한 구체적인 대비, 마음에 대한 준비를 하며 살지 않는다. 나는 충분히 다 자란 39살의 성인의 모습으로도, 내 아빠의 죽음 앞에 심각하게 당황했다. 내 나이 50살에도 아빠의 죽음은 그러했을 것이다. 생각해 보지 않는 죽음이 가져오는 충격은 클 수 밖에. 정말 아빠가 없는 건가? 아빠 없이도 똑같이 일상을 보내며 살아도 되는 건가? 유령처럼 스르륵스르륵 다가오는 불안과 조급, 시도 때도 없이 빠지는 상념, 갑작스런 오열, 늘 달고 있는 아련함, 쓸쓸함, 멍 때리기라는 없던 일상들과 자주 마주하고 있다. 맛있는 걸 먹고 행복해하고, 개그 프로를 보고 소리까지 내어 웃고, 작은 단서만으로 갑자기 불끈 솟아오르는 자신감을 되찾을 때도 있다. 예쁜 옷을 보면 사고 싶고, 단풍을 보면 여행을 가고 싶어 신나게 계획도 짠다. 너무 괜찮았다가도 전혀 괜찮을 수가 없는 산만하면서도 고요한 듯한 내 상태를 인지한다. 마음 상태, 몸 상태가 미친 듯이 널뛰기를 해대는 것을 보게 되었다.

잘 가라는 인사

나의 이별은 잘 가라는 인사도 없이 치러진다. 세상은 어제와 같고, 시간은 흐르고 있고, 천금 같은 추억, 눈물이 흐른다. 어젯밤, 귓가로 들려오던 이소라의 〈바람이 분다〉 노래를 들으며 생각했다. 가사가 이랬었구나. 천금 같은 추억 때문에 눈물이 흘렀을 세상의 모든 누군가의 이별이 감히 다 이해가 간다. 나도 잘 가라는 인사도 없이 아빠와의 이별을 치뤄 냈다.

살고 싶지 않으셨을까

아빠가 죽고 엄마가 가장 많이 언급한 말 중 하나는, "아빠도 살고 싶지 않으셨을까?"이다. 살면서 우리는 죽음에 대한 이야기를 적지 않게 나누는 가족이었다. 우리 가족에게 죽음이란 단어가 금기어는 아니었다. 아빠가 살고 싶다라는 표현을 한 적은 없었지만, 평소에 "죽음이 두렵지 않다"라는 말씀은 종종 하셨다. 아빠의 그 말이 진심이었다는 것은 안다. 그러나 죽음이 두렵지 않았을지언정, 아빠도 조금 더 살고 싶진 않으셨을까. 어떤 욕심도 없던 아빠에게 유일하게 살고 싶은 이유가 있었다면 아빠도 사랑하는 가족들과의 이별, 그 하나만은 너무 마음 아팠기 때문이 아니었을까. 나는 핵이 무섭지 않다고 늘 말한다. 북한의 핵 한 방이면 서울 시내가 순식간에 사라진다는 말이 하나도 무섭지가 않다. 나도 죽고, 아빠 엄마도 죽고, 내 남편, 내 아이들이 다 같이 죽는 것, 다 같이 없어지는 것은 내게 전혀 무서운 일이 아니다. 혼자 살아남는 것, 사랑하는 가족에게 내가 없는 것, 내 곁에 그들이 없는 것, 그것이 핵보다 더 무서운 일이다. 아빠도 그랬을 거다. '이제 너희들을 못 보는구나.' 그것만이 살고 싶은 유일한 이유였을 것이다.

삶은 부러운 존재

고흐는 죽기 하루 전에도 동생 테오에게 죽음에 관한 것이 아닌, 삶에 대한 이야기만 들려주었다. 죽는 것이 결코 두렵지 않다 한들, 삶이란 누구에게도 그 자체만으로도 영위하고 싶은 부러운 존재여서 그런 것이 아닌가 생각을 해본다. 아직 마무리 못한 소명, 좀 더 함께 머무르고 싶은 누군가, 가고 싶은 꿈의 한 곳, 오르지 못한 위치 등 사람마다 각기 다른 삶이 부러운 이유가 있다. 소중하지만 그 진가를 모르고 사는 삶……

애도의 시간

혼자 차에 앉아 시동을 걸면 그렇게 눈물이 차 올라온다. 누구의 위로도 필요치 않고, 아빠를 보낸 나에게도 혼자만의 고요한 애도 시간이 필요하다. 얼마나 시간이 필요할까. 그건 알 수가 없다. 필요한 시간은 어쩌면 계속 될지도 모르겠다. 눈을 뜨면 아빠 생각이 나고, 잠들기 전에도 아빠의 생각이 난다. 연애를 할 때는 모든 가요 가사가 그 남자를 위한 노래였는데 아빠를 보내고 나니 모든 노래가 아빠를 생각나게 한다. 모든 일상에 아빠가 한 가득 하니 미치겠다. (2016. 8.17.)

냉정한 나

두 부류의 냉정이 있다. 냉정하게 사고를 인정하고 사태를 효율적으로 해결하려는 현실의 나와 고통스런 현실에서 나를 냉정하게 격리시키고, 억지로 슬픈 감정에서 나를 떼어놓은 후 비현실 속에 있으려는 냉정한 나이다.

무기

남편의 건강 문제로 크게 다퉜다. 평소 화가 나거나, 울음이 터질 때의 10배는 더 심하게 화를 내고, 울음을 쏟아낸 것 같다. 널뛰고 날뛰는 나의 예민한 신경 때문이었던 것 같다. 강 같은 평화가 아닌 시도 때도 없이 터져 나오는 강 같은 눈물보. 나는 아직 상중이 아닌가 스스로를 불쌍히 생각하며 나도 모르게 다툼의 주제에서 한참 벗어난 아빠 이야기를 굳이 꺼내며 날카롭게 굴었다. 여전히 이렇게 슬픈 나를 왜 이렇게 건드리냐는 그런 뜻을 남편에게 일부러라도 내비치고 싶었나 보다. 남편은 잘잘못을 가리기도 전에 나의 그 예민한 말에 놀란 눈으로 움찔해 하며 입을 닫아버렸다. 나는 아빠를 보낸 슬픔을 마치 무슨 무기인양 휘두르는 게 아닌가 생각하며 자괴감에 빠졌고 슬퍼졌고 내가 너무 미웠다. 아빠가 좋아하지 않았을 게 분명하다. 미안해. 모두.

오빠보다 아빠

남편이 꽃을 사가지고 왔다. 며칠 전 싸움은 건강을 잘 관리하지 않는 듯한 남편의 건강에 대한 나의 염려가 더욱 커졌기에 아빠를 잃은 슬픔에 불이 더 붙고 예민함이 터져버린 사건이었다. 나는 미안한 마음을 전하는 남편의 꽃을 보고 마음에 안도를 먼저 느꼈지만 마음과 달리 또 다시 시큰둥한 척을 하고 말았다. 내가 왜 그럴까. 왜 마음을 쉽게 녹이지 못하는 것일까. 나는 이젠 아빠가 없는 내 새 세상이 못마땅해 화를 내고 있는 것일까. 어디 휙 꽃다발을 집어던져 놓았는데 다음 날 어디 둔지를 몰라 찾아 두리번거리기까지 했다. 화병에 꽂지도 않고 눈 앞에 보이지 않게 책장 꼭대기에 올려둔 꽃은 다행히 꽃색을 잃지 않았다. 조금 시들해진 잎 몇 개를 골라내고 화병에 꽂았다. 저 꽃은 남편이 줬기 때문에 보관하는 것이 아니야, 상중에 받은 꽃이라 아빠를 떠올리게 해줄 꽃이라 예쁘게 말려서 보관할 테다. 나는 이상한 오기를 부리고 있다. 나는 남편보다 아빠가 더 좋다. 그래, 지금은 그렇다.

애도 여행

아빠가 태어난 오사카에서 지내고 있다. 나의 친할아버지는 제주도가 고향인 친할머니와 결혼해 병원과 약국을 운영하며 오사카에서 나의 아빠를 낳았다. 그 당시 제주의 많은 사람들이 4.3 사건을 겪고 일본의 오사카로 넘어와 그 낯선 땅에서 놓을 수 없고 도망갈 수 없는 삶을 꾸렸다고 들었다. 오사카는 아빠가 아기 때 잠시 머무른 곳이지만, 아빠와의 관련성 때문인지 일본의 어떤 지역보다 내겐 더 마음이 가는 곳이다. 내 딸은 스무 살이 되기도 전에, 엄마의 꿈인 세계일주를 다 할 수 있을 것 같다. 뭐든 엄마 아빠보다는 나으면 좋지. 오사카는 그렇게 어린 딸이 여행한 17번째 도시가 되었다. 내 딸은 나의 출장길에 같이 따라나서 특별히 일본에 더 많이 다녀왔지만 외할아버지가 태어난 오사카는 처음이었다. 나를 낳아주고, 또 너를 낳아준 뿌리를 찾아가는 길, 그 기운을 가만가만 느껴보는 경험은 나를 더 잘 살고 싶게 했고 묘사할 수 없는 감사의 감격이 마음 안에서 일렁이게 했다. 일본 기상청 사이트에는 한 주 내내 태풍, 우산, 비 모양의 그림만 보여주는데 희한하게도 우리 가족이 가는 곳마다, 가는 시간마다 비가 잠시 멈추곤 했다. '아빠 고마워!' 왠지 아빠가 비를 멈춰주는 것처럼 고마웠다. (2016.9.19.-9.22.)

부모와 자식

자식은 부모에게 생명을 받아 삶을 이어가고 부모는 자식에게 당신 육신의 죽음을 맡긴다. 가족은 인간사에서 가장 따뜻하고 축복받는 탄생과 가장 외롭고 두려울 수 있는 죽음을 서로에게 보여주고, 맡기며, 함께하는 세상 가장 가까운 인연이다.

아빠 꿈

새벽, 아빠 꿈을 꾸다 비명을 지르며 깼다. 침실 창가에 유칼립투스 나무를 두었는데 유칼립투스의 이파리 향이 흘러 넘어오는 창가 옆에 아빠가 앉아서 나를 보고 있었다. "왜 혼자 왔어"라는 말을 건네는 아빠를 보니 손만 뻗으면 아빠가 정말 닿을 수 있을 것 같아 미친 듯이 아빠를 부르며 아빠를 향해 손을 뻗쳐댔다. 정말 말도 못하게 현실 같았던 꿈. 얼마나 소리가 컸는지, 잠들면 시체가 되는 남편이 놀라서 나를 흔들어 깨우고, 물을 두 번이나 가져다 줬다. '아빠…… 꿈인 거야?' 공원산책 갈 때 늘 입던 체크 무늬 초록색 잠바를 입고 나를 보면서 "왜 혼자 왔어?"라는 말을 건네던 아빠. 왜 혼자 왔냐는 말을 잘 알고 있다. 그건 아빠가 자주 내게 하던 말이었으니까. 아이들은 어쩌고, 일도 바쁜데 어쩌자고 나를 보러 왔냐는 의미로 자주 하던 아빠의 반가운 표현을 꿈에서도 그대로 아빠는 내게 건넸다. '아빠, 아빠야말로 왜 혼자……. 거기에 있어요.' 울고 싶다. (2016.9.26.)

작별

작별인사가 너무 어려웠다. 이미 아빠는 숨이 멎었는데 나는 아빠의 몸이 더 부서질 새라, 다칠 새라 살살살 만지던 기억이 난다. 이 슬픈 시간이 지나면, 남겨진 우리는 있던 자리로 돌아가 다시 그냥 그대로 살면 되나. 그때는 아빠가 죽은 이후의 날들이 상상이 되지 않았다. 아빠를 보내지 못하겠어서 매일매일 작별인사를 나누는 생활이 일상처럼 영영 이어질 것만 같았다.

헤어지는 연습

헤어지는 연습을 하며 사세
떠나는 연습을 하며 사세
아름다운 얼굴, 아름다운 눈,
아름다운 입술, 아름다운 목, 아름다운 손목
서로 다하지 못하고 시간이 되려니 인생이 그러하거니와
세상에 와서 알아야 할 일은 떠나는 일일세
실로 스스로의 쓸쓸한 투쟁이었으며
스스로의 쓸쓸한 노래였으나
작별을 하는 절차를 배우며 사세
작별을 하는 방법을 배우며 사세
작별을 하는 말을 배우며 사세
아름다운 자연, 아름다운 인생,
아름다운 정, 아름다운 말
두고 가는 것을 배우며 사세
떠나는 연습을 하며 사세

– 조병화 〈헤어지는 연습을 하며〉

아빠의 부재

아빠를 보내고, 성인이 될 때까지 배우고 습득한 모든 단어를 어떻게 써야 하는지 모르는 사람이 돼버린 것 같다. 아빠의 부재가 주는 매우 낯선 생소한 감정들, 엿가락처럼 여러 갈래로 찢어진 섬세하고 복잡 미묘한 마음 상태들을 정확한 한 단어로 골라내거나 잘 정돈된 문장으로 표현하는 것이 매우 어렵다. 겨우 한 단어를 뽑아도 그 단어가 다 포함하지 못하는 무언가가 분명 있으며, 분명 있긴 한데, 그게 뭔지도 사실 모르겠다. 아빠를 향해 이제 내게 남은 것은 오직 사랑과 그리움뿐인 걸까? '아빠 사랑해', '아빠 보고 싶어'란 말만 혼자 자주 말하곤 한다. 결국 그뿐인가 보다.

2016. 09. 26. 문자

"엄마 자?"

2016. 09. 27. 문자

"엄마 자요?"

나의 파파

검사를 하러 간 엄마를 기다리며 병원 꼭대기 옥상주차장에 혼자 앉아 있는데 비가 차의 썬루프 위로 마구 떨어진다. 전날 꿈에 나타난 아빠를 생각하며 목놓아 운다. 차 안은 그렇게 나 혼자 유일하게 울 수 있는 곳이 되었다. 그렇게 다정하던 아빠 목소리를 이젠 들을 수 없다는 게, 알면서도 다시금 또 믿기지 않아서 꺽꺽하고 한 시간을 운다. 아직도 '나의 파파'라고 저장되어 있는 핸드폰 속 즐겨찾기를 처음으로 눌러봤다. 전원이 꺼져 있어 소리샘으로 넘어간다는 멘트, 그 멘트를 반복해 들으며 오랜만에 울었다. 요즘 한참 울지 않았는데. 슬픔도 좋고 갑자기 터지는 오열도 괜찮다. 자꾸만 나는 다음 꿈에 나타날 아빠를 기다리게 된다. 아빠의 얼굴을 다시 볼 수 있는 게 너무 좋다. (2016.9.27.)

2016.9.25. 엄마문자

“루디아 뭐해? 할머니가 루디 코 잘 자라고 해줘(♥★) 사랑한다고 전해줘 많이 많이.”

연소

한 존재가 정말 열심히 한 생을 살았을 텐데, 그대로 사라진다. 불꽃처럼 살다가 연소되고 산화되어 다 타버려 사라진다. 아빠의 생이 가졌던 힘은 아빠의 죽음으로 나로 하여금 깨닫게 한다. 죽음에 대한 매일의 사색이 현재 내 삶을 잘 살 수 있도록 하고 있다. 아빠가 죽고 나서 나는 역사 속에서 죽어간 참 많은 사람들을 자주 떠올린다. 살아 있는 사람들보다 내겐 살다가 사라진 그들이 더 궁금하고 신비롭다. 스티브잡스는 어떻게 됐을까, 지금 그는 어디에 있을까, 그런 것들이 자주 궁금해진다.

따뜻한 카푸치노

꿈속에서 본 아빠의 체크무늬 잠바를 엄마가 내게 가져다 주었다. 엄마는 내 꿈에 나타났다는 아빠 잠바를 찾아내 쓰다듬었을 것이다. 엄마는 아빠의 잠바 호주머니 속에서 찾은 캐러멜 하나와 한 장의 꼬깃한 종이도 꺼내준다. 당뇨가 있어 산책을 갈 때마다 아빠는 캐러멜 하나를 꼭 챙겨가셨다. 그리고 아빠의 글씨로 '따뜻한 카푸치노'가 적힌 종이 조각 하나가 나왔다. "뭐 필요한 거 없어? 뭐 사다 줄까?" 산책 다녀오며, 우리집 앞을 지나가기 전에 꼭 그렇게 내게 전화를 하던 아빠였다. 늘 카페라떼 아니면, 아메리카노를 부탁하던 내가 그날 따라 아빠에게 카푸치노를 부탁했었다. 라떼는 살이 찌고, 아메리카노는 맛이 없어 우유보다 커피의 비율이 더 높다는 카푸치노로 타협점을 찾았던 다이어트를 시작한 무렵이었다. 새로 들은 커피의 이름을 까먹을세라 그렇게 메모에 적어서 산책을 나섰을 우리 아빠…… 그 종이를 받아들고 나는 오늘 아침에는 울지 않았다. 순간 가슴 안에서 울컥하고 뭔가 동그랗고 묵직한 덩어리가 올라갔다가 내려가는 움직임을 느꼈지만 따뜻한 카푸치노처럼 마음이 뜨겁게 데워짐을 느꼈다. 이제부터는 늘 카푸치노를 마시리라. 이유와 이야기가 생긴 나의 커피 취향이 내심 좋다. 내게 카푸치노를 마시는 일상은 아빠를 그리는 행위처럼 매일 반복된다. (2016.9.29.)

엄마 있는 곳에 가고 싶다

엄마가 제주도에 갔다. 아빠를 하늘로 보낸 지 얼마 시간이 되지 않았기에 나는 엄마와 떨어지는 것이 고통이었다. 홀로된 엄마가 더 홀로되어 있을 생각에 엄마가 안쓰럽고 불쌍했고 불안했다. 그리고 아빠를 보낸 것은 내게도 큰 쇼크였다. 나도 안정을 필요로 하고 한가득의 위로를 받고 싶은 사람이었기에 모든 감정이 뒤섞여 짜증과 불만과 불안이 솟구쳐 올라왔는데 그것을 내색하는 것조차 참 쉽지 않다.

아빠의 엄마

인생의 마지막 20일을 많이 아팠던 아빠는 하늘나라로 넘어가는 마지막 순간에 할머니를 만났는지, 아기처럼 미소 짓는 모습으로 너무 평안했다. 나는 순식간에 바뀌던 반전 같은 아빠의 미소, 그 마지막 모습을 절대로 잊을 수가 없다. 그 미소의 실체는 아빠가 없는 부재의 '부정'을 '이해'로 바꿔줄 유일한 증거물 같은 것이었다. 하늘나라가 있구나. 아빠에게도 좋은 엄마가 있었지. 나의 친할머니, 내 딸의 증조할머니, 우리 엄마의 시어머니, 아빠에겐 바로 엄마였다. 아빠는 하늘나라에서 엄마를 만난 게 분명해 보였다. 아빠가 입가에 편안한 미소를 만들어 낸 것은 아빠의 이야기가 끝났다는 의미가 아닌 아빠의 이야기가 아빠의 새로운 세상이 다시 시작되었다는 의미인지도 모르겠다. (2016.10.24.)

할머니

지금 엄마는 한번도 뵙지 못했던 시어머니의 고향인 제주도에 머물고 있다. 할머니는 평생 아빠를 위해 새벽마다 기도하셨다던 분이시다. 할머니는 "잘 믿거라, 잘 믿거라, 잘 믿거라." 세 번 반복한 이 말만을 유일한 유언으로 남기고 떠나셨다고 한다. 나는 아빠가 하늘로 떠나가며 눈을 감던 순간, 그 하늘의 문 앞으로 마중 나온 할머니를 만났다고 믿고 싶다. 이 굳건한 믿음은 아빠가 없는 끔찍한 '부재'를 현실로 '이해'하고 또 비현실 같은 지금을 '안도'하게 해주는 유일한 요소이기 때문이다.

아빠의 엄마

13년 나이차를 극복하고 7년이라는 긴 세월을 엄마만을 기다려 결혼했던 아빠는 하늘나라에서도 그렇게 엄마를 일편단심 잘 기다려 줄 것 같다. 엄마는 시어머니가 헌당한 교회가 있는 제주도 김녕 근처에 머물면서 매일 김녕 해안가를 거닐며 바다를 바라보고 산책을 한다고 했다. 매일같이 아빠를 생각할 것이다. 하늘나라 아빠는 "희야, 외롭지 말고 씩씩하거라. 다시 꼭 만나자꾸나."라고 분명히 속삭일 것 같다. 엄마의 인생 최고의 조언자가 되어 주었고, 평생의 대화친구였고, 한 여자의 든든한 산이고 나무였던 좋은 아빠…… 그 자리를 이제 아빠를 대신해서 내가 맡을 수 있을까. '엄마! 다음달에 또 올게!' 아름다운 제주에 머물고 있는 엄마를 혼자 두고 서울로 돌아가는 발걸음이 무겁다.

이중섭

내가 어릴 적, 엄마는 오빠와 나를 데리고 소를 그리고 꽃게를 그리고 해변가의 어린이를 그리던 이중섭이라는 화가의 전시회에 데리고 갔었다. 80년대 그때의 전시회 도록이 늘 우리 집에 있었던 것을 기억한다. 내가 결혼을 하던 2010년의 여름에 엄마는 시집 가기 직전의 나와 함께 제주 올레 6, 7코스를 걸었다. 서귀포에 있는 이중섭 전시관에 들르기 위해 이중섭 거리가 있는 올레 7코스를 여정에 넣었었다. 그리고 아빠가 하늘로 간 2016년 올해 가을, 엄마와 나는 손을 잡고 이중섭 서거 100주년 전시회에 다녀왔다. 종이 살 돈이 없어 담배를 싸던 작은 은박에 가족을 그려 넣던 이중섭은 그렇게 내 유년의 시간부터 아빠를 보낸 불혹의 시기까지, 내 인생에 있다. 그를 소개해준 사람이 엄마였다. 엄마는 그렇게 화가 이중섭을 좋아했다. 이중섭은 아내 남덕에게 "건강하고 힘차게 지내세요." 아들 태현과 태선에게는 "건강히 아빠를 기다려주세요."라고 편지 맺음말을 써넣곤 했다. 이제 이 말은 아빠가 엄마와 나에게 하는 말 같다. 엄마와 나는 아빠가 하늘로 떠나고 얼마 되지 않아 이중섭이 아이들과 살던 곳에서 10분쯤 떨어진 올레 7-1코스를 지나는 서귀포에 집을 짓기 시작했다.

하늘나라의 맛

아빠가 하루 두 번씩 공원 산책을 갈 때마다 호주머니 속에 한 알씩 넣어갔던 땅콩캐러멜을 아빠의 유골함 옆에 놓아주고 왔다. '아빠, 정말 하늘나라는 caramel sweet 한 거 맞지?' (2016.11.2.)

정, 안정, 불안정

정들어 있는 것과 함께 한다는 것은 사람에게 안정감을 주게 마련이다. 그렇다면 깊게 정들어 있던 것이 사라지면 불안정이 오는 것일까. 하지만 그렇지도 않았다. 아빠와의 헤어짐으로 나는 불규칙적인 일상과 불안정한 심리 상태를 자주 만나기도 했지만, 극과 극처럼, 마치 심해같이 요동 없는 안정적인 순간도 자주 만나고, 이상하리만큼 매우 평안하기도 했다. 이렇기도 하고 저렇기도 하지만 스스로 이런 상태가 매우 위험하거나 건강하지 않은 상태는 아니란 믿음이 바닥에 굳건히 있었다. 이런 나의 상태가 부모와의 이별에 대한 매우 올바른 태도라고 자신 있게 말할 수는 없다. 어떤 연유에서든, 나는 스스로 생각했던 것보다 멋진 이별을 경험하고 있으며, 생각보다 올바른 애도의 태도를 갖고 있다는 생각이 들었다. 나는 분명히 슬프지만 한편으론 왜 끄떡하지 않을 자신이 있는 안정을 느끼고 있는 것일까. 안정은 좋은 것이 아닌가. 아빠가 떠났다고 나는 함부로 무너지지 않았다. 나는 내 감정과 태도에 대하여 여러 날을 골똘히 생각하며 지낸다.

천 가지를 숨긴 마음

아빠를 잃은 슬픔이 어떤 것인지 내게 직접적으로 묻는 사람은 없다. 하지만 묻고 싶은 사람도 있었으리라. 아빠의 죽음을 겪고 느끼는 감정을 설명하는 것은 싫어하는 수학문제를 풀 듯 그저 너무 어렵다. '그러니까 그건 말이야', '그것은 있잖아', '이를 테면'으로 시작하며 설명을 시작하더라도, 절대 그 감정의 진실에 가까이 다가가기는 불가능할 것이다. 뜸을 들이고, 버벅거리며 설명을 다 마쳤다 하더라도 제대로 알려준 게 아닐 것이다. 한 단어로 축약했다면, 그것은 아마 천 가지의 감정을 숨기고 비밀을 담은 묘한 단어일 것이다. 적어도 누군가의 죽음을 상상으로만 짐작하던 때의 나, 어렴풋이 추측해보던 때의 나도 이제는 사라지고 없다. 나는 이제 그것을 실제로 잘 알게 되었다.

시試

아빠,
끝맺음 없이 매일,
파도같이 출렁거리는
그리움

아빠 같은

엄마가 강의하는 대학 앞 카페에 앉아 아빠가 산책 후 사다 주던 카푸치노를 주문해 마시고 있는데 한 무리의 남자 대학교수들이 들어왔다. 이미 은퇴한 지 오래된 아빠보다 당연히 연배가 어리지만 그래도 노교수들이 둘러 앉아 대화를 하는 것을 보니 나는 백발의 아빠가 자꾸 생각난다. 자꾸만 그들이 하는 말에 귀 기울여지고, 자꾸만 몰래 그분들을 쳐다보게 된다. 아빠와 같은 교수님들, 현직에 있는 그분들을 보니 알쏭달쏭한 한숨이 새어 나왔다. 커피를 마시며 멍하니 그분들을 쳐다보고, 귀 기울였다. 아빠를 생각나게 하는 사람들, 물건들, 공간들, 시간들 속에서 그렇게 나는 살고 있구나 생각했다.

슬픔이 돌아오길

나는 쓸쓸함이 완전히 사라지길 바라지는 않는 것 같다. 아빠 없어 느껴지는 이 쓸쓸함이 사라지는 게 싫다. 계속 이런 마음이 남아있기를 바라는 마음을 한 시인이 쓴 글을 읽으며 공감했다.

슬픔에게서 떠나면서도 떠나간 슬픔이 돌아오길 기다리며 - 박시하 〈눈사람의 사회〉

남은 자의 방식

죽음에 대해 대응하는 방식에 모범사례란 것은 없다. 들쑥날쑥한 감정을 느끼면서도 조절하려 노력해 보거나, 아니면 고스란히 있는 그대로 느끼거나 해야 한다. 잠 못 드는 새벽, 자꾸 맺히는 눈물, 대상이 없는 두려움, 머리를 헤집는 잡념, 아무것도 하기 싫은 나태, 더 열심히 잘 살고 싶은 오기, 그저 각자의 방식으로 흘러가는 시간에 올라타고 그런 것들과 같이 흘러가고, 각자의 애씀으로 극복해 내고, 각자의 방식으로 신께 감사하고, 각자의 노력으로 삶과 죽음과 진솔히 대화해야 한다. 남은 자는 생각보다 더 강해야 하는 것 같다.

징징

사람은 누구나 삶의 어느 시기에 비통의 사건을 관통하는데 다들 정말 어떻게 극복하고 살아가는 걸까. 슬픔의 표현이 동일하게 드러날 수는 없지만 슬픔의 양과 정도는 다들 비슷비슷한 걸까? 단단한 나무도 폭우와 폭풍, 폭설, 폭염, 폭한을 다 몸으로 맞는다. 그냥 우리도 나무처럼 그래야 하는데 인간은 왜 이렇게 징징댈까.

잔인하고 친절한

죽음은 두렵다. 죽음을 모른 척하고 싶은 이유는 이 세상이 너무 아름답기 때문이다. 쉬 이 세상을 떠나기엔 아쉽겠다는 생각이 들 만큼. 아빠가 떠난 후에도 나는 웃는 날이 참 많고, 둘러 앉아 맛있는 음식도 먹고, 또 멋진 장관에 눈이 휘둥그레져 황홀해지기도 한다. 내가 난리를 치고 법석을 떨어도 시간은 참 반듯하고 정직하게 흘러간다. 잔인하게 슬픔도 계속 오고, 친절하게 행복함도 계속 온다. 그냥 인생은 그런 건가 보다.

우리들의 같은 이야기

한낱 뻔한 이야기에 지나지 않는 타인의 이별 이야기도 언젠가 한번쯤은 나에게도 그렇게 애끊는 이야기로 찾아온다. 누군가의 아빠와 엄마의 부고는 그에게는 억장이 무너지고 애가 끊어지는 슬픔이었을 텐데, 장례식장에서의 나는 슬픈 내색을 열심히 보여준 예의를 지킨 사람일 뿐 공감은 아니었을지도 모르겠다. 부모를 잃거나 자식 잃음에 대한 공감은, 그것을 한번이라도 직접 겪어보지 못한 사람에겐 평생 미지의 것이고 공상물이다. 부모를 잃은 적이 없어 나도 공상만 하며 살았다. 손 붙잡아주고 이마에 짙은 주름을 만들어 내고 위로하는 행위가 가식은 분명 아니지만 혹 가식처럼 느껴질까 고민되기도 하는 민망한 행동이기도 했다. 이제 내게 들려오는 누군가의 부고는 내 아빠의 사건과 똑같다. 내가 저 슬픔을 잘 안다. 내가 너무 잘 알아서 이제는 마음이 진짜로 아픈 채 공감의 위로를 건넨다. 칼 융의 말처럼 **모든 치유자는 상처받은 사람이다**란 말은 너무나 맞는 말이었다.

치유하는 대화의 시간

전날 밤, 꿈에 아빠가 등장하면 다음날은 하루 종일 아빠에 대한 이야기로 엄마와 나는 대화의 만리장성을 쌓는다. 당장 꿈 속 아빠는 어땠으며, 표정은 어떠했는지, 옷은 무얼 입었는지 궁금해 열심히 묻고 답한다. 아빠와 함께한 과거 어느 날의 에피소드, 언젠가 우리가 아빠처럼 죽게 되는 날에 대한 무한상상, 죽음 자체에 대한 철학적 사견, 죽는 과정에 대한 디테일 한 묘사, 하늘나라에 대한 그림과 기대…… 말 그대로 정말 잡다하지만 가치 있을 모든 죽음에 관한 이야깃거리가 엄마와의 대화 속에서 꽃을 핀다. 그날의 보람찼던 죽음의 대화가 끝이 나면 혼자만의 자리와 시간으로 돌아와 나는 그 대화로 인해 조금쯤 치유되고 나아진 기분을 느낀다. 남아 있던 슬픔과 좌절을 다시 조절하고, 스스로 치유하는 시간을 갖는다.

죽음이 주는 것

아빠의 죽음에 대해 엄마와 대화를 나눌 때마다 엄마의 상실감을 내가 이해하고, 나의 상실감을 엄마가 똑같이 느끼고 있다는 사실처럼 위안이 되는 것은 없다. 몽테뉴는 **죽음이란 우리가 해야 할 가장 위대한 일**이라고 했고, 마르케스도 **죽음은 일생 동안 경험하는 것 중 가장 중요한 일**이라고 했다. 물론 죽음은 살면서 외면하고 싶은 주제이기도 하지만, 남아 있는 사람에게도, 떠나가는 사람에게도, 무엇과도 비교할 수 없는 사건이기에 누군가는 영화, 드라마를 통해서라도 죽음의 간접 경험을 제공하고, 반복해서 죽음을 이야기한다. 사람들은 죽어가는 사람들의 말에 귀 기울이고, 마음을 재정비한다. 아빠가 평온하게 마지막 날까지 존경 받는 모습으로 죽음을 맞이한 것은 내가 어떻게 남은 날을 살아야 하고, 훗날 어떻게 죽어야 하는지에 대해 진심으로 숙고하게 한다. 여행길, 출장길의 안전한 비행기의 이착륙은 당연한 것이 아닌, 어쩌면 죽음의 고비를 넘긴 매우 감사한 사건이며, 찻길을 문제 없이 안전하게 잘 건넌 것조차 마찬가지일 것이다. 나의 가족은 아니지만 똑같이 소중한 가족을 이루고 살아온 사람들에게 닥친 911 같은 비극적인 죽음을 보며 내 미래의 죽음의 상황을 떠올리고, 오늘을 안전히, 감사히 살려는 자세를 갖게 된다. 죽음은 누군가를 잃게 하고 무언가를 빼앗는 존재이기도 하나, 그 반대의 경우도 허다한 것을 알게 된다. 너무 많은 것을 가져다준다. 어떤 자세로 삶에 임해야 하는지 이제껏 죽음만큼 잘 알려주는 건 적어도 내겐 없었다.

젊은이와 노인

염을 하던 사람은 두 젊은 남녀였다. 아름답고 새파란 청춘의 시기를 지나고 있는 두 명의 젊은이가 늙어 이 세상을 떠나간 나의 아빠를 정성스럽게 다루어 주었다. 처음 만난 나의 아빠를 소중하며 존귀하게 다루는 두 젊은이를 존경의 눈으로 바라보았다. 그들에게 시신은 무서운 대상이 아닌 어떤 존귀의 대상이라는 것을 나는 보기만 해도 알 수 있었다. 나에게는 너무나 엄청난 광경이었다. 젊은 나이에 죽은 시신을 염하는 직업을 어떻게 갖게 되었을까. 그들의 영혼을 뒤흔들 만큼 영향을 끼친 그 엄청났을 개인적인 사건, 분명 그것은 어떠한 죽음으로부터 잉태된 것이며, 맺어진 열매였으리라. 그리고 나는 그들을 만나게 된 것도 아빠의 복이며 동시에 나의 복이라고 생각했다.

죽음 또 죽음

사람은 자꾸만 죽고, 사람은 계속 누군가의 사망 소식을 듣는다. 누구 엄마의 부고 소식을 문자로 받고, 저기 문방구 아저씨가 아들 장례를 치렀다 하고, 교통사고 사망 표시판에는 오늘 서울에서 4명이 죽었다고 알려준다. 터키 유명한 놀이시설에서 폭탄이 터져 20명이 죽었고, 여객기가 잘 날다가 사라져 98명의 승객이 모두 산 속에서 사망했다고 한다. 유구한 옛날부터 매일같이 사람이 죽어갔어도 인류는 여전히 몇십 억 명이 존재한다. 당장 고개만 돌려도 사람들뿐이고, 로마 시대의 화산폭발과 아우슈비츠의 홀로코스터, 911의 테러에도 불구하고 사람들은 여전히 넘쳐나도록 많이 있다. 사람은 죽지만, 또 태어난다. 그렇기 때문에 우리는 죽음을 너무 쉽게 여기는 것일까. 타인의 죽음은 내 문제가 아닐지언정, 날마다 8시, 9시 뉴스에서 내가 매일 접하는 내 일상이기도 하지 않는가. 그 죽음의 이야기는 언제라도 내가 될 수 있는 일이다. 유구한 날부터 죽음은 내가 현재 살고 있는 삶 안에서 그렇게 늘 진행되었다. 남의 일이, 그러다 홀연히 나의 일로.

과제 그리고 답

아빠는 아빠가 가장 사랑했던 손녀를 떠나 언젠가 하늘로 가야 한다는 사실을 손녀에게 어떻게 잘 설명할 수 있을지 고민한 적이 있었을까. 아빠는 그런 적이 없었을 것 같다. 그 과제가 나에게 떨어져 있다. 어떤 식으로 딸에게 설명할 수 있을지 자주 생각하곤 한다. 어린 아이도 개념적이든, 추상적이든 죽음에 대하여 아는 것이 중요하다는 생각뿐이다. 아빠는 죽음을 두려워하지도 않았고, 죽음을 궁금해 한 적도 없던 것 같다. 사람은 태어난 이상 열심히 살다가 그저 흙으로 돌아가고 하늘로 돌아가는 것이라고 늘 우리에게 이야기했기 때문이다. 어쩌면 죽음에 대한 평소 아빠의 그 믿음이 현재로서는 내가 내 딸에게도 줄 수 있는 가장 정확한 답이 될지 모르겠다.

그곳의 걸음

아빠가 하늘나라에 도착했을 때, 하늘나라의 황홀한 아름다움에 벌린 입이 다물어지지 않았으면 좋겠다. 그렇게 그곳은 찬란하게 아름답고 환하고 아늑한 곳이길 바란다. 분명 그런 곳일 것이다. 나는 아직도 매일 하루에 한번씩 꼭 실체적으로 그곳을 상상해 본다. 아빠가 그곳을 무빙워크 위를 걷듯 두둥실 가볍게 미끄러지듯 거닐고 있는 모습이 그려진다.

하늘로 돌아가다

"엄마, 할아버지 잘 돌아가셨어? 나한테 인사도 안 해주고 갔어. 나도 할아버지한테 인사 못 했는데 할아버지가 바로 갔어. 나는 못 보게 했지?" 딸은 정말 자기 옆에 할아버지가 '없음'도 인사 '없음'도 이상하고 억울할 것 같다. 매일 15분씩 겨우 2회밖에 면회가 안 되는 날들 속에서 나도 매일 뭔가 억울하고 답답해서 화가 났다. 너는 어떨까. 살면서 아빠가 누군가를 이렇게 티 나게 사랑하는 것을 본 적이 없었다. 매일 만났고, 매일 자신을 향해 크게 웃어주었고, 매일 손에 캐러멜을 쥐어주고, 어느 날은 만 원짜리, 어느 날은 천 원짜리, 만날 때마다 주머니 속을 뒤져 무엇이든 내 딸에게 꼭 건네주던 아빠는 누구보다 손녀와 제일 친한, 그리고 손녀를 가장 좋아한 사람들 중 으뜸이었다. 그런데 내 딸의 할아버지는 인사도 안 해주고 하늘나라로 돌아가버린 것이다. 어른의 대화 속에 등장하는 '돌아가셨다'라는 단어 그대로 딸은 묻는다. "할아버지 잘 돌아가셨어? 잘 돌아가신 거 맞지?" 나도 딸처럼 천진하게 아빠에게 그렇게 묻고 싶다. '아빠, 아빠 잘 돌아갔어요?'

100%

죽음은 나의 부모에게도 당연히 일어나게 될 100%의 현실 사건인데, 그것은 언제나 먼 미래에 일어날 것이라는 100%의 황당한 믿음도 포함한다. 내 일이 아니라는 더 굳건한 믿음을 갖고 있는 경우도 있다. 어제까지 통화했는데, 어제까지 산책했는데, 어제까지 손녀와 놀아주었는데, 같이 삶은 콩을 까서 먹었는데 갑자기 돌아가셨다. 그렇게 까마득히 먼 미래였던 것이, 내게 그 다음날 바로 찾아왔다. 죽음이 그런 거였다.

반복하는 슬픔

아빠를 잃은 경험은 어느 하루 아침 순식간에 일어나 딱 한 차례로 끝이 난 일인데, 기억이 밀려갔다 밀려오고, 또 밀려갔다 밀려오기를 끝도 없이 반복하니 아빠의 죽음을 참 여러 차례 반복해서 경험하는 것 같다.

취향의 사람

아빠는 1940년도에 태어나, 광복과 6·25를 겪은 세대였지만 너무나 깔끔하고 모던하고 세련된 가치관과 태도를 지닌 사람이었다. 나를 키우며 단 한번의 잔소리를 해본 적이 없고, 내가 하고자 하는 일에 반대의견을 내신 적도 없다. 하나뿐인 딸이 결혼하겠다는 남자도 결혼식 전 상견례 자리에서 처음으로 보고 웃어줄 뿐이었다. 아빠처럼 나를 믿어준 사람은 없다. 아빠의 태도에는 딸에 대한 신뢰가 기반했음에 감사하다. 취향이 꽉 찬 물건을 곁에 두고 사는 생활이 주는 기쁨마저 너무 큰데, 사랑하는 사람을 곁에 두고, 늘 보고 살 수 있는 삶이란 감히 측정할 수 없는 크기의 기쁨이었던 것이다. 아빠는 어디론가 사라져버린 내 최고 취향의 사람, 아빠는 그렇게 정말 매력 있는 사람이었다. 분명 나는 아빠랑 살면서 아빠의 아름다운 매력을 알았는데, 아빠가 죽고 나니 그 매력이 더욱 짙어져만 간다.

아빠의 공원

노을이 지기 직전의 쏟아지던 햇살을 받으며 아빠의 사진을 찍었었다. 역광으로도 아빠의 백발, 아빠의 미소가 다 보일 정도로 사랑스럽게 손녀를 바라보던 내 아빠를 찍던 내 모습이 아직 생생하다. 아직까지 공원을 가지 못하고 있다. 정말 집 앞의 공원은 내게 내 딸의 공원이고 내 아빠의 공원이었다. "엄마, 왜 우리 공원 안 가?", "으응. 지금 너무너무 덥잖아. 시원한 가을되면 우리 다시 열심히 가자." 이렇게 아름다운 공원에서 아빠를 마주치지 못해 나는 여전히 가슴을 탁탁 치게 마음이 쓰려온다. 그러다가도 아빠는 지금 이 공원과는 비교도 안 될 만큼 신비롭고 아름다운 하늘나라의 공원을 거닐 것을 상상하면 마음이 너무나 안심이 되고 따뜻해지기도 한다.

다시 소망

진정한 위로는, 아빠가 사라져버린 내 남은 인생을 내가 어떡해서든 잘 살아내지 않을까 싶은 나 스스로를 믿는 믿음밖에 없다. 사람의 내면에는 다시 생의 기운을 일으키려는 본능이 있다는 것을 알게 되었다. 무언가, 누군가 나를 끊임없이 괴롭히고 들쑤셔 놓더라도 조용히 몰래 나를 낫게 하고 싶은 본능이라고 해야 할까? 다시 내 안에서 생기의 싹을 보고 싶은 소망을 가지고 있다.

등장

운전을 하다 백미러로 뒤를 보니 둘째 아이가 높은 카시트 위에서 손이 닿는지 창문 손잡이를 잡고 있다. 아빠는 택시를 타도, 내 차를 타도 언제나 차창 위 손잡이를 잡았다. 그건 아빠의 평생의 습관이었다. 그렇게 불쑥 불쑥 아들을 통해서도 아빠는 내 하루 안에 등장한다. 내 마음의 레이더가 놓치지 않는다면 어디에서도, 언제라도 만나고 싶은 아빠를 만날 수 있다.

예쁘다 가을

집으로 걸어 돌아오는 길, 낙엽들을 골라 모았다. 벌레 먹은 잎도, 찢어진 잎도, 간신히 멀쩡하게 잎새 형태를 유지한 잎들도 하나 둘 손가락에 힘을 주어 붙잡고 집으로 들고 돌아왔다. 두꺼운 책에 그것들을 끼워두었다. 아빠가 만나지 못한 2016년 가을. 그 가을을 잡아 두고 싶었다. '아빠, 이곳은 괜찮아. 아빠가 못 본, 우리가 살고 있는 2016년 가을도 이렇게 예쁘다. 걱정하지 말아.'

꺼져버린 땅

나랑 어제 같이 소파에 앉아 연두 빛깔 콩을 까먹은 아빠가 연기처럼 사라져 없다. 매일 걸어 다니던 익숙한 길 위에서 발밑의 땅이 훅 꺼져 사라진 것처럼. 콩을 까 먹으며 나눴던 말이 생각이 나질 않는다. 말하지 못했던 것들을 꺼져버린 깊은 구멍을 향해 소리쳐 말해야 한다. '사랑해 아빠, 사랑해 아빠, 사랑해 아빠, 사랑해 아빠'. 슬픔은 사라지는 것이 아니라 컵 바닥에 가라앉은 미숫가루처럼 젓가락 한번 휘, 콩알 한 알만 탁, 떨어트려도 서서히 살아나는 것과 같다. 그저 저 밑바닥에 잘 가라 앉아 있을 뿐인 것 같다. 슬픔은 참 얌전하면서도 끈질기다.

화

'제발 제발 전화 좀 받아 엄마. 전화는 왜 가지고 다녀, 전화 좀 받으라고 제발, 천 번을 걸어야 돼.' 엄마와 연락이 닿지 않으면 받을 때까지 초조하게 걷잡을 수 없는 혼잣말을 한다. 걱정이 되다가 어느 순간 화가 난다. 몇 번 이런 상황이 반복이 되니 나는 이 상황에 나오는 화라는 감정에 집중을 해봤다. 이 화는 명확하게 엄마에 대한 화가 아니다. 이 화는 엄마마저 잃을 것 같은 불안함에 대한 주체할 수 없는 두려움이다.

특별한 생의 목표

엄마는 아빠의 사진 여러 장을 요리조리 정성스럽게 오려, 마치 합성을 한 듯이 엄마의 사진과 엮어 새로운 사진으로 탄생시킨 후 지갑에 넣었다. 어느 날, 그 지갑을 어디 두었는지 찾지 못하겠다며 허둥지둥하는 엄마를 보고 있자니 귀엽기도 하고 애달프기도 하다. 아빠가 없는 지금에도 그토록 마음을 주고, 헌신하는 엄마에게 너무 고맙다. 고마운데 슬픔이 몰려 온다. 삶에 마구잡이로 찾아오는 이렇기도 하고 저렇기도 한 감정을 맞이하는 일은 여전히 생소하고, 컨트롤 하는 것도 참 어렵다. 내가 아빠에게 그랬듯 나는 엄마의 인생도 마지막까지 지켜보겠지. 엄마가 생의 마지막 숨을 삼킬 때 아빠에게 그랬듯이, 내가 엄마 곁에 꼭 붙어 머무는 것, 엄마의 감은 눈을 마지막으로 내 온기있는 손으로 한 번 더 덮어주는 것, 그것은 내가 꼭 이루길 바라는 생의 특별한 목표 같은 것이다. 축복 같은 일. (2016.12.04.)

밀알

아빠가 잠든 집에 다녀왔다. 그곳을 이제 나는 아빠집이라 부르고 있고, 차 네비게이터에도 아빠집이라는 이름으로 등록 표시가 되어 있다. 아빠집에 들어서면 입구 동판에 You are dust, and to dust you shall return **너는 흙이니 흙으로 돌아갈 것이니라**라는 성경구절이 새겨 있다. 먼지처럼 흙으로 돌아간 아빠에게 가면 마음이 고요해진다. 흙으로 돌아간 아빠가 낯설지 않은 것은 이제는 사람이 자연 속의 일부라는 사실이 결코 낯설게 느껴지지 않기 때문이다. 한 해가 또 이렇게 가고 있다. 나에겐 너무 어렵고 고통스러웠던 해였지만 또한 너무나 아름다운 해였다. 39년 동안 배웠던 모든 것을 합쳐도, 올해 배운 것의 크기와 의미를 따라가지 못할 것이다.

2016년 마지막 날

우리에게 주어진 자유는 아빠가 준 멋진 선물이어서 나는 2017년 새해에는 자유함 속에서 더 열심히 일하고 그리움 속에서 아빠를 더 더 사랑해야겠다고 다짐한다. 열심히 일하고 많이 웃으며 사는 것은 아빠를 잊는 것이 아닌 또 다른 형태의 사랑이며, 여전히 아파하고 슬퍼하는 것은 미련이나 청승이 아닌 영원한 그리움일 것이다.

감정의 변덕

가족 중 누가 위중하게 아프면, 나의 감정을 있는 대로 날 세워 표현하는 것도 가능하고, 나의 감정을 다 표현하지 못하고 숨겨야 하는 것도 맞다. 티가 났을지 안 났을지 모르겠지만 어떤 날은 가라앉는 배처럼 무겁게 침울하고, 어떤 날은 죽은 줄로 알았던 나무 화분의 마른 가지에서 새순을 발견한 듯 희망적이고 그랬다. 아빠가 죽을까 봐 바닥으로 가라앉고, 아빠가 살 것 같아 희망적이던 날들, 하루하루가 이랬다 저랬다 했다. 그런데 아빠가 죽어 더 이상 아빠가 산다는 희망이 없어진 후에도 이러한 감정의 변덕은 조금 완화되었을 뿐 꽤 오래 이어지는 것 같다. 그것은 아빠의 부재에서 기인한 것이니 크게 바뀔 문제는 아닐런지도 모르겠다.

장막

아빠에게 사망선고가 내려진 후 아빠 곁을 지키던 엄마는 아빠의 오른쪽에, 나는 아빠의 왼쪽에 서있었다. 엄마가 아빠의 왼쪽으로 옮겨 가면, 내가 아빠의 오른쪽으로, 엄마가 다시 아빠의 발쪽으로 내려가면, 나는 아빠의 얼굴 쪽으로 올라갔다. 엄마가 아빠 왼쪽 뺨을 비비면, 나는 아빠 오른쪽 뺨을 쓰다듬었다. 엄마가 아빠의 손목을 잡으면, 나는 아빠의 발목을 잡았다. 마치 무슨 의식을 치르듯, 마치 미리 약속이나 한 듯이, 그렇게 아빠 주위를 빙글빙글 천천히 돌았다. 생명이 끊어진 아빠의 몸은 그 순간 우리에게 어떠한 보물보다 최고 중요하고 소중한 존재였다. 아빠의 몸 하나하나 놓치지 않고 다 어루만져주고, 안아주고, 쓰다듬어주고 사랑해줘야 했다. 엄마랑 나는 아빠를 바짝 점거하고는 아무도 데려가지 못하게 그렇게 아름다운 마지막 장막을 쳤다. 아빠를 빙빙 도는 아름다운 의식처럼 말이다.

그리운 것들

아빠는 지금 어떤 것을 가장 그리워하고 있을까. 하루에 두 번 씩 어김없이 공원 산책을 나갔던 일, 공원을 걷다 그날 유독 눈에 띄는 식물이나 나무 앞에 멈춰 서서 오래도록 바라보던 일, 저 멀리서 달려오는 손녀를 발견한 반가움에 옮기던 빠른 발걸음…… 혹 그런 것들은 아닐까? 아빠는 이렇게 가장 평범했던 일상들이 그리울지 모르겠다. 내가 봐도 그런 것들이 최고로 아름다운 일들이란 생각이 드니 갑자기 슬픔이 몰려 온다. 내가 대충 보내버리고 있는 일상의 평범한 일들…… 그렇게 날이 좋아서, 날이 좋지 않아서, 날이 적당해서, 날이 별거 없어서, 모든 날은 다 좋아야 한다. 좋은 날은 평범한 모든 날들이다. 그리운 것은 결국 진실로 그런 것뿐인 듯하다.

아름답고 좋은 감정

남매를 데리고 놀이터에 나가면 우연치고는 매번 만나 같이 모래놀이를 하는 남자 아이가 있다. 그 아이는 꼭 할아버지와 같이 온다. 아이들은 놀고 나는 할아버지와 나란히 벤치에 앉아 그들을 바라본다. 나의 동네친구가 된 이름 모르는 할아버지. 나는 그 할아버지의 손자를 바라보며 속으로 말한다. '너는 참 좋겠다. 할아버지랑 함께 공원에 와서' 매번 나는 그리 생각하다가 어느 날 물끄러미 아이를 바라보는데 다른 생각이 지나간다. '모르지. 넌, 먼저 할머니를 잃었을지도……' 그 생각은 동병상련의 위로가 아닌 또 다른 슬픈 기운을 가져왔다. 하지만 깨달았다. 결핍이 나쁜 것만은 절대 아니라는 것을. 결핍은 그 결핍된 대상에 대한 그리움을 만들어 준다. 그리움은 인간이 가질 수 있는 가장 아름답고 좋은 감정이다.

나의 세상 타인의 세상

아빠가 중환자실에 머물던 7월을 지나 8월 한가운데를 통과하던 20일간의 날들을 떠올려보면, 지글지글 타는 새까만 아스팔트 도로, 뜨거워 데일 것처럼 보이던 한강, 타는 더위를 견뎌내는 도로의 키 큰 가로수들, 휙휙 지나가는 나와 상관없는 무표정의 사람들, 형형색색 이미지와 활자들이 한데 뭉그러져 알아 보기 힘들던 상점의 간판들, 그런 풍경이 모두 함께 출렁이면서 아빠의 병원과 집을 오가던 길을 어떤 하나의 흐름으로 내 눈에 파노라마처럼 펼쳐 놓는다. 명확한 현실이었는데 딱 그때의 기간만큼은 나의 세상과 타인의 세상에 뭔가 모를 몽롱한 경계가 만들어진다. 하늘 위로 둥실 떠올라 천천히 이동해 다니는 대형 공 안에 갇혔던 것 같다고 해야 할까. 그날의 시간, 풍경, 내 감정까지 대형 공 안에 담겨 잔잔히 공기 중에 떠다니는 것 같다고 해야 할까. 몽롱하니 꿈처럼 신비롭다. 그 공은 안전하게 보호가 되지만, 뿌옇고 불투명해서 속이 희미하게만 들여다 보인다. 아득하고 아련하고 멀게 느껴지지만, 또 바로 어제 일처럼 생생히 느껴지기도 한다. 아픈 아빠가 있던 내 안의 세상과 달리는 창 밖으로 보던 나와 상관없던 타인의 세상은 마치 그 불투명한 공 안의 세상과 공 바깥의 세상으로 나뉘어 있다. 슬프지만 또 특별한 경험처럼.

두 개의 세계

낯선 삶이 펼쳐졌다. 나는 이제 두 개의 세계에서 살고 있다. 마치 아빠가 살아계신 듯, 아무렇지 않게 나의 일상이 진행되는 세계와 아빠가 없어서 슬픔과 외로움을 투쟁하듯 살아내는 세계이다. 상실을 겪고도 살아가는 게 놀랍게 느껴지기도 했지만, 상실을 겪고 살아내지 못하는 사람들도 내게 놀랍게 느껴질 때도 있었다. 그만큼 잘 살고 싶은 마음도 굴뚝 같았다. 아빠를 보고 싶은 마음의 양만큼이나 거대히.

아이러니

온 마음을 다해 삶의 아이러니를 관통하는 중이다. 불안함과 희망이 함께 찾아와 숨쉬고, 현실과 비현실, 이유 모를 초조함과 찰나의 행복이 공존하는 것을 체험한다. 힘들지만 참 잘 살고 싶다. 마침내 슬픔이 완료되었다고 확언할 수 없다. 하지만 이전만큼 슬픔에 거부감이 들지도 않는다. 그런데 참 이상하다. 아빠가 떠나서 이런 인생을 끌고 가는 노하우를 터득해낸 것이 아니라, 인생은 원래 행복도 있고 슬픔도 있고, 고통도 있고 회복도 있고, 늘 그러했던 것인데 말이다. 늘 내 자신 안에 삶을 살아낼 수 있는 나름의 방법이 이미 있었던 거다.

다짐받기

엄마와 나는 놀랍도록 많은 대화를 이어간다. 늘 서로를 찾고 있고, 괜찮은지 자주 확인하고, 괜찮지 않은 점이 있는지 궁금해하며 지낸다. 괜찮지 않은 상황에서도 "괜찮다", "괜찮으려고 노력하겠다"는 다짐을 무조건 받아내려고 엄마와 나는 서로 극도로 애쓰는 시간을 보내는 것 같기도 하다. 당연히 우리는 삶을 포기하지는 않지만, 살더라도 더 잘 살 거라는 믿음을 주고, 또 행복하게 살 수 있을 거라는 다짐을 받으려고 애를 쓰는 사람들 같다. 오래된 연인과 헤어지는 이별처럼 큰 상실을 겪은 사람들은 그 경험에 대해 타인에게 얘기하고 또 얘기하는데 그것은 어쩌면 마음에 생긴 정신적 충격을 감하는 방법일 것이다. 헤어짐, 이별, 사별 등의 충격적인 상실이 꿈이 아닌 현실이라는 것을 받아들이려 애쓰면서 동시에 계속 발생 중인 고통을 거부하고 부정하는 과정인 것이다. 엄마와 나는 그렇게 서로가 남편을 잃고, 아빠를 잃은 경험에 대해 많은 대화를 이어간다. 잃음에 대한 내성이 아직 생기지 않아서 그 노력이 계속 필요한 것 같다.

그럼에도 불구하고

찰나에 섬광처럼 감지되는 희망의 기운 같은 게 있다. 정신적으로 힘든 상황이었지만 '그럼에도 불구하고 좋은 삶이 기다리겠구나'라는 희망의 기운을 엄마에게 느끼게 해주고 싶었다. 그래서 나는 엄마 앞에서 많이 웃어주고, 앞으로 하려고 하는 내 계획, 내 일에 대한 자신감을 일부러 보여주고, 종알종알, 재잘재잘 일이 흘러가는 과정과 결과에 대해 신나게 말을 한다. 엄마는 즐겁게 들어주었다. 이런 모습은 나 스스로도 세뇌하면서, 나까지 희망차게 해주는 좋은 방법이었다. 그렇게 하다 보면 간혹 그 희망스러운 미래를 이미 다 맛본 듯한 기분에 사로잡힐 때가 있다. 좋은 일이다. 자식의 힘찬 생활의 모습을 보면서 기운이 나지 않는 부모는 없다.

무탈의 시간

엄마의 역할도 나랑 그리 다르지 않은 듯하다. 딸인 내게 미소를 많이 보여주고, 은퇴까지 남은 강의에 여전한 열정을 보여준다. 건강을 위해 애를 쓰겠다는 다짐을 내게 전해주고, 은퇴 후에 올 제주의 초록초록한 자연 속에서 글 쓰는 삶에 대한 설렘도 이야기하신다. 그러면 나는 참 안심이 된다. 무빙워크에 올라서면, 쭈욱 쭈욱 밀려서 저만치 앞으로 밀려나가 있듯이, 우리는 어느 정도는 참 괜찮았다. 힘을 내지 않아도 건강한 마음 상태를 유지하려고 노력하면, 한동안의 시간은 그냥 훌쩍 뛰어 넘은 듯, 앞으로 밀려나가고 밀려나가고를 반복한다. 무탈한 시간의 흐름에 참 감사하다.

인간의 복

유대인에게는 잃는 게 없다면 얻는 것도 없다는 경제철학이 있다. 그 철학은 죽음에도 적용된다. 씨앗은 땅에 떨어져 묻히고 눈 밖으로 사라져야 눈에 보이는 새 생명을 또 끄집어 내어준다. 인류도 그렇게 계속해서 죽음과 탄생, 잃음과 얻음을 반복했다. 나도 아빠를 잃고 마음 속에 새로 자라는 새 씨앗을 얻는다. 같이 있고 싶은데 그럴 수 없는 것, 옆에 없어서 슬픈 것, 죽음은 당연히 이러한 부재의 이유로 슬퍼야 하지만, 갑작스런 사고가 아닌 노인의 '나이 들어 늙어 죽음'은 인간의 복이고 행복이기도 하다. 시간이 지나야 더 깊은 이해를 하게 되겠지만 죽음의 이유에 대해 편안해질 날이 분명히 찾아 올 것이다. 어쩌면 absence is such a gift……

백투홈

스러져 자기 별로 돌아간 생텍쥐베리의 어린 왕자처럼 아빠는 스러져 본향으로 돌아갔다. 언제나 자기집, 자기 고향은 아늑하고 편안한 법인데, 아빠도 그러했겠지 생각하니 마음이 좋다. 길고 고단했던 여행에서 집으로 돌아가는 길은 여행을 떠나기 전의 설렘과 하등 다를 바 없이 설렌다는 걸 경험을 통해 우리는 잘 알고 있다. 그래서 참 다행이다. 어린 왕자도 아빠도.

슬픔이 없는 슬픔

잠이 안 와서 눈을 뜬 채, 감은 채, 한 시간 두 시간 세 시간 네 시간 숨을 죽인 채 그냥 가만히 있는 날이 있다. 옆에서 자는 아이들이 깨지 않길 바라면서 천장을 보고 숨도 죽인 채 가만히 있기만 한다. 아빠가 가고, 불면증은 나를 괴롭히는 최고의 육체적 고통이다. 장례 이후로는 노을이 눈 안에 들어온다. 저녁 무렵, 아빠가 산책하던 공원 위로 아름답게 드리워지는 노란 노을을 바라볼 때의 외로움은 육체가 아닌 마음의 고단함이다. 육체적 피곤함은 피하고 싶지만, 이상하게도 공허함, 외로움, 울고 싶은 마음 같은 것은 반갑기도 하다. 남겨진 사람들은 필사적으로 슬픔을 극복하려 노력한다지만, 아이러니하게도 점점 사라져가는 슬픔의 시간을 필사적으로 붙들며 계속 그 슬픔 속에 머무르려 하기도 한다. 더 이상 슬픔이 없다니 그 사실이 더 슬프지 않을까.

단순화

스티브잡스는 죽음을 생각하면, 중요한 것만 남는다고 했다. 맞다. 잃으면서도 얻어지는 것에 주목해야 한다. 알 수 없는 복잡한 것보다 의미 있는 간단한 것에 집중해야 한다. 온갖 불만과 불안이 물러가고 종종 큰 긍정이 찾아올 때가 있는데 그 순간이 참 좋았다. 매일 들락날락거리는 욕실 세면대 위, 매일 집어들던 비누에서 사랑스럽고 평온한 비누향이 갑자기 맡아질 때, 그런 평이한 상황과 순간에도 순식간에 자신감이 일렁일 때가 있었다. 신기했다. 그런 순간을 잡아내야 하기 때문에 어느 순간에도 맑게 깨어있는 게 좋겠다는 생각을 했다. '아빠, 나 점점 좋아지나 봐요.'

나를 청소하기

아빠가 하늘로 가고 나는 내 자신을 청소하는 시간을 가지고 있다는 생각이 든다. 나를 빛나지 않게 뿌옇게 만드는 먼지는 탁탁 털고, 들여다 보지 않고 구석진 곳에 내버려뒀던 감정에는 매우 집중을 해 본다. 자주 쓰여야 할 의욕은 앞 자리로 꺼내 놓고, 다치거나 깨지지 말아야 할 자신감은 잘 감싸둔다. 부지런히 조이고 닦으며 온기를 넣어준 집은 내버려 둔 집보다 훨씬 단단하며 오래도록 건재한다. 그처럼 나는 나를 청소하고 다듬어서 점점 단단해질 거다. 여러모로 그 편이 훨씬 낫겠지…….

타인을 향한 애정

얼마나 아플까, 얼마나 외로울까, 사랑하는 사람을 죽음으로 떠나 보내는 타인을 보며 이젠 마음 아파하는 사람이 되었다. 가족을 떠나 보내는 그 사람은 나처럼 분명히 아프고 외롭겠지만 부디 또 나처럼 나의 차례가 왔다는 이해와 용기의 마음자세가 생겨났으면 좋겠다. 세상에 없을 아름다운 경험으로 바꾸어 갈 수 있기를 기도한다. 죽음의 경험을 관통하면서 사랑하는 사람의 죽음을 겪어낸 사람들에 대한 존경심도 든다. 또 죽음의 경험을 처음으로 겪게 될 사람을 보면 보듬어주고 애정하게 될 것 같다. 언젠가, 차 안에 덩그러니 혼자 앉게 되는 날이나, 선루프 위로 비가 후두둑 쏟아지거나, 구름이 잔잔히 예쁘게 흘러가는 게 보이면 나는 또 꺼이꺼이 소리 내어 눈물을 쏟는 날도 있겠지만 죽음의 경험이 100% 나쁘다는 생각이 이제는 들지 않는다. 마음의 변화가 생기고 있다.

계속하는 힘

갑자기 내 인생에서 사라진 아빠를 골똘히 생각하다가, 죽음에 대한 책을 닥치는 대로 찾아 읽다가, 죽음과 아빠에 대한 글을 끄적거린다. 다시 아빠를 떠올리며 생각하고, 읽고, 다시 글로 남기는 이런 비슷하게 반복적인 일상을 기본적인 루틴으로 보낸다. 어느 한 날, 〈La mort 죽음〉이라는 너무 난해한 프랑스 철학 책을 만나게 되었는데 나는 이 책을 천천히 정독했다. **당신이 죽음에 대해 생각해보려 한다면, 제가 그랬듯이 죽음에 대한 책을 써서, 죽음을 문제화하기 바랍니다** 저자인 철학자 장켈레비치가 책의 서문에서 이렇게 언급했다. 죽음은 인간의 대표적인 문제이자, 어떤 의미에서는 유일한 문제라고 한다. 죽음에 대한 책을 써서, 죽음을 문제화하라는 이 문장을 만났을 때 나는 힘들기만 하던 죽음을 문제화 하던 나의 끈질긴 기록에, '계속하는 힘'을 더 얻었다. 나는 여전히 죽음이 궁금하다. 사라진 아빠의 안위가 참 궁금하다.

일상이 된 죽음

많은 상념들이 끝없이 나를 졸졸 따라 다닌다. 비트겐슈타인은 **죽음은 삶 속의 사건이 아니어서 우리는 살면서 죽음을 체험할 수 없다**고 했기에 나는 체험할 수 없는 죽음에 대해서 그저 자주 생각할 수밖에 없고, 또 누구보다 자주 생각하며 살기로 이미 다짐했다. 지금 그러고 있다. 내게 그것은 우울한 행위가 절대 아니었고, 생산적이고 의미 있는 행위로서의 좋은 태도였다.

할아버지 없는 아이

"엄마, 나는 할머니가 2명 있고, 할아버지가 1명 있잖아. 그런데 할아버지가 하늘나라에 가서 할아버지가 빵 명이 됐잖아. 그래서 나는 할아버지가 없는 아이가 됐어. 그래도 괜찮아. 하늘나라를 보고 마음 속으로 보면 할아버지가 보여."(2016.10.14.)

모두가 아빠

아빠가 떠나고 나니 모든 사람이 죽을 사람으로 보인다. 죽음을 생각하지 않는 날이 하루도 없을 정도이다. 길을 걷다 나이 많은 할아버지를 보면 여전히 '할아버지 심혈관 검사하신 적 있어요? 꼭 하셔야 해요.' 정신 나간 사람처럼 혼잣말을 한다. 또 다른 할아버지를 만나면 또 이런 말을 하면서 처음 본 할아버지를 한참을 바라보고 있다.

제자의 눈물

아빠의 제자가 통곡을 했다. 그 모습을 쳐다보는 것만으로 가슴이 다 무너지는 것 같다.

나의 모든 것

아빠를 간호하고, 아빠를 보내며 7키로가 빠졌다. 일은 잠시 멈추었다. 오늘도 내일도 어제도 일이 없는 일상, 그저 오늘을 보내고, 밤이 와도 깬 채로 밤을 새고, 그저 아빠를 생각하고 그리워하는 일이 내가 요즘 하는 일의 모든 것이다. 집중하는 긴 슬픔. 아주 가끔씩, 아주 짧게 넋도 나가는 것 같다.

공포감

공포감이 몰려오면 더 큰 그림을 그려본다. 작은 일에 목숨을 걸지 말자. 타인의 작은 말에 온 신경을 집중하지 말자. 아주 아주 큰 우주 공간 속에서는 티끌보다 작은 일이며, 작은 말일 뿐이라고 나에게 말해본다. 비상은 낭떠러지에서 경험할 수 있는 것이기에 바닥 아래 쪽에, 또는 절벽 끝에 지금 머물고 있는 듯한 느낌이 들더라도 비상할 수 있다고 튼튼이 나를 다독이는 것은 참 중요한 일이다. **삶의 지혜는 불행을 멈추게 하는 것이 아니라 불행 속에서도 건강한 씨앗을 심는 데 있다.** – 류시화 〈새는 날아가면서 뒤돌아보지 않는다〉

오래된 사랑

아빠가 떠난 방, 아빠의 컴퓨터 키보드 위에는 엄마가 학회에서 가슴에 달던 명찰이 올려져 있었다. 아빠가 사랑하는 사람의 이름. 아빠는 엄마의 명찰을 왜 늘 사용하던 키보드 위에 보이게 올려 놓았을까. 10대, 20대, 30대, 40대, 50대, 60대의 할머니가 된 날까지 아빠의 사랑을 받은 엄마는 이 세상 부러울 게 없이 참 행복한 사람이었다.

긴 세월 많은 이야기

아빠가 들려주었던 아빠 어린 시절의 이야기를 다시 떠올린다. 광복이 되던 날, 할머니가 아빠 손을 잡고 기차에 올라 대한독립 만세를 부르러 어딘가 큰 광장에 데리고 갔다고 했다. 태어나 처음으로 기차를 탔는데, 나무가 뒤로 움직이고 집들이 뒤로 사라져 무서워 크게 울었다던 아빠, 나는 그 얘기를 들으며 아빠가 너무 귀엽다며 깔깔 웃었던 기억이 난다. 할머니도 아빠를 바라보며 웃었을까? 그 길고 긴 세월을 거치고, 그 많은 이야기들을 남기고 아빠는 저 멀리 하늘로 떠나갔다. 지금쯤 할머니와 하늘나라에서 기차여행을 하고 있을까.

제 자리 찾기

젊은 사람과 나이든 사람의 죽음을 애도하는 방식과 속도는 조금 다른 것 같다. 젊은 사람들은 죽음의 슬픔을 뒤로 하고, 또는 끌어 안고라도 가야 할 현실의 삶이 코 앞에 닥쳐 있고 너무 길게 남아 있다. 학교, 직장, 육아로 돌아가야 한다. 정신을 추스르고 세상 밖으로 더 빨리 나가야 하기 때문에, 빠른 제자리 찾기가 중요하다. 젊지도 늙지도 않은 마흔 살의 나는 아빠를 보내고 일상 복귀의 빠른 제자리 찾기와 조금 더 슬픔에 머무르고 싶은 느린 마음의 사이에서 자꾸 엉거주춤 방황을 한다. 겉으로는 극복한 듯 열심히 살고 있으나, 내 안으로는 자꾸만 가라 앉고, 그저 좀 더 쉬면 좋겠다는 생각이 든다.

호기롭게 적당하게

올지 안 올지도 모르는 '내일'이라는 날을 내가 얼마나 늘 평범하게 맞이하고 있고, 그날들을 또 아무렇지 않게 어제라는 과거로 휙휙 넘겨가며 호기롭게 살고 있는지. 적당했지, 괜찮았지, 또는 순조로웠어, 이 정도로만 생각하며 하루를 마감하고, 다시 그런 비슷비슷한 하루를 또 맞고 또 맞고 또 맞고 또 보내고 또 보내고 또 보내버리며 산다. 너무 저평가된 나의 모든 하루하루들이 사실은 '너무 감사해, 너무 대단한 날이었어'라고 말해야 하는 날들이 아닐지 모르겠다.

넘치도록 풍요로운

아빠가 사라지니 알게 된 아깝고, 그래서 억울하기까지 한 소중한 나의 모든 매일들. 아빠가 사라지기 전에도 당연히 알아야 하는 것인데, 사람은 그렇게나 무지하고 바보라서 모른다. 사라진 아빠가 다시 내 옆에 있었으면 좋겠다는 바람은 바랄 수 없는 소망만으로 허망하게 남아 있다. 얼마나 내 삶이 아빠로 인해 가득 차고 넘치도록 풍요로웠는지…… 그런 날들을 그토록 저평가된 날로 만들었다는 게 죄스럽다. 나 혼자서 끙끙대는 슬픈 비밀과 같다. 죽음은 내가 사랑했던 것은 정말 특별한 날이 아닌 모든 매일이라는 것을 알게 해준 매개체이다.

보통날

비누에 붙은 너의 머리카락을 떼며 한참을 울었다. - 에픽하이 〈연애소설〉 엄마도 아빠의 부재에 그랬겠지? 우리가 사랑하는 것은 결국 보통날들이다. 지겹게 싫었지만 비누에 붙은 머리카락도 참 간절해질 때가 온다.

소망의 이유

내 자녀에게서 느끼는 사랑의 충만함이 지금 내 삶의 가장 큰 기쁨의 영역이라면, 아빠도 어쩌면 그러했으리라. '아빠도 그 힘으로 진짜 열심히 살아가셨겠지?' 라는 생각을 이제서야 해본다. 아빠는 전쟁과 광복, 부모 없던 외로운 성장, 가난과 병으로 이어지는 삶의 깊고 외로운 굴곡을 겪었다. 그런 아빠에게 결핍의 인간으로서도 삶을 행복하게 살고 싶다는 소망의 이유는 자녀였던 우리뿐이었을 것이다.

깨어

100세를 앞둔 김형석 교수님은 저서에서 **때가 오면 당연히 썩을 줄 알아야 한다**는 말을 하셨다. 한 생명이 썩어 사라져도 사라지지 않는 건 남은 자의 기억과 그가 사라지며 남기는 보이지 않는 보물이 있다. 우리는 보물찾기를 해야 한다. 제주도에 사는 10살 소년이 죽어 사라진 가수 신해철이 부른 〈회색 빌딩숲〉 노래를 듣고 영감을 받아 아름다운 동화책을 썼다는 기사를 보며 생각했다. 늘 깨어있지 않으면 절대 캐치할 수 없는, 한 죽음과 동시에 태어나는 수많은 보물들이 있다는 것을. 신해철은 썩어 사라지며 한 아이에게 아름다운 이야기를 탄생시켰다. 죽음은 heart breaker이지만 동시에 dream maker이기도 하다.

하나님, 아빠 잘 있나요?

슬픈 말 한번 속삭인 적 없지만 실록엔 내 슬픔이 배어 있고

외로운 표정 하나 지은 적 없지만 산정 위의 흰구름엔 나의 외로움이 적혀 있다. 신록과 흰구름은 나의 편지 하늘과 땅은 나의 사서함. 하나님 저의 편지 읽으셨습니까? - 나태주 〈변방 57〉

실패한 애도

이제 괜찮아진 척 굳건히 일상을 해 나가면서도 내 안에 슬퍼하는 나와 내 밖에서 웃으며 살아가는 내가 있다는 걸 잘 안다. 자크 데리다는 **실패한 애도만이 오히려 성공한 애도**라고 말했다. 이 말처럼 맞는 말이 없는 것 같다. 아무리 해도 여전히 아빠를 애도하는 내 자신을 끝낼 수가 없다. 그리움과 슬픔은 사람을 지쳐 병들게 할 수도 있지만, 더 잘 살아가게 하는 원동력이 될 수도 있다는 점에 안도하며 나는 아빠를 계속 애도한다.

남은 시간

나는 살면서 내가 했던 일을 다 알고 있으니 아빠가 내 행동으로 서운했을 때가 많았으리란 것도 짐작할수 있다. 불효라 생각하지 못한 건 나 자신이었을 뿐, 불효하며 살았던 날이 너무 많았을 것이다. 내 불효로 인해 아빠의 수명을 단축시킨 부분이 있었을까 심히 자책한 순간도 있었다. 대신 엄마에게 잘하면 내 불효의 죄책감을 조금은 덜 수 있을까. 남겨진 엄마를 도울 수 있는 건 뭐가 있을까. 아빠가 없어 엄마 혼자 걷게 된 산책길을 같이 걸어드리고, 엄마의 이야기를 들어주고, 같은 시공간 속에 엄마와 자주 머무는 것, 그런 것들을 목록에 올려 본다. 아직 내게 있는 이 소중한 기회들을 귀히 여기는 것이 엄마를 사랑하는 아빠에게 내가 보답하고 싶은 일이다.

1, 2, 3인칭의 죽음

프랑스의 학자 장켈레비치는 죽음에는 세 개의 관점이 있다고 했다. 1인칭 죽음은 나의 죽음, 2인칭 죽음은 가까운 사람의 죽음, 3인칭의 죽음은 타인의 죽음이라고 했다. **나는 나의 죽음을 경험할 수 없으면서, 경험하는 그 즉시 사라지기 때문에 내 죽음으로부터 어떤 영향도 받지 못하게 되겠지만, 가까운 사람의 죽음은 나의 죽음과 가장 흡사하기에 가장 큰 고통을 받는다**고 말이다. 내게 아빠의 죽음은 그래서 어쩌면 당연하게도 나의 죽음보다 훨씬 더 고통스런 사건이 되어 버렸고, 간접적이며 직접적인 가장 아픈 경험으로 남았다. 누구나 죽음에 대해 어쩌다 가끔씩은 생각해 보곤 하겠지만 그 정도를 넘어 깊게 골몰하고 파고든다고 한들, 죽음이란 미지의 막연함으로 끝나버리고 만다는 것을 알 것이다. 죽음을 늘 타인의 문제로만 국한시키고, 끝없이 남의 일로 미루며 지연시킨다. 사람들은 평생에 걸쳐 한번 일어날지 안 일어날지 모르는 화재나 도난, 암을 위해서는 보험에 가입하고, 상속세에 대한 대비는 철저히 하면서 100% 확정된 죽음에 대해서는 아무런 대비도 하지 않는다. 나도 그렇게 아빠의 죽음과 마주하고 말았다. 이 어리석음이 인류 역사 동안 반복된다.

죽음에 관한 책

서점이나 인터넷 검색 창에 '죽음'이라고 써 넣으면 검색되는 모든 책들이 나는 다 반갑고 다 귀했고 다 감사했다. 이 글들은 누가 어떤 죽음을 맞이하여, 어떤 고뇌와 슬픔의 충격에 빠져서 어떤 결론에 도달한 후 꼭 남길 수밖에 없었던 글이었을까. 죽음에 관한 글을 써 내려간 세상의 모든 그 누군가가 내겐 좋은 선배처럼 느껴진다. 친근한 동지애와 연민을 동시에 느끼는 것 같다. 죽음의 주제 앞에 나눌 수 있는 팁이란 게 과연 있을까. 있다면 얻고 싶고, 죽음이 무엇인지 이해할 수 있게 해준다면 뭐든지 받아들이고 경청하고 싶었다. 죽음에 대한 호기심, 원초적 탐구욕구, 열정이 불타오르던 나날, 나는 마치 죽음에 대한 박사논문을 쓰려는 사람처럼 그랬다.

영혼의 돌봄

죽음에 대한 책을 많이 읽었던 것은 이미 죽고 사라진 아빠지만 아빠가 안전하고, 무사할 거라는 확답을 얻고 싶어서였다. 이미 죽은 아빠가 안전해야 한다니, 무사해야 한다니. 이해 가지 않는 말이지만 더 아름답고 평온한 곳에 있는 안전한 아빠를 떠올리는 일은 내겐 동아줄 구원같은 안심을 주었다. 애도의 기간, 책을 읽고 마음을 만지며 글로 정리하는 행위는 나만의 퀘렌시아(querencia), 내가 회복하고, 내가 평온을 얻을 수 있는 나름의 안전한 나의 영역이었다. 특별히 아빠를 잃고 시작된 글 메모는 혼자 숨어서 마음껏 아빠를 사유할 수 있는 유일한 통로였다. 글을 읽음과 글을 씀은 온전한 정신으로 오늘을 무사히 살게 해주고, 있는지 없는지조차 잊고 살던 내 영혼을 발견하게 했고 그 영혼을 돌봐주었다. 읽지 않고, 쓰지 않고 가만히 지냈다면 그 많은 궁금과 궁리들이 그것으로 종결되었을 것 같다. 읽고 쓰는 덕에 어느 날은 안개가 걷혀졌고, 잠시 삶이 사막 같다가도 오아시스를 만난 듯 시원해졌다.

대견한 일

나는 슬픔과 불안함의 생활 속에서도 내 안 깊은 곳에 있을지도 모를 지혜를 끌어내, 잘 살 힘을 만들려고 쥐어 짜는 사람 같다. 슬픔 속에서도 삶에 대해 사랑을 잃지 않는 것, 그것만큼은 내 스스로를 칭찬하고픈 대견한 일이었다. 좋은 날 함께하는 식사 자리에 아빠가 없다는 사실은 빈자리에서 항상 드러나지만 이전과 다를 바 없이 단란하게 웃고 장난도 치며, 그렇게 식사를 마친다. 그런 환경에서 계속 살아야 하는 것이다. 어떤 슬픔이 우리를 치고 지나가도 사랑을 잃지 않는 것은 매우 중요하다.

구름과 함께 오는 아빠

복숭아 빛을 가졌다. 살굿빛 핑크가 섞인 모과의 색이라고 해야 하나, 파스텔 톤의 보드라운 색깔이 반짝거린다는 걸 어떻게 묘사할 수 있을지는 모르겠다. 아빠를 하늘로 떠나 보내고, 아빠의 본적인 담양에 갔던 날, 엄마와 걷다가 올려다 봤던 구름의 색이 정확히 그랬다. 그 구름을 보면서 우리는 동시에 아빠를 느꼈다. 둘 다 멈추어 서서 그 구름과 구름을 감싸던 빛을 바라 보며 너무나 이상한 감정을 느꼈고, 엄마와 나는 환호를 하며 아빠를 불러댔다. 그날부터였을 것이다. 아름답게 나타나는, 웅장하고 신기하게 불쑥불쑥 내 곁에 보여지는 구름과 그 시간대의 아름다운 색의 향연을 볼 때마다 아빠가 왔구나란 생각이 든 것은. 어느 날부터인가 딸 아이가 구름들이 만들어내는 근사한 장관을 보면 말한다. "할아버지 왔네."

닥치면 알게 되는 일

현대의 사람은 아프면 병원에 간다. 지금 죽는다고 해도 이상할 것 없는 충분히 인생을 살았다고 판단되는 고령, 자연스럽게 노환을 겪는 90살의 노부, 노모라 할지라도 가족이 아프면 치료받아야 한다고, 조금 더는 살 수 있다고 믿고 병원에 데리고 간다. 인간은 생명의 문제에 있어서는 정말 본능적으로, 죽지 않게 만들려는 행위가 가장 먼저 발동된다. 죽지 않고, 살아서 일단 숨을 쉬게 만드는 것, 심장의 박동을 멈추지 않게 하는 것, 그런 생명의 연장이 일단 가장 중요한 문제가 된다. 아빠를 보낸 후, 25년지기 베스트프렌드를 만났다, 친구의 친정엄마는, 내 아빠의 죽음을 매우 마음 아파하셨고, 본인이 죽음을 앞두게 되면, 아빠처럼 절대 목에 구멍을 뚫거나, 입에 호스를 끼는 등의 조치는 하지 말라고 친구에게 당부하셨다고 한다. 친구도 그게 맞는 것 같다고 했지만 나는 그 주제에 대해서는 침묵했다. 왜냐하면 그 상황이 되지 않으면 아무도 알 수 없기 때문이다. 그것은 그렇게 미리 대화를 많이 나눠두고 미리 결정해 두었다고 해서 그대로 쉽게 행해지는 일이 아니기 때문이다. 노년의 때이긴 하나 아직 충분히 젊은 엄마가 갑자기 쓰러졌을 때, 수술을 바로 하지 않는 자녀는 없다. 해볼 수 있는 것을 일단 다 해볼 때, 그 과정에서 목과 가슴과 코에 구멍이 뚫리게 되는 것이다. 내 친구도 무슨 수를 써서라도, 엄마를 조금이라도 더 살게 할 수 있는 일말의 가능성을 위해서는 병원에서 시도하자는 최대한의 의료 처치 방식을 따르게 될지 모른다. 내 친구도 엄마를 너무 사랑하는 똑같은 딸이기에……

본능이 하는 일

우리는 본능적으로 죽어가는 무언가를 위해 숨을 쉬게 만드는 일을 하고 싶어한다. 그런데 그 사람이 평생을 거쳐 나와 대화하고, 함께 밥을 먹고, 싸우고, 웃어주고, 의지했고, 내 희로애락의 시간을 지켜봐 준 사람이라면? 그저 이유여하를 막론하고 더, 더, 더 살게 하고 싶어질 뿐이다. 내가 죽더라도 저 사람을 살려달라고 자동으로 기도하는 마음, 그 시간의 바람은 그것뿐이게 된다.

내 것

사람의 삶은 고난으로 가득한데 장난꾸러기처럼 또 잔잔한 즐거움도 계속 가져다 준다. 즐거움은 삶을 좀더 좋아하게 만들고, 살고 싶어지게 한다. 슬픔 뒤 삶을 재정비하려 애쓰다 보면 그 애씀으로 말미암아 가고자 하는 삶의 방향에 에너지가 모아지는 것 같다. 그 에너지로 일상을 기어코 이어가는 것이다. 아빠의 죽음을 완전하게 수용했다고 말할 수 있는지는 여전히 잘 모르겠다. 다시 잘 사는 듯 보일 때도 물론 있을 테고, 슬픔의 바닥으로 다시 되돌아간 듯도 하니까 말이다. 아빠를 보낸 그 당시에는 온통 슬픔뿐이었지만 어느 정도의 시간이 흘러가니 분명 슬픔에만 잠겨 있을 수 없게끔 세상이 움직여 갔다. 그 세상에 떠밀려 살아지는 걸까. 아픔과 즐거움, 어느 한 부분에만 머물게 하지 않는 삶의 베풂, 그것은 은혜, 구원과 같다.

혼자 하는 작별

시간이 꽤 지나도 그리움에 그만할 때란 없다. 슬픔이 자꾸 되돌아 오는 이유는 너무나 당연한 것 같다. 슬픔의 원천, 아빠의 죽음이 없던 일로 되지 않기 때문이다. 슬픔의 원천이 너무나 그대로이기 때문이다. 아빠와 함께 부둥켜 안거나, 마침내 사랑한다고 말하거나, 아빠는 유언을 남기고 딸은 듣는 그런 작별의 시간을 갖지 못했다. 아빠가 의식을 잃은 약 2주의 시간이 주어졌으나, 그 시간 동안 작별의 의식은 일방적으로 나 혼자 해결해야 하는 작별이었다. 아빠를 보낼 준비를 하는 2주라도 주어져서 다행이라고, 쓰러짐과 동시에 당장 저 멀리 하늘로 사라지지 않아서 다행이라고 토닥토닥 나를 위안했음에도 반복하며 안타까워하고 있다. 아빠와 마지막 그 어떤 대화도 나눌 수 없었기에. 마지막 시간이 없다는 것만큼 미련을 버리지 못하게 하는 것도 없지 싶다.

홀로 하는 일

인간은 전생을 걸쳐 힘든 날에는 타인의 도움과 지지를 받고, 스러지는 날에는 기댈 어깨와 붙잡을 손을 빌리면서 위로받고 살아가지만, 유일하게 철저히 홀로 맞아드려야 하는 진정한 '나 홀로'의 순간이 있다. 그건 죽음이다. 죽음의 순간, 엄마와 내가 아빠의 곁을 지켰지만, 그것은 아빠의 죽음을 함께했다기보다 정확히 의미하면 말 그대로 곁에 머문 것뿐이었다. 죽음만큼은 아빠 혼자서 넘어가야 했다. 죽음은 세상의 모든 이가 홀로 해야 하는 일이고, 곁을 지켜주던 가족도 대신할 수 없는 일이다. 일생에 단 한 번 겪게 되는 죽음은 인간 모두에게 연습 없는 첫 경험이며 곧 마지막 경험이 된다. 아빠의 첫 경험이 쓸쓸하지만은 않도록 옆에 있어 줄 수 있는 기회가 우리에게 주어진 것은 진심으로 가족의 축복이었다고 생각한다. 참으로 아름다운 일이었다.

흔한 이야기

한 사람의 죽음을 둘러싼 슬픔과 비탄에 대한 이야기는 세상에 널렸을 만큼 많고 또 참 흔하다. 아빠의 죽음도 누군가에게는 참 흔한 부고 중 하나였을 것이다. 흔하다는 것은 그만큼 가까이서 늘 발생하는 보편적인 사건이라는 뜻인데 어떤 가까운 이의 죽음도, 상관없는 자의 죽음도 제대로 한번 겪어보지 못했던 내가 이제는 매일 죽음을 사색하고 죽은 사람을 떠올리고, 뉴스 속 타인의 죽음에 떨리는 심장을 붙잡는 사람이 되어 있다. 잘 지내다가도 아빠가 보고 싶어 마음이 아파온다. 몇 달 안 울다가도 눈물을 폭포처럼 쏟아 낸다. 남은 가족과 친구들 틈바구니에서도 문득 찌릿하게 외롭고, 불쑥 쓸쓸해지는 시간. 그건 나만의 것이면서 어쩌면 모두의 흔한 이야기이다.

죽음의 방법

지구 온난화로 인해, 얼음이 얼지 않아 북극곰은 북극으로 가야 할 시기에 갈 수가 없고, 북극으로 갈 수가 없어 먹이를 구할 수 없고, 그러면 굶게 되고, 굶게 되면 죽는다. 하지만 인간은 굶주린 불쌍한 북극곰을 마주쳐도 그들에게 먹이를 주면 안 된다. "죽으면 어떡해요?"라고 묻는 질문에, "먹이가 없어 죽으면 죽어야 해요, 그것이 자연의 섭리니까."라고 답하는 다큐멘터리를 보았다. 굶주림은 여러 죽음의 방법 중 그 북극곰이 맞게 된 죽음의 방법이고, 죽는 이유일 뿐이다. 아빠가 왜 이 병으로 죽었는지, 이 병에 걸리지 않았으려면 내가, 우리 가족이, 아빠가 어떻게 했어야 하는지, 그런 후회의 고민은 더 이상 필요 없다. 그 병이 아니었으면, 아빠는 우리가 이해하기 힘든 또 다른 죽음의 방법을 만났을 것이다. 그것도 아니면, 또 다른 이유를 만났을 것이다. 누구나 인생의 종착은 죽음이기에, 죽음을 맞이하는 그에 맞는 방법이 나타날 수밖에 없다. 죽음이 북극곰의 불쌍함을 봐주지 않고 찾아오듯이, 마땅한 이유와 각기 다른 방법을 가지고 죽음은 모두에게 공평하게 찾아온다. 그것이 자연의 섭리라고 한다. 아주 쉽다. 섭리는 받아들일 수밖에 없다.

감사할 일

하나님, 아빠가 죽는 날까지 아빠를 살게 해주셔서 감사합니다.

구원의 길

아빠를 돌아보는 일은 나를 돌보는 일이 되었다. 아빠가 하늘나라에 가서 하나님 곁에 있다고 생각하는 것, 내 딸을 보고 늘 활짝 웃어주던 아빠의 모습을 자주 떠올리는 것, 이 두 가지만이 내게 있는 평상의 구원이었다.

간절함

바로 앞일을 모른다는 것은, 사람에게 간절함을 준다. 그것을 나는 중환자실, 안치실, 입관식, 화장터에서 나의 뼛속 세포들까지 속속들이 경험하며 배웠다. 중환자실 다음의 일, 안치실 다음의 일, 입관식 다음의 일, 화장터 다음의 일을 하나도 몰랐다. 매 순간마다 간절했고, 애간장이 녹았다. 내 인생에 이토록 철학적인 시기는 없었다. 그만큼 죽음은 내게 많은 이야기를 건넨다. 바로 앞 일을 모른다는 것은, 인간이 간절하게 하루를 살아야 하는 이유이다.

제주도

아빠를 떠나 보내고 두 달 즈음 되었을 때 엄마는 제주로 떠났다. 나는 엄마가 좋은 몸의 컨디션도 아닌 상태에서 홀로 제주로 떠나 지낸다는 것이 결코 조금도 마음이 놓이지 않아서 떠나기 한 주 전까지도 엄마를 설득하고 회유하는 작업을 내내 했다. 내 마음 안에는 엄마의 안위에 대한 걱정과 함께 또 하나, 엄마마저 옆에 없는 나의 뻥 뚫린 허전함과 쓸쓸한 상태에 대한 두려움이 너무 커져 있었다. 엄마를 매일 보고, 손을 잡고, 토닥이고, 비비고 안으면서 같이 위로하고 견디고 안정을 찾고 싶었다. 엄마도 내가 필요하지 않을까. 하지만 엄마는 "괜찮아, 건강하게 잘 지낼게. 안전을 제일 일등으로 생각할게."라는 말을 귀에 따갑도록 해주었고, 편지 한 통을 쥐어주고는 결국 비행기에 몸을 싣고 떠났다. 도착한 제주 공항에서 엄마가 제일 먼저 한 일은 아빠가 생전 가장 좋아했던 생선인 고등어와 갈치, 옥돔을 택배로 보내온 일이었다. 아이들이랑 맛있게 먹으라며.

예감

미치도록 누군가를 살게 하고 싶은 그 마음의 상태란 것은 공포스러울 정도로 간절하다. 내가 그 마음을 알았겠는가. 갑자기, 인정사정 없이 죽음으로 밀어 넣어지는 것은 아닌가 싶을 정도로, 아빠를 싣고 달려가는 엠뷸런스, 사망가능성을 이야기하던 의사, 오전부터 자정이 다 되갈 때까지 진행되던 10시간을 넘는 대수술에 압도되어 불안감은 실제보다 오버되었을지 모르겠다. 그 간절함과 그 공포가 가늠할 수도 없는 절정에 이르렀다. 미치도록 누군가를 살려내고 싶은 상황을 겪지 못한 사람은 모를 수밖에 없다. 나도 그것이 무엇인지 몰랐고, 그 상황을 겪고 나서도 그날의 공포스러움을 다시 어떻게 설명할 수 있을지도 모르겠다. 억만금의 돈으로 아빠를 살려낼 수 없고, 마음의 간절함으로도 살려 낼 수 없다. 결국 예상하던 그것에 맞닥뜨려질지도 모른다는 그날의 공포감은 살면서 다시 없을 정도로 컸다.

아픈 보석

중환자실에 누워 있어야만, 또는 암 선고를 받고 얼마 살 날이 남지 않았다는 말을 들어야만 죽음을 앞둔 사람이 아니다. 자연의 일반적인 섭리와 순리대로라면 여전히 건강하고 생생하신 어르신들, 나를 낳아주신 부모님들은 우리보다 먼저 죽음 앞에 다다른다. 죽음을 앞둔 것과 다를 바 없다. 시간이 없다. 부모의 죽음은 짐작하지만 그에 대해 진지할 수 없는 게 청춘의 때이며 연로한 어른에게 사랑을 쏟는 법도 적은 게 청춘들이다. 하지만 노인에게 주는 관심과 사랑은 그들의 남은 삶을 더욱 귀하게 만들어 줄 수 있다. 죽음을 앞둔 사람들의 말을 경청해야 한다. 당장 내일 떠날 아빠였는데, 그 날을 알지 못해, 아빠의 말에 귀 기울일 수 있던 날들에 나는 진지하게 귀 기울이지 못했다. 아빠가 내게 일상에 건네주던 평범의 말 하나하나가 이제와 내 몸 안에 알알이 박히는 아픈 보석이 된 것은 이제는 들을 수 없기 때문이다. 우리는 부모에게 나의 이야기를 들려주고, 그들의 이야기를 들어주어야 한다. 함께 나눴던 대화는 그가 가고 없는 시간에도 인생을 열어주는 실마리가 된다.

백 개의 이유

80살은 어쩌면 살 만큼 산 나이일 수도 있을 텐데, 나이 80살을 3년 앞둔 할아버지가 다 된 아빠가 벌써 죽을까 봐, 죽으면 안 되어서, 더 살아야 해서, 아직 충분히 살지 않은 것 같아서, 이런 식의 죽음은 너무 갑작스러워서, 나는 늙은 아빠가 죽으면 안 되는 이유를 백 개도 넘게 갖고 있는 사람이었다. 내 인생의 큰 틀을 잡아주고, 살아갈 때 필요한 소중한 원칙을 삶으로 보여주고, 나아갈 방향으로 묵묵히 밀어주고 이끌어주던 어른이 사라지고 있었다. 가슴이 하루하루 무너지고 참 외로웠다.

착한 아이처럼

이러면 이 사람이 살까 싶은 마음에 병원으로 데려가고, 권하는 모든 의학 처치를 허락하게 되는 것 같다. 연명활동은 바보짓일 수도, 잔인한 짓일 수도 있다. 하지만 옳은가 그른가, 의미있는 것인가 무의미한 것인가 따져대는 논란과 토론의 대상이 내 마음 안에서는 이미 결론이 나있다. 그냥 살게 하고 싶을 뿐이라는 것. 아빠를 못 보면 그리워서 정말 어떡하나 슬플 뿐이라는 것. 아빠가 병원 시스템으로 인해, 여러 의학 처치들로 힘들었을 수도 있었을 것이다. 아빠는 보건학 박사셨고, 대학병원의 고문을 오래 역임했기에, 평소에도 내 병은 내가 잘 안다고 어떤 수술이나 시술도 지금 필요 없다고 이야기한 날이 많았다. 그런데 이번만큼은 달랐다. 아빠는 마지막임을 직감했던 것일까? 우리를 아프게, 힘들게 하지 않고 싶으셨던 걸까? "수술해야 한데"라는 말에 처음으로 착한 아이처럼 고개를 끄덕였었다. 아빠를 아직은 보내지 못하는 우리를 많이도 가엾이 여겨서, 벌써부터 시작된 우리의 그리움을 안타까이 여겨서 조금만 더 살아도 괜찮겠다는 마음으로 아빠가 수술에 동의해 주었던 걸까. 아빠가 조금만 더 우리랑 살아주길, 아빠가 조금만 더 힘을 내길, 그렇게 우리를 도와주기를 많이도 기도했었다.

중요한 것

모든 필요 없는 것들이 마치 바람 부는 사막의 모래알처럼 스스스슥 흩어지고 걷어지고, 사라지고 나면, 가장 묵직하고 중요한 것만 바닥에 남는다. 마지막까지 남는 그것. 살아있는 동안 딱 그것을 하고, 그것을 사랑하면서 살면 된다. 나도 그럴 것이다.

선물

아빠는 병원으로 옮겨진 후, 딱 20일이 되던 날 하늘나라로 떠났다. 책에서 읽은 어떤 통계에 의하면 노인들의 평균 병치레 기간이 7년이라고 하던데, 그 7년의 병석은 병자는 당연하거니와 병자의 가족 구성원 모두에게 힘들고 지루한 고통의 세월이 되기도 한다. 한 집안에 아픈 사람이 있으면, 모든 것이 엉망이 되거나 평범하게 해오던 일상이 아예 그날로 멈춰버리는 경우가 상상보다 허다하게 많다. 아빠가 입원한 지 딱 일주일이 되었을 때, 병원비 영수증에는 몇 천만 원대의 액수가 찍혀 있었다. 딱 일주일에 몇 천만 원이었다. 병은 사람의 돈 있음, 돈 없음을 가려서 찾아오지 않는다. 일주일 만에 받아 든 천 만원 대의 아빠의 병원비를 보며 많이 놀랐다. 다행히 많은 비율의 돈이 보험비로 해결이 되었다. 나는 생각했다. 분명 이 돈을 낼 수 없는 상황의 사람들이 있겠지. 부자에게도, 가난한 이에게도, 병원비를 보험으로 처리할 수 있는 사람에게도, 보험을 드는 것 자체가 사치인 사람에게도 병도 죽음처럼 공평하게 찾아온다. 집 팔아 병원비를 댄다는 말, 긴 병 앞에 효자 없다는 말, 그런 말들이 왜 생겨났는지 처음으로 이해하게 되는 순간이었다. 살면서 크게 감흥 없던 이런 말들이 내게 닥친 일처럼 안타깝고 무겁게 느껴져 왔다. 타인의 고통이 내 것 같아지는 것, 그것은 아빠의 죽음이 내게 준 또 하나의 선물 같은 순간이다.

썰물과 밀물의 교차

아빠가 살 수 있으리라는 희망이 밀물과 썰물처럼 매일같이 교차했었다. 아빠가 죽을지도 모른다는 불안도 밀물과 썰물처럼 교차했다. 그냥 하루가 희망과 불안밖에 없던 날들이었다. 사실 나는 딱 반반이었다. 이러다 정말 아빠가 죽게 되면 나와 우리 가족의 인생은 어떻게 되는 걸까. 차에서, 대기실에서, 침대 위에서 정말 자주 곰곰이 생각했다. 아빠가 죽고 나자 아빠가 살 수 있으리라는 희망은 쓸려나갔다. 아빠를 더 이상 볼 수 없게 됐다. 더 이상의 썰물과 밀물의 교차는 없다. 희망은 썰물로. 슬픔은 밀물로 확정.

살리고 싶은 마음

죽어가는 가족을 눈 앞에 두고 "돈 없어서 중환자실에 못 옮기는데요. 수술하는데 얼마예요?" 이렇게 묻는 가족은 없다. 왜냐하면 큰 수술이 얼마 드는지, 중환자실이 하루에 얼마인지 평소에 알고 있는 사람은 별로 없기 때문이다. 만일 있다면 그런 경험이 여러 차례 있었던 불행의 유경험자일 뿐일 것 같다. "지금 수술하지 않으면 위험합니다." "예후가 안 좋아 중환자실에서 지켜봐야 할 것 같습니다."라는 말을 듣는 가족들은 경제적 후폭풍을 생각할 것도 없이 "네, 그렇게 해주세요."라며 당연히 순한 양처럼 따른다. 비용을 한번쯤 먼저 계산해 볼 시간이나 고민할 마음이랄 것이 전혀 없다. 사람은 본능적으로 사랑하는 사람을 살리고 보는 방향으로 흘러가게 되어 있다. 수억만금이 들어도 살리고 싶은 마음이 모든 것의 제일 앞에 놓인다.

죽음에 대한 이야기

죽음에 대한 이야기를 하면, "왜 그런 얘길 해."라고 하는 게 대부분 사람들의 반응이다. 그런 반응에 민망해서 죽음에 관한 이야기를 나누지 못하다가, 그러니까 당연히 '준비'라는 건 더 상상도 못할 일로 지내다가, 대부분의 사람들이 그렇게 내일 당장, 사랑하는 사람의 죽음을 만난다. 죽음을 미리 생각해 보고, 이야기 나누고, 미리 준비하는 것은 축복이다. 아무도 그렇게 잘 하지 않기 때문에 더 더욱 그렇다.

병상 준비

사람들은 아빠가 20일의 길지 않은 병상 시간을 보내고 하늘로 떠난 것은 복 받은 호상이라고들 했다. 수년간 또는 십 수년간 병치레를 겪고 떠나는 사람들에 비하면, 짧은 병상에서의 마지막 삶은 확실히 축복이라고 할 수 있다. 하지만 생각보다 이런 죽음이 많지가 않다. 내 주변의 친한 친구들의 경우만 봐도 5년, 8년, 길게는 10년 이상 병상에 있는 부모나 시댁의 어른을 돌보는 경우가 있다. 그래서 우리는 죽음을 맞는 경제적인 부분도 한번쯤은 미리 생각해 볼 필요가 있는 것 같다. 누가 간호할 것인지, 돌봄의 환경은 어디 또는 어떠해야 하는지, 어떻게 비용을 감당할 것인지. 병과 노환, 죽음은 마치 출생, 성장, 장성의 일처럼 당연한 수순의 자연의 섭리이며, 삶에서 100% 찾아오는 사실이기에 마치 남의 일처럼 먼 미래의 사건처럼 올 수도 안 올 수도 있는 것처럼 여기며 살고 있다면, 꼭 한번쯤은 생각해 봐야 한다.

최고의 관찰자

간호사와 의사를 폄하하는 것은 절대 아니지만, 환자가 모든 병을 다 극복해내고 살아서 벌떡 일어나 일상으로 돌아가길 바라는 절박함은 환자의 가족을 절대 따라올 수 없다. 내 눈알이 터질세라 내가 직접 관찰해서 전달하는 디테일 한 아빠의 병상 정보는 간호사나 의사가 우리 가족을 절대 따라 오지 못할 거라 자부했다. 이런 자부가 뭔지, 살면서 이런 자부심이 필요하다니. 하지만 이상하게도 나는 그들의 관찰력을 신뢰할 수가 없었다. 뭐 하나라도 중요한 수치를 못 보고 지나갈까 봐, 혹 그 정보가 매우 중요한 핵심정보일까 봐, 우리 가족은 중환자실에서 아빠를 관찰할 수 있는 매 순간, 신경이 날카롭게 곤두서 있었고, 매우 집요한 아빠의 관찰자가 되었다.

손을 놓아준 아빠

내가 어릴 때는 서울에 눈이 참 많이 왔다. 늘 눈싸움을 했고, 심지어 눈을 굴려 수박 서너 개 크기의 큰 덩어리를 만들어낼 만큼의 눈송이들이 펑펑 내려서 눈사람은 대수도 아닌 듯 턱턱 만들어 내는 게 겨울의 일상다반사였다. 내복을 입고, 장갑을 끼고, 높은 털 부츠를 신고, 귀마개와 모자를 쓰는 것은 어린 날의 당연한 착장이었다. 아파트 앞 빙판길 위에서 내 인생 첫 두 발 자전거 타기를 아빠에게 배웠었다. 맨땅도 아닌 얼음 땅 위에서 아빠가 자전거 뒤를 밀어주고, 잡아 멈추게도 하면서 나를 도와주었다. 그리고 이제부터 혼자 페달을 밟아 달려나갈 수 있게 마지막으로 자전거에서 손을 떼 놓아준 사람도 나의 아빠였다. 매우 어렸는데 아직도 나는 그날이 꽤나 선명하게 기억에 남아 있다. 아빠는 내가 남은 인생을 더 씽씽 잘 달려나갈 수 있도록, 이제는 영영 마지막 손을 놓고 가버렸다.

모순과 진실

사랑하는 사람을 보낸 사람은 어둡고 그늘이 있어야 하는 것일 텐데, 어딘지 모르게 슬픔이 가지고 있는 영롱한 빛을 발하기도 한다. 그것은 그늘이나 우울보다는 지혜나 견딤의 힘에 가까운 빛이다. 누군가를 떠나 보낸 사람은 그를 마음 속 매우 깊은 곳에 묻고는 조용히 홀로 간직하고 싶어하면서도 동시에 슬픔에 동의해 주는 누군가에게 자꾸만 얘기하고 싶어 하기도 한다. 사랑하는 사람을 떠나 보낸 사람은 모순된 많은 것을 가지고 있다. 말로는 설명하기 힘들고, 논리로도 설득하기 힘든, 조금은 그런 것이 있다. 사람들은 그것을 모순이라고 부를지도 모르겠지만 그것을 겪고, 무엇인지 아는 사람에게는 너무나 진실인 것 같다. 그래서 같은 고통을 겪은 사람에게 애정이 느껴진다. 나와 같이 모순의 감정과 행동, 태도에 대해 가장 많이 이야기 나눈 사람은 우리 엄마다. 아빠를 떠나 보내는 시간 동안 나는 이 대화의 과정을 계속 하고 있다. 내게 그 누군가는 대부분 엄마였다.

지탱의 힘

삶을 지탱해주는 큰 뼈대가 그리움인 사람도 있겠다. 활활 타다 한 순간에 훅 불어 꺼진 촛불처럼, 아빠는 어제까지만 해도 당신의 손녀와 놀다가 갑자기 일어나지 못했다. 그 충격의 날로부터 시간이 조금씩 흘러가는데도 그리움과 안타까움은 한번을 쉬지 않고 내 일상을 스토커처럼 고스란히 따라 붙는다. 여전히 아빠의 부재는 마음이 아프고, 아빠가 그립다. 아프다는 내 고백은 같은 아픔을 겪는 누군가에게는 구원과 같은 위로가 될지도 모르겠다. 아픈 사람들끼리는 아프기 때문에 서로에게 고맙다.

아빠가 있던 시간

일상의 상념에 달라진 것 중 하나가 있다면 모든 옛날 사진들을 들여다 보거나, 그 날짜를 확인하게 되면 '이때는 아빠가 있었던 시간'이란 마무리로 귀결된다는 점이다. 그렇게 된다. 아마 모두들, 한동안은.

감사

아이들이 잠든 모습을 물끄러미 바라본다. 너무 가까이 들여다보아, 불 꺼진 밤인데도 반짝반짝 은빛이 도는 실보다 얇은 아기의 솜털들이 다 보일 정도다. 만져보지 않아도 보송보송할 게 뻔하지만, 만지지 않을 수도 없어 손을 뻗어 가만가만 쓰다듬는다. 깨지 않을 정도로만 살짝 쓰다듬으며 나는 생각한다. 아빠는 어린 내 곁에 앉아 늦은 밤, 잠든 내 모습을 물끄러미 바라본 적이 있을까? 내 볼을 살살 쓰다듬고 나서 살며시 자동 미소 지은 적이 있었을까? 아마 없을 것이다. 한번도 없었을 거라는 생각이 든다. 사는 것이 바쁘고 힘들어서. 하지만 나는 어찌된 것이 눈곱만큼도 서운하지가 않다. 그런 행동 하나 없었어도 아빠가 나를 너무나 사랑했다. 그 사랑을 아는 내가, 나는 감사하다.

아름다운 그늘

흘러가게만 되어 있는 삶의 무상함 속에서 인간적인 건 그리움을 갖는 일이고, 아무것도 그리워하지 않는 사람을 삶에 대한 애정이 없는 사람으로 받아들이며, 악인보다 더 곤란한 사람이 있으니 그가 바로 그리움이 없는 사람이라 생각하게 됐다. 그리움이 있는 한, 사람은 메마른 삶 속에서도 제 속의 깊은 물에 얼굴을 비춰본다고…… 사랑이 와서, 우리들 삶 속으로 사랑이 와서, 그리움이 되었다. 사랑이 와서 내 존재의 안쪽을 변화시켰음을 나는 기억하고 있다. 사라지고 멀어져 버리는데도 사람들은 사랑의 꿈을 버리지 않는다. 사랑이 영원하지 않은 건, 사랑의 잘못이 아니라 흘러가는 시간의 위력이다. 시간의 위력 앞에 휘둘리면서도 서도 사람들은 끈질기게 우리들의 내부에 사랑이 숨어살고 있음을 잊지 않고 있다. 아이였을 적이나, 사춘기였을 때나, 장년이었을 때나 존재의 가장 깊숙한 곳을 관통해 지나간 이름은 사랑이었다는 것을 - 신경숙 〈아름다운 그늘〉 사랑이 와서 중에서

사랑은 그리움은

사랑은 정말, 그 사람이 있을 때보다 사라질 때 사랑이었다고 느껴지는 것일까. 그리움이 멈추는 날은, 결국 하늘나라로 가 아빠를 만나는 그날뿐일까.

2016.9.23. 엄마문자

"나 혼자 있으면 그 어디서나, 어느 때나 자꾸 눈물이 나." 엄마의 문자를 열어보니 내 눈가에도 눈물이 고인다. 엄마는 부산의 은행가의 첫째 딸로 태어나서 부족함 없이 성장했다. 어릴 적 기차를 타고 외갓집에 가면 큰 대문에, 마당 가운데 큰 야자를 닮은 소나무, 돌 연못이 있고 2층집 안에는 미제와 일제 가전제품이 있었다. 냉장고에는 먹을 게 항상 가득 차 있었다. 생일날 블랙 롱 벨벳 드레스를 입은 외할머니를 보고 어린 내 생애 실제로 본 드레스라 눈이 휘둥그레진 적도 있다. 엄마는 서울대 전자공학과를 나온 똑똑했지만 부모도 없고 가난했던 아빠와 7년 연애 끝에 결혼했다. 당연히 외할머니와 할아버지의 반대가 엄청났다. 그래도 함께했고, 17살부터 64살까지 엄마 옆에는 항상 아빠가 있었다. 30살부터 77살까지 아빠 옆에 엄마가 있던 것과 그 의미가 다를 것이다. 엄마가 청소년, 중년, 장년, 그리고 노년의 시기를 관통하는 동안 단 한번도 엄마의 인생에 아빠가 부재했던 적은 없었다. 엄마아빠는 항상 가난했고 힘든 시기를 함께 숱하게 많이 걸었는데 아빠의 부재에 엄마는 인생이 보여주는 진짜 얼굴을 만난 것처럼 자주 눈물을 보였다. 마음이 아프다. 인생이란 친구는 기쁨보다 슬픔이나 후회를 만날 때 자기가 가진 진짜 얼굴과 성격을 보여주는 게 아닌가 싶다.

슬퍼하지 않는 세상

내 손실이나 상실이 아닌 다른 어떤 이유로는 내가 슬퍼할 이유가 별로 없는 세상이 되었다. 그런데 아빠의 죽음 이후, 일면식 하나 없이 나와 전혀 상관없는 타인의 죽음은 내게 지속적으로 충격적이고 무거운 마음을 안겨 준다. 가족들의 충격과 고통이 고스란히 느껴졌다. 죽음을 앞둔, 죽음에 대해 두려워하는, 죽음으로 누군가를 보내는 사람들에게 애정이 생겨났다. 〈감사의 편지〉를 쓴 존 크랠릭은 **나는 비로소 나만의 고통에서 벗어나 다른 사람들을 보게 되었다**고 고백했는데 나도 그런 것 같다. 그래서 슬픈 일도 없던 일이 되면 안 된다.

할아버지와 손자

공원을 산책하다가 낙엽들이 한 개씩 둥둥둥 공기 중에 떠 있는 신기한 광경이 보여 가까이 다가가 바라보니 낙엽들이 투명한 거미줄에 걸려 있어서 그랬다. 일부러 만들어둔 데코 조형물처럼 공기 중에 떠있는 모습이 신기하고 아름답다. 그 순간, 손을 꼭 잡고 산책하는 할아버지와 어린 손자가 저 떠다니는 낙엽들 건너편으로 내 앞을 홀연히 지나간다. 내 눈은 멍하니 거미줄 건너편 두 사람의 산책길을 한참 쫓아 간다. 우리도 저렇게 함께 산책한 따뜻했던 날이 참 많았지…….

내 품의 아빠

이름 없는 조용한 우리 동네에서 늘 복작복작 사람이 많아서, 그나마 우리동네 대박 식당일 거라고 지레 생각했었던 참 잘 되던 국숫집이 "그동안 감사했습니다"란 표지를 걸어두고 문을 닫았다. "왜? 왜? 정말 왜?" 나는 옆에 서 있는 남편 팔을 애꿎게 잡아 흔들며 탄식에 가까운 "왜?"란 말을 몇 번이나 뱉었다. 나는 진짜 너무 궁금했다. 알 수도 없고 짐작도 못했던 주인만의 고민과 그간 있었을 고생과 또는 숨은 어떤 사연까지 내 마음대로 상상의 나래가 펼쳐지며 마음이 불편했다. 모두에게는 이렇게 알 수 없는 인생의 고난이 있다. 겉만 보고는 아무 것도 알 수 없다. 이런 순간도 나는 하늘나라 아빠가 생각났다. 내 유일한 슬픔 아빠. 내가 품고 살아가야 할 아픔, 살면서 가장 강조하고 싶어진 감정, 슬픔에 대해서.

혼잣말

비싸게 주고 작년 뉴욕에서 공수했던 모자를 올해 들어 처음 들고 나가 바로 잃어버렸다. 두 아이들을 데리고 가을을 탐닉하다 스르르 떨어트렸다. 처음엔 너무 놀라서 허둥지둥, 걸었던 길을 다시 거닐며 찾아 봤지만 없다. 없으면 없는 거지라며 포기하는 순간, "나는 아빠도 잃어봤는데"라는 말을 뱉으며 놀랐다.

아빠의 마음

자연은 살아 있는데 말이 없다. 잘 자라고 있는 걸까. 지금 빛이 필요한지, 아픈 건지, 물이 고픈 건지, 그 마음을 알 길이 없다. 아빠도 그랬다. 엄마랑은 달랐다. 엄마 마음은 알 것 같은데 살면서 아빠의 마음은 다 안다고 생각한 적이 단 한번도 없었다. 말수가 적은 아빠였지만 아빠가 떠나고 나니 아빠는 말하는 것을 너무너무 좋아하는 사람이었다는 생각이 어느 한 날, 뇌리에 스친 적이 있다. 살아 계실 땐 아빠를 곰곰이 생각할 필요가 없었지만 돌아가신 이후엔 아빠를 곰곰이 생각하는 시간이 눈에 띌 만큼 잦아졌으니 잠잠한 공간 속에서, 몰랐던 아빠를 알아가는 시간이 참 많다. 그런데 후회가 밀려온다. 이제서야 알게 된 아빠의 마음과 그때마다 제대로 대처하지 못한 많은 상황들이 구름 떼처럼 후회되어 몰려온다. 가족은 살면서 단합하기도 하지만 갈등을 빚기도 하고, 잘못을 덮기도 한다. 가족은 그럼에도 불구하고 지구에서 사람이 느낄 수 있는 가장 안전한 소속감의 근원이다. 아빠는 떠나가면서 우리에게 큰 빈 공간을 남겼지만 아빠랑 더 끈끈한 결속력이 가득 채워지는 것은 참으로 큰 위안이다.

내 아픔 아시는 당신께

사라지지 않는다면 기억은 어떤 기억이든 그대로 고스란히 끌어안고, 조금이라도 나은 행복의 기운을 찾아 앞으로 나아가는 것이 좋다. 나도 나를 어쩌지 못 하거나, 나를 파악하기 힘든 시기에는 내 안에서 어떤 일이 벌어지는지를 진솔하게 가족에게 말해 보는 일도 아주 중요하다. 사람이 슬픈 날에 슬픈 노래로 위로를 받고, 슬픈 날에 슬픈 책으로 위로를 얻듯이, 공통의 아픈 일을 겪은 가족에게 같은 아픔을 위로받을 수 있다는 것은 너무 당연하면서도 중요하다. **내 아픔 아시는 당신께 내 모든 사랑 드려요. 이 눈물 보시는 당신께 내 마음 드려요. 어느덧 구름은 걷히고 따스한 햇살이 내게로. 젖었던 내 마음 마르고 파아란 하늘이 감싸오네. 이제는 나는 사랑을 배웠네. 누구도 느낄 수 없는 내 아픔 아시는 당신께 내 모든 사랑 드려요. 이 눈물 보시는 당신께 내 마음 드려요.** - 조하문 〈내 아픔 아는 당신께〉

좋아하는 것

사람이 하루 일과를 마치고 집으로 돌아가는 것은 고단으로부터 쉼을 얻기 위해서이다. 숨이 붙어 있는 생명은 자기가 쉬어야 할 곳을 본능적으로 알고, 생명을 지속하기 위해서 자신의 안전을 보장하는 곳을 본능적으로 찾아가는 것 같다. 그곳은 가정이고 집이다. 좋아하는 것을 보며, 싫어하는 것을 잊고, 즐거운 휴식을 취하며 억지로 참아야 했던 일의 보상을 받을 수 있기에 사람들은 가족에게 돌아오고, 집에 거하길 원한다. 떠난 아빠로 인해 힘든 시간을 거치며 나는 아이들을 충분히 바라보고, 책을 많이 쌓아두고 읽고, 마음을 주며 식물들을 보살폈다. 이들이 내 안전을 보장해주는 은신처였다. 내 본능이 더듬어 스스로 찾아간 것들이다. 좋아하는 것들 속에 둘러 쌓여 있을 때, 아빠에게 속삭인다. '아빠 여기도 좋아요. 여기도 이렇게 예쁜 사람과 예쁜 일과가 있어요. 아빠가 없어도 나를 잘 살게 해주는 것들이 남아 있어서 너무 다행이지요. 아빠, 여기도 참 좋아요.'

슬픔의 힘

이어령 씨는 그의 저서에서, **행복의 때를 물으면 콕 집지 못하겠으나 가장 슬펐던 때를 말하라면 딸이 죽었을 때로 말할 수 있다**고 했다. 내게는 웃음기 없이 늘 냉철하고, 어떤 상황에서도 감성에 빠지지 않을 것만 같이 느껴지던 이어령 씨가 딸이 죽고 아주 오랜 시간 거대한 슬픔에 잠겼던 것을 알고 있다. 그는 딸을 무척 사랑했지만 바빴던 탓에, 그리고 미국으로 훌쩍 떠나간 딸과 그리 친하게 지내지 못했다. 지성과 냉철로 똘똘 뭉친 그에게도 딸의 죽음은 그를 멈춰 세웠다. 죽음은 그토록 누구에게나 가장 슬픈 법인가 보다. 그러나 나는 또 생각한다. 행복의 때를 물으면 콕 집지 못하는 이유가 행복했던 때가 생각보다 너무 많아서 무얼 하나 콕 집기 어려운 때문은 아닐까? 그러나 슬픔의 때는 생각보다 너무 적어서, 하나를 집어 내는 것이 상대적으로 너무 쉬워져 버리는 것 이다. 살면서 행복한 날은 많았고, 슬픈 날은 적었다는 그 사실은 어쩌면 또 감사한 일이 아닐까? 문제는 슬픔이 너무나도 강력하다는 것이다. 행복은 소소히 많고, 슬픔은 강력하며 적다.

아빠의 마중

아빠가 떠난 이후로, 하늘나라란 곳은 내게 마치 실체처럼 너무나 가깝게 느껴진다. 내가 죽어 하늘에 갔을 때 한달음에 달려나와 나를 반겨줄 아빠 모습이 정말 실제처럼 굉장히 잘 그려지곤 한다. 늘 그랬듯 버선발로 뛰어나와 환하지만 살짝 수줍은 미소를 보이고, 등을 몇 번씩 토닥토닥 두드리며 어정쩡한 자세로 나를 안아 주던 모습이 내겐 너무 실체이다. "반가워. 딸, 왔구나. 우리 딸" 해줄 아빠의 모습을 떠올릴 때마다 내가 실제로 웃고 있는 적이 많다. 그 마중의 실체 그리기는 그리 어렵지 않다. 늘 현관에서 그리 나를 반겨주던 아빠기에.

우리는 분명 다시

"할아버지가 그리울 때도 있고, 하늘나라가 부러울 때도 있어." 5살의 딸 아이가 무엇인지 모르게 꽤 철학적이고 심오한 듯한 말을 내게 해왔다. 할아버지가 그리운 건 알겠는데 하늘나라가 부럽다는 건 어떤 의미일까? 문득 그 느낌이 무엇인지 알 것도 같은 마음이 들어 엄마도 그렇다고 옆에서 대답해 주면서 아이를 꼭 안아주었다. '딸, 너는 이 세상을 엄마보다 더 오래, 더 긴 날을 살아 갈 텐데, 엄마가 죽고 나면, 네가 지금 할아버지를 그리워하고, 하늘나라를 부러워하듯 엄마도 그렇게 그리워해주고, 하늘나라를 기대하며 살아주면 바랄 게 없을 것 같아. 엄마가 겪어보니 살며 그리워할 사람이 있다는 건 마음이 한없이 차올라 부자가 될 수도 있고, 옳은 길을 찾아가기 쉬운 행운도 얻는 아름답고 행복한 일 같아. 지금 엄마가 할아버지를 다시 만날 것을 굳게 믿으며 열심히 살아가고 있듯이 너도 엄마를 잃더라도 열심히 살아주면 우리는 분명 다시 만날 거야. 엄마가 너에게 살아갈 힘을 꼭 보내줄게.'

진정 원하는 것

고독을 이겨낼 에너지는 좋아하는 것들이 내 곁에 있으면 얻을 수 있다. 내가 좋아하는 무언가를 안다는 것만으로도 실제로 고통과 외로움을 줄어든다. 좋아하는 일을 하고 있을 때, 곁에 둔 좋아하는 것을 잠시라도 바라보고 있을 때, 그럴 때 고통이 잠시 사라지면서 평온한 나를 다시 마주할 때가 있다. 그래서 진정으로 내가 무엇을 원하는지 끊임없이 스스로에게 물어야 한다. 내가 좋아하는 개체들의 수가 좀 더 많고, 그것들에 둘러 쌓일 때 세상은 좀 더 살고 싶은 곳, 살만한 곳이 된다. 그래야 마지막 날까지 잘 살아갈 수 있다. 그것은 그저 소유물이 많은 것과는 다르다. 좋아하는 것들은 자주가 아닌 어쩌다 가끔씩 만나도 충분하며, 내가 좋아하는 것을 아는 것만으로도 충분할 수도 있다.

건강해야 할 이유

나는 이제 일주일에 3번씩 운동을 간다. '건강해야 한다, 오래 살아야 한다.'라는 각오에 나의 육신의 행복이나 장수에 대한 욕망은 하나도 없어 보이고, 나의 아이들이 나를 필요로 할 때까지면 된다는 조건부 욕심인 것 같다. 아빠를 보내야 했던 슬픔과 상처, 부모의 부재에 대한 첫 공포, 불안전한 세상을 향한 막연한 불안감에 대한 방어기재일까, 건강과 안전에 대한 강박이 생겨났다. '내가 죽으면 이 어린 아이들은 어떻게 되지'라는 질문이 끊임없이 내 머리를 괴롭힌다. 이 불안의 정도가 오히려 내 정신건강에 더 해로울 것 같다는 생각마저 했다. 아이에게 부모는 둥지같은 안전지대이다. 어미곰이 죽으면 아기곰의 생명도 위태하다고 한다. 나 역시 아빠의 날개 아래서 안전기지를 구축하고, 어디든 모험의 세상으로 날아갔다 돌아오고, 다시 떠남을 반복하면서 세상을 기꺼이 탐색하고 성장했다. 부모를 잃으니, 그것이 어떤 것인 줄 알게 되어 내 아이들이 부모를 잃을까 걱정이 되나 보다. 중요치 않은 많은 것들이 물러가고, 건강은 그렇게 유일한 나의 목표가 되어간다.

미래를 위한 에너지

제주로 이전을 계획하며 나는 아빠가 사랑한 식물을 더 많이 공부하기 시작했다. 아빠가 하늘로 가고 집에 들인 식물 중 하나는 파파야다. 파파야는 습기가 높고, 평균 온도가 높은 제주에서 키울 식물들을 미리 공부해 보는 데 적합했다. 처음에는 작은 파파야였는데 반 해가 지나니 가운데 크고 굵은 줄기 기둥에서 파파야의 새순들이 얼굴을 내밀었고, 예상치 않게 멀쩡하던 굵은 줄기와 푸른 큰 잎들이 후두둑 떨어져 나갔다. 왜 멀쩡하던 튼튼한 굵은 줄기가 떨어져 나간 걸까, 왜 근사하게 보기만 좋던 크고 푸른 잎이 떨어졌을까? 나는 너무 당혹스럽고 파파야가 혹시 죽으려고 하나 살짝 불안해지기 시작했다. 그런데 이것은 식물이 생명을 지속시키기 위한 본능적 반응이라는 걸 알았다. 앞으로 태어나고 더 자라나야 할 개체를 위해 에너지가 분산되지 않도록, 필요치 않은 개체를 스스로 버리는 것이다. 탄생과 소멸은 인간에게만 있는 것이 아니고 식물도, 동물도 그런 자연의 본질 자체였다. 조금씩 쓸쓸하고 우울하고 슬픈 감정들을 천천히 버려내야 한다. 좋은 에너지를 끌어올려 내 미래가 잘 자라도록 소망을 일으켜 세우는 데 써야 한다. 나는 작은 파파야보다 더 잘 해낼 수 있지 않을까.

앎의 의미

아빠가 중환자실에 있는 동안, 아빠의 병을 잠시나마 공부했다. 의학적 치료는 의사가 하겠지만, 가족이 알려고 노력하는 병에 대한 짧은 지식은 지식이 아닌 지혜라 믿었다. 아빠가 앓고 있는 질환이 어떤 성질의 것인지 정확히 알 때, 계속 싸워야 할 때와 멈춰야 할 때에 대해서도 지혜로운 결정을 내릴 수 있고 그 싸움에 임하는 마음가짐마저 더 단단해지기 때문이었다. 아빠를 살릴 수 있을까? 매 순간 참 간절했다. 그러나 결과적으로만 보면 지식을 얻고자 한 노력은 아빠를 살리는 데 아무런 작용도 하지 못했다. 다만, 짬을 내 서점에 들러 의학서나 간호 서적이 있는 코너에 머무르고, 중환자 가족 대기실에서는 핸드폰으로 아빠의 병명을 숱하게 검색 창에 넣던 그 숱한 과정들을 겪어 나가는 동안 아빠는 분명 행복한 사람이었을 것이다. 행복한 사람이었다는 것, 그것이 아빠와 나를 위로해 주는 모든 것이 아닐까.

목표 설정

아빠가 부탁이 있는데 잘 들어주어, 밥은 천천히 먹고, 길은 천천히 걷고, 말은 천천히 하고, 네 책상 위에 '천천히'라고 써 붙여라. –피천득 <인연> 11월1일 서영이가 사랑하는 아빠 운전도, 계단 오름도, 걸음걸이도, 도로의 맨홀도, 건강도 뭐든 늘 조심조심. 갑작스럽게 죽지 않고 온전하게 잘 살아서 인생의 끝에 잘 도착하기. 그것은 하나의 간절하고 귀한 목표.

잃는 것

삶은 대부분의 날들이 별일 없이 지루하게 진행되지만, 종종 위협적이고, 큰 용기를 필요로 하는 불안한 사건들이 발생해서 일상을 순식간에 흩트려 놓기도 한다. 소중한 것과 이별하고 무력해지는 시간은 한 인간의 인생에 걸쳐 안쓰러울 정도로 반복되지만, 이러한 힘든 날들이 찾아 왔을 때 정신을 차리고 더 집중해서 그 고난의 의미를 들여다 보는 것이 필요하다. 적어도 내게는, 내 주변에 좋아하는 사람이 늘어나고 바라던 것들을 얻었을 때보다, 사랑하는 사람을 잃은 것이 더 폐부를 찌르는 강력한 울림과 감동, 교훈, 큰 배움을 주었다고 생각한다. 인간은 자기가 알고 싶고, 다루고 싶은 대상을 정면으로 마주해야 진실에 다가갈 수 있다. 인생의 길목에서 매 순간마다 놓치고 살아가는 것이 없도록 깨어 있어야 하고, 얻는 것보다 잃는 것과의 깊은 만남이 더 필요하다.

미궁 속으로

딸은 매일 묻는다. "엄마, 할아버지 보고 싶어. 할아버지는 이제 하늘나라에만 살아?" 딸아이는 죽음을 잘 아는 것 같다가도, 전혀 모르는 것 같기도 하다. 성인인 엄마도 죽음이란 비밀의 미궁 속으로 늘 빠지고 다시 기어 나오고를 반복한다.

내가 흘린 눈물

일본 작가 마스다 미리의 〈오늘의 인생〉 마지막 페이지에 그녀의 아빠 이야기가 등장한다. 마스다 미리는 해질녘 집으로 돌아가는 길에 고로케 다섯 알을 사 들고 걷다가 갑자기 솟구치는 눈물을 힘겹게 참아낸다. 이미 고로케를 다 먹은 마냥 목구멍이 꾸역꾸역 눈물에 막힌다. 마트에 간 날은 군고구마와 마주치고는 장을 보다 말고 사람이 없는 코너로 옮겨가 몰래 눈물을 훔쳐낸다. 여러 뜬금없는 눈물의 중심에는 이제 더 이상 고로케도, 군고구마도 함께 먹지 못하는 아빠가 있다. 마스다 미리의 〈오늘의 인생〉은 내 예상과 달리 그녀 아빠의 이야기로 뜬금없이 마무리가 되었다. 소소하고 평범한 일상에서 매번 아빠를 끄집어 내 말할 수는 없지만, 나는 언제나 그녀의 몸과 사고, 생활 안에는 아빠가 살아있다는 걸 알 수 있다. 아빠란 존재는 하루의 시작부터 끝까지, 또는 일생의 끝까지 그녀와 나를 이끌어주는 잡힐 듯 잡히지 않고, 잊은 듯 잊혀지지 않는 사람일 것이다. 내가 흘린 눈물만 모아도 가뭄은 없다고 했던 한 인디언의 어록이 생각난다. 어디서나, 그리고 언제라도 눈물이 나곤 한다.

예쁜 하늘나라

"엄마, 하늘나라에 가고 싶다. 거기에 할아버지 있잖아." 사람이 늙고 병들어 이젠 그만 하늘로 올라가 쉬고 싶다는 의미나 이 험한 세상이 싫어져 스스로 삶을 버리고 이제 하늘나라로 떠나고 싶다는 의미도 아니다. 꼬마 아이들이 하늘나라로 가고 싶은 이유처럼 순수한 이유는 없겠지. 상상만 해도 아름답고 예쁜 하늘나라에서 할아버지랑 다시 놀고 싶은 내 딸아이.

지금 필요한 마음

저녁을 바라볼 때는 마치 하루가 거기서 죽어 가듯이 바라보고, 아침을 바라볼 때는 마치 만물이 거기서 태어나듯이 바라보라. 그대의 눈에 비치는 것이 순간마다 새롭기를. 현자란 모든 것에 경탄하는 자이다 - 앙드레 지드 〈지상의 양식〉

모른다는 것

신해철이 죽은 바로 다음날이 생생하게 기억난다. 라디오에서 흘러나오던 신해철의 사망 뉴스를 들으며 신해철은 아직까진 살아있던 어제, 자신이 이 아름다운 땅에 바로 내일부터 없으리란 걸 알았을까 생각을 했다. 운전을 하며 반포대교를 건너가기 바로 직전이었는데 전쟁기념관 앞으로 길게 늘어서 있는 플라타너스 가로수의 초록 잎들이 빛에 반사하며 에메랄드처럼 반짝반짝하는 모습이 너무나 예쁘다는 생각을 하고 있었다. 하늘마저 눈부시게 높고 호수같이 맑았다. 역설적이게도 그 행복하고 따사로웠던 기운을 느낄 때, 라디오에서는 죽음을 경험한 한 인간과 그를 잃어 세상에서 가장 최악의 시간을 맛보게 된 한 가족의 이야기가 흘러나오고 있었다. 삶과 죽음이, 그리고 행복과 불행이 잔인할 정도로 보란 듯이 서로 붙어 있는 걸 생생히 느낀 그날은 내 기억에서 참 사라지지도 않는다. 나와 생일이 같았던 신해철. 몇 시간 후인 내일을 우리가 모른다는 것은 엄청난 두려움인데 우리는 정말 오늘을 너무나 대충대충 보내며 살고 있다.

정해진 답

아빠의 죽음 이후, 나의 죽음, 나의 끝에 대해서 자주 사색한다. 아빠는 우리에게 아무 말도 전하지 못하고 이 세상에서 사라졌기에 이것이 우리가 볼 마지막 순간이라는 것을 서로가 알았다면 아빠는 나에게 무슨 말을 해주었을까. 내게 주어지지 못했던 그 순간을 수없이 생각해 봤다. 그러나 나는 그 순간이 주어지지 않아도 괜찮다. "즐겁게 살아. 좋아하는 일을 하며 살렴." 내가 아는 아빠는 이 말 외의 어떤 말도 해주지 않았을 것이기 때문이다. 아빠와 어울리는 말은 오직 그 말뿐이었다. 내 마지막 날에 나는 내 아이들에게 무슨 말을 하게 될까? 이상할 만큼이나 어렵지 않게 나도 그 답을 알 수 있었다. 그러면 나는 지금 무엇을 해야 할까? 무엇을 해야 하는지 너무나 명확해서 무조건 그 아는 답대로 살아야 한다고 생각했다. 죽기 직전의 사람이 하고 싶은 조언을 이미 다 알고 있다는 건 은총이지 않을까.

고령의 죽음

호상, 호상이라 불리는 죽음이 있다. 죽음은 어떤 죽음이어도 슬프지 않나. 그런데 '좋을 호(好)' 한자를 쓰는 좋은 죽음이 있다며 어떤 죽음에는 호상을 미사어로 붙여주고 위로를 건네곤 한다. 좋은 죽음으로 생각해주면 반대의 경우보다 참 다행이지만, 호상이라는 단어를 당시에 가족은 어떡해도 좋아할 수가 없다. 하지만 시간을 보내며 아빠의 죽음을 깊게 묵상하다 보니 그런 호상이란 것은 분명히 있는 것이었다. 고령의 죽음은 어린아이와 젊은이의 갑작스런 죽음보다 자연의 섭리와 순리에 대한 분명한 이해를 돕는다. 그것은 어느 정도 우리의 슬픔을 완화시켜주고, 상실의 대처를 필사적으로 도와준다. 펄펄 날라 다닐 기운을 가진, 피부마저 탱탱한 젊은 아빠가 아닌, 은발 머리신사가 되고, 손등의 쭈글쭈글해진 힘줄을 갖고 있던 할아버지가 된 아빠를 보내는 마지막 인사에 처절한 마음의 한이 내려 앉지 않았던 것은, 어쩌면 그것이 '호상'이었기에 그랬던 것은 아닐까. 아빠가 늙고 할아버지가 되어 하늘로 가게 되어서 참 다행이고 고맙다고 생각한 때문은 아니었을까?

꼼꼼한 확인

"엄마, 하늘나라에 죽이 있어? 라면은? 고등어는?" 딸아이는 할아버지가 즐겨 먹고 좋아하던 음식이 하늘나라에도 분명히 있는지 자주 물어온다. 문득 생각나는 것들이 있는지 하나씩 품목도 늘어나고, 제품의 정보도 디테일 해진다. "라면은 주황색 봉지, 주황색 컵통에 담긴 라면이 있어야 하는데 그거도 있어?" 할아버지가 좋아하던 라면은 정해져 있다. "그걸 먹어야 하는데, 다른 라면은 안 되는데……" 딸 아이의 머릿속에는 궁금함을 해결해 가는 단계별로 찾아가는 생각의 길이 있다. 할아버지를 기쁘게 하는 길.

완성된 삶

사람이 일생에 주어진 그 많고 많은 시간 중에 '지금' 죽음을 맞이한다는 것은 결국 그 사람의 삶은 딱 지금의 시간까지였다는 것이므로 어느 때 맞게 되는 죽음이라도 죽음은 그 자체만으로 삶이 다 완성되었음을 의미한다. 완성이 되었다는 것은 아쉬울 수 있을지언정 오랜 시간 슬프지는 않아야 한다. 노년의 아빠를 잃고 그리워하며 지내야 하는 앞으로의 시간은 이제 나를 서서히 노년으로 똑같이 데려갈 것이다. 시간은 짓궂고 잔인한 듯 하지만 이렇게 너무나 정직하여 신뢰할 수밖에 없다. 시간에 지배받기보다 인간은 시간을 믿고 함께 가는 길밖에 없다.

슬픔의 시작과 끝

슬픔이 시작되는 순간은 대부분 정확하고 분명하게 원인이 있겠지만, 끝나는 시점이 정해지는 행위는 결코 아닌 것 같다. "어느 정도 괜찮아졌니? 이제 슬픔은 끝났니? 좀 좋아졌니?" 누군가 물어올 수는 있는 질문이겠지만, 상대에게 정확한 진실의 대답을 들을 수는 없을 것이다. 그 대답은 오직 슬픔을 갖은 사람만의 비밀로 남는다. 설사 "네. 괜찮아요. 이제 많이 슬프지 않아요."라고 대답해 주는 사람이 있을지언정 그 말이 진실인지는 결코 알 길이 없다. 분명 슬픔은 기억과 상처를 바닥에서 일으켜 세워 다시 찾아온다. 마치 반복하는 것이 슬픔의 본질인 것처럼.

정신적 쇼크의 비밀

나는 2001년에 뉴욕의 911 테러를 겪었다. 참담한 사건을 눈앞에서 겪은 정신적 충격과 육체적 피로, 그리고 도통 앞날을 예상할 수 없던 미래에 대한 두려움으로 인해 폐쇄되었던 공항 문이 열린 첫날 첫 비행기를 타고, 그때까지 전혀 예정에 없던 귀국을 감행해야 했다. 한동안 길고 힘든 불면에 시달렸다. 뉴스들은 뉴욕과 뉴욕의 시민들이 오랫동안 패닉 상태일 거라 예견했고, 나 역시 뉴욕을 걱정했으나 사실상 세상 전체가 하는 불길한 예상만큼 뉴욕에는 엄청나게 심각한 상황이나 하염없는 패닉은 없었다. 굉장하고 놀라운 제자리 찾기였다. 전문가들은 정신적 쇼크에서 나아지려고 애쓰는 인간의 도전과 회복력이 얼마나 강한지 보여주는 방증이라고들 했다. 어쩌면 정신적 쇼크는 사람에게 치유의 힘과 방법이 있다는 것을 알려주기 위한 선행하는 사건일지 모르겠다. 아빠를 갑작스레 보낸 만큼의 큰 정신적 쇼크, 또는 대변화가 내 과거의 인생에는 전혀 없었다. 그런데 나는 지금 한번도 경험해 보지 못했기에, 짐작도 준비도 하지 못했던 충격적인 사건을 내 안에 있던 어떤 힘과 방법으로 아빠가 부재한 시간을 관통해 지나가고 있는 중이다. 분명 어떠한 치유의 힘과 방법이 내 안에 있는 것이다.

삶보다 죽음

할아버지의 죽음을 엄마가 어떤 경위를 통해 맞이하게 되었고, 어떤 태도로 받아들였고, 얼마나 슬퍼했고, 또 얼마나 감사해 했으며, 한 가지가 아닌 슬픔, 그리움, 후회, 죄책감, 허함 등 동시다발적으로 발생하는 마음들을 어떻게 다스렸어야 했는지를 내 아이에게는 너무나 알려주고 싶다. 내 아이가 언젠가 엄마인 나를 잃더라도, 엄마보다는 조금이라도 더 건강한 방법으로 상실을 이겨내기를 바라는 마음이다. 그 마음은 덜 아프기를 바라는 마음이 아니다. 더 아파도 좋고, 더 오래 앓아도 괜찮으나 그럼에도 불구하고 생의 끝까지 잘 살아낼 수 있다는 걸 알려주고 싶은 마음이 들 뿐이다. 죽음에 대한 건전하고 건강한 신념이 생기기를 기도한다. 죽음에 대한 거부나 좌절보다는 인생의 섭리로 이해하며, 잘 애도하는 마음이 아이 안에 스며들기를 바란다. 삶에 대해 가르치는 수많은 책과 강의들, 더 잘 살기 위해 투자하는 그 수많은 자료들과 시간 속에, 왜 죽음에 대한 공부의 자리 한 켠은 제대로 없었는지. 우리는 죽음을 향해 가고 있기에 죽음에 대한 이해와 공부가 아주 조금이나마 또는 잠시나마 꼭 필요하다.

잠들기 전 기도

나: "하나님, 우리 아빠 잘 보살펴 주세요."

딸: "하나님, 우리 할아버지 잘 보살펴 주세요."

양가감정

상실을 겪고 난 이후에 일상과 일터로 돌아가는 것은 자유함과 죄책감이라는 복잡한 감정 사이를 매일 왔다갔다 하게 했다. 자유하다고 슬프지 않은 것도, 슬프다고 자유하지 않은 것도 아닌, 그래서 슬픔은 지극히 개인적이고 너무나 복잡한 것이다. 일을 하고 있는 중에 순간 번뜩하며 다시 잘 살아보려는 내 모습이 스스로 대견하고 다행이라는 생각이 들다가도 일을 마치고 돌아오는 길에, 친정집의 빌라 지붕이 보이기 시작하면 이제 아빠는 저 집에 없음을 느끼고는 가슴이 텅 비어지고 갈기갈기 해쳐진다. 아무 일도 하기가 싫어진다. 어떡해야 할지. 상실 후에 오는 내 감정의 잦은 변동에 빨리 익숙해지지가 않는다. 먼저 겪은 이들도 다들 그랬을까. 아빠는 어디 갔을까. 아빠의 목소리는 어디로 흩어졌을까.

지금 온전히

그렇게 많이 주어졌던 시간에 손자랑 함께 찍어둔 아빠 사진이 한 장도 없다. 왜 둘째랑은 사진 한 장 안 찍었는지 모르겠다며 엄마 앞에서 기어이 울먹거리고 만다. 훗날 둘째는 할아버지에 대한 추억이 전혀 없다고 할아버지에 대한 소중함을 못 느낄까 봐 내가 더 안타깝고 안절부절하는 꼴이다. 앞으로 사진 찍을 날이 많다며 아무 생각도, 어떤 서두름도 없었다. 한치 앞도 볼 수 없는 사람의 무지가 어리석고 슬프다. 유일하게 둘째가 아빠랑 함께 찍힌 사진은 둘째를 임신했을 때 만삭의 배로 아빠와 찍었던 사진 한 장뿐이다. 그것이 둘째와 함께한 아빠와의 유일한 사진이기에 한참을 들여다 보았다. 저 배 안에 아빠의 손자가 있다. 아빠가 둘째를 둥가둥가 안아주던 보기만 해도 포근했던 모습은 내 머리에만 찍혀 남아 있다. 온전하고 충실히 지금을 살아야 하고, 그 삶 안에 나와 함께 있어주는 사람들을 진심으로 사랑해야 한다. 그렇다면 사진 한 장이 없는 것쯤은 아쉬움으로 남지 않을지도 모르겠다. 모든 것이 진실했고, 아름다웠던 그때라면 서로의 마음이 모든 것을 알고 있다. 그것으로 충분하고 충만하다.

아빠를 발굴하다

날마다 읽는 책들 속에서 아빠에 대한 기억을 끄집어 내고, 아빠의 말투, 조언, 미소, 제스쳐, 표정 등의 모든 흔적을 뒤지고 있는 나를 본다. 그것은 마치 책더미 속에서 아빠를 발굴해 내는 행위 같다. 어떤 문장을 읽다보면 나는 정말 아빠를 만날 수가 있다. 아빠가 했던 조언, 아빠와 나눴던 대화와 웃음, 야단들이 생명으로 되살아나 그 반복되는 경험이 자꾸만 책을 놓지 못하게 한다. 책을 읽으면 우리 인생 앞에 놓여지는 시적인 순간을 음미하게 되고, 혼자 있는 시간의 진가를 발견하며, 조촐하고 소소한 것들이 사랑스럽다는 것을 깨우치고, 40살의 나이에도 허무를 느끼고, 여전한 외로움과 싸우며, 진실한 인간상에 대해 진지해지는 순간과 마주할 수 있다. 책이 있어 살고 있다.

천천히 퍼즐 맞추기

아빠를 보내고 머리 한 켠을 계속 차지하고 있는 죽음과 죽음에 이르는 과정에 대하여 이해가 안 가는 것, 신경 쓰이는 것, 궁금한 것들을 마치 탐정처럼 단서를 찾아내려 했다. 이치에 맞는지 따져보고, 혼란을 정리하고, 조금쯤은 이해하게 됐다고 안도하면 그렇게 들고만 있던 퍼즐 한 조각을 끼워 맞추고 다음 단계로 넘어간다. 고민하며 맞춰가는 퍼즐은 아직 계속된다. 죽음을 경험하고 나니 세상에는 궁금한 것이 여전히 많았고, 부질 없는 것도 많고, 이 삶을 사랑하지 않을 이유도 없었다. 내 안에 배부르고 등 따시면 만족하는 나도 있지만, 배고프고 냉골방에 살아도 가치 있는 삶에 내 인생을 던지고 싶은 가난한 나도 있는 것이다. 스스로를 잠시 정지시켜, 나를 돌아보는 시간이 누구에게나 필요하다. 그것이 꼭 나처럼 죽음의 경험일 필요는 없다. 하지만 멈추지 않고 내달리기만 하면, 진정한 나를 끝날까지 만날 수가 없다. 내게 그 정지의 시간은 아빠를 잃고 나니 찾아온 것이다. 나는 누구고, 나는 어떻게 살다가 어떤 죽음을 맞고 싶은가도 지금이 아니면 생각해 보지 못했을 것이다.

죽음

롱펠로는 여동생에게 **사람들이 너를 내게 불러온 것을 보니 내가 정말로 아픈가 보구나** 했다 하고, 샤를드골은 묘지에 **꼭 필요한 인간들만 누워있다**고 했으며, 카이사르는 **가장 덜 예측된 죽음이 가장 행복하고 가벼운 죽음**이라고 했고, 미국 소설가 헬리보퍼트는 **마침내 그것이 왔는가, 그 유명한 것이**라고 말했다고 한다. 죽음에 대해 언급한 유명인들의 말들을 하나씩 보면서 죽음을 겁내 하지 않았던 아빠를 생각하고 나도 죽음에 대한 정의를 생각하고 정리했다. 나는 아직도 죽음에 대해 이야기하는 책들을 놓지 않고 있고, 죽음이 가져다 주는 삶의 변화를 여전히 거칠게 여행 중이다.

911

911 테러 하루 전 날까지도 나는 매일 오전 8시 반경 곧 무너져 사라질 그 월드트레이드센터 역에서 하차해 베이글과 커피를 사고, 9시까지 출근하는 일을 반복했다. 911이 터진 그날은 내가 일을 그만 둔 첫 날이었고, 첫 번째 비행기가 월드트레이드 센터의 상층부를 뚫고 지나간 시각은 내가 매일 그곳에서 베이글과 커피를 사던 바로 그 시각이었다. 월드트레이드 센터가 아닌, 내가 살던 뉴욕의 아파트 로비에서 방금 산 커피를 들고 엘리베이터를 기다리면서 나는 로비에 배치된 티비를 통해 영화 같은 그 화면을 보았다. 나는 그것이 정말 영화인 줄 알았기에, 대수롭지 않게 엘리베이터를 올라타 집으로 갔고 한두 시간 동안은 그것이 실제 일어난 사건인 줄 전혀 알지 못했다. 오늘도 어제처럼 변함없이 그곳에서 커피와 베이글을 사들고 일터로 향했을 나를 수없이 상상해 봤었다. 죽음은 느닷없고 끔찍한 참사는 아주 평범한 어느 날 갑작스럽게, 날벼락처럼 찾아온다. 낌새도 없이, 예고도 없이 쓰나미처럼 재난이 들이닥치면 사람은 상상도 못했던 일이 벌어지기 조금 전까지의 모든 매일이 얼마나 평범하고 감사의 집약체였는지 돌아보는 시간을 갖는다. 죽음은 내 이웃을, 내 가족을, 나를 어떻게 찾아올지 모른다는 빨간 경고음을 가끔씩 내보낸다. 나는 요즘도 가끔씩 월드트레이드센터 상층부에서 몸을 던져 뛰어 내리던 사람들을 떠올린다.

아빠의 눈

아빠의 서재 책상 위에 가지런히 놓여 있던 아빠의 은색 뿔테 안경을 가져왔다. 평생을 책만 보고, 공부만 하고 컴퓨터 모니터만 들여다 본 아빠의 눈을 적극 도와주었을 안경이라니, 그것은 아빠의 눈이었다. 알을 바꿔 내 도수에 맞춰 쓸 생각을 하니 마음속이 이상하게 몽글몽글 부풀어 오르는 것 같다. 안경테가 내 얼굴과도 잘 어울릴까? 어지럽진 않을까 생각하며 안경을 쓰고 눈을 한번 깜빡 하고 감았다 뜨니 시야가 갑자기 환해오면서 눈 앞에 물건들이 깨끗하고 또렷이 하나하나 보인다. 아, 아빠 시력이랑 내 시력이 같았나 보다. 아빠 안경을 쓰니 내 안경처럼 모든 것이 맑아 보인다. 이제부터 내 눈이 되어줄 건가 보다. 아빠가 두고 간 물건들에도 내 존경의 마음이 속속 스며든다.

겪은 경험

사람은 누구나 나이 들어 노쇠하고 조금씩 더 쇠약해지다 마침내 죽음에 이르는 인류 보편적 과정을 거치지만, 아무도 죽는 과정에 대한 현상이나 느낌을 정확히 알지 못하고, 어떻게 시작되는지, 어떻게 맞이하는지, 남은 이에게는 어떤 영향을, 어떤 감정을 남기게 되는지 제대로 알지 못한다. 겪는 당사자가 되기 전까지는 불완전한 유추만 할 수 있을 뿐이다. 그건 의학적으로 죽음에 대한 객관적인 정보를 아는 의사도 마찬가지다. 살아 있는 사람 중 죽음을 경험한 사람은 없다. 아빠는 죽음에 이르는 과정을 겪어 낸 사람이 되었다. 그것은 어떤 경험이었을까. 죽음을 겪은 아빠가 대견하다는 말은 너무 이상한 말일까? 그 두려운 경험을 해내고, 마침내 인생을 마무리하고 자연스럽게 떠나간 아빠가 나는 갑자기 참 대견하고 자랑스럽다.

양면성

아빠의 죽는 순간을 지켜 볼 수 있어 분명 행운이었고 동시에 행복했지만 엄마의 죽는 순간을 상상하면 벌써부터 다시 고통스럽다. 불혹의 나이에 이른 내가 되었지만, 아빠를 잃고 다시 한번 엄마를 잃는다는 경험은 결국 부모가 모두 없는 철저히 고아가 되는 최초의 경험이며, 이는 어느 세대에 겪더라도 한 인간에게는 엄청난 고통과 충격을 안겨주는 사건임에 틀림없다. 하지만 아빠의 때처럼 엄마가 죽는 순간을 내가 다시 한번 곁에서 지킬 수 있다면, 결국 이 또한 행운이며, 나는 행복했다고 또 한번 말하고 있을 것이다. 사랑하는 사람의 죽음의 순간을 목도하는 것은 가장 큰 두려움이면서도, 한편으론 누구에게나 원한다고 주어질 수 없는 불가항력의 문제이다. 시간의 찰나적 행운이 따라야 한다는 것도 겪음으로 알고 있기에, 죽음은 곧 두려움과 행운이 공존하는 경험이다. 삶도 그럼 똑같은 것이 아닐까 싶다. 사는 것, 살아내는 것 자체는 인류에게 큰 도전이며 두려움이지만 그 과정에 행운과 행복이 있다. 대체로 모든 것에는 두려움과 행복이 공존한다.

죽음의 나이

중환자실의 아빠를 면회할 때마다, 가늘게 실눈을 만들어 안 보는 척하며 다른 환자들의 침대 밑에 붙어 있는 환자 정보를 읽으려고 애를 썼었다. 환자의 나이를 일일이 확인하는 것이다. 얼마나 살다가 이렇게 중환자실에 들어올 만큼 아프게 된 건지, 몇 세에 이렇게 생사를 왔다 갔다 하게 된 건지 나는 그게 가장 궁금했다. 정말 웃기는 생각이지만, 아빠보다 나이가 적으면 아빠가 더 오래 살았구나! 이상하게 큰 안도감이 들었고, 아빠보다 나이가 많으면 아빠는 왜 저분만큼 더 못 살고 이곳에 누워 있는 걸까 너무 딱하고 죽도록 억울했다. 참 유치하지만 매일 새로 들어오고 어디론가 떠나가는 중환자들의 나이를 확인하는 행동을 멈추지를 못했었다.

신비로운 존재

내 눈앞에서 영영 떠나간 아빠를 매일같이 떠올리고 생각한다. 아빠는 이제 하늘에 있는 아빠이면서도, 내 주위를 빙글빙글 둘러 싸 안고 보호하는 아빠이면서, 나의 지금에도 있고, 조금 후의 미래에도 있을, 예전 같지 않은데 예전과 참 그대로인 신비로운 존재가 되어 있다. 과오나 갈등에 직면할 때, 욕심과 이기적인 안위에 집착하고 골몰할 때, 나는 매일 어디선가 나를 보고 있는 아빠 앞에 천지 벌거숭이가 되기에, 정직해지고 바른 판단을 해야 한다는 생각을 하는 것 같다. 그것은 조금 더 나은 사람이 되고, 나은 삶을 살아야겠다는 굳은 각오보다, 그렇게 살 수 있겠다는 깊은 안도감이 더 들게 한다. 떠나간 사람이 이렇게 매일 나랑 함께 할 수 있을까 싶다. 살아있는 내 옆의 남편보다 나는 아빠를 더 많이 생각하고, 더 많이 말을 건네는 것 같다. 아빠는 영영 떠나간 게 아니라, 영영 머물고 있는 느낌이다.

유비무환

준비가 있으면 우환이 없다지만 준비된 마음이라도 그것이 죽음 앞에라면 사람은 얼마나 무기력해지는지…… 준비마저 없이 갑작스럽게 마주한 죽음이라면 말 다했다. 나는 죽음만큼은 준비를 해야 한다는 생각이 확고해지고 있다. 죽음을 대하는 성숙한 자세는, 죽음에 대한 준비를 하면 분명 도움이 된다. 죽음에 대한 고찰은 자연스럽게 나의 죽음에 대한 상상과 고찰로 이어질 수밖에 없고, 좋은 죽음을 맞고 싶다는 소망으로 키워지고, 그런 바람이라면 내 남은 생애도 잘 준비할 수 있다고 믿는다. 얼마나 중차대한 문제인가.

이따 또 보자

첫째가 4살이던 때, 집 이사를 하던 날에 딸아이가 길게 마지막 인사를 남기던 말이 귀엽고 기특해 메모지에 기록을 해두었던 게 생각이 난다. "집아 행복하게 살게 해줘서 고맙다. 이 집에서 행복하게 잘 살았다. 이사 가서도 행복하게 잘 살게. 안녕 이따 또 보자." 아이는 집을 향해 꽤나 길게 고마운 인사말을 전했다. 아빠는 병원으로 실려가던 날부터 하늘로 떠나던 마지막 날까지 우리와 대화를 나눌 수 없었다. 고개를 끄덕여 주거나, 눈 마주침으로 마음을 표시해 주던 것이 다였다. 아빠가 분명히 속으로는 이 세상과 우리 가족에게 인사를 남겼으리란 상상을 했다. 눈을 감고서 아빠는 우리에게 많은 말을 건넸으리라. "이 세상에서 잘 살았다. 가족들과 이곳에서 행복했다. 하늘로 이사 가서도 행복하게 잘 살게, 안녕 이따 또 보자."

귀중한 사람

결의 아빠를 하늘로 떠나 보내고 나서, 현재 애도의 시간을 지나고 있는 다른 사람을 보게 되면, 나는 그 사람이 매우 보배로운 사람처럼 느껴진다. 귀한 이들……

2016.10.16. 꿈

진리가 너희를 자유케 하리라. 꿈에서 명확하게 들려온 이 성경 구절의 해석을 두고 나는 참 많은 생각을 했다. 어쩌면 너무 깊어지던 죽음에 관한 여러 물음들에 대한 최종 답이자 종착이지는 않았을까 생각도 한다. 이제는 내가 좀 자유할 수 있을까. 이제는 혼자 허우적거리며 외로워하지 않아도 될까. 아빠에 대한 그리움과 고통받던 아빠를 마침내 떠나 보낸 자유함처럼 죽음 이후 찾아오는 감정은 극과 극으로 모순되었기 때문에 내 머리는 늘 복잡했다. 오로지 슬퍼하는 슬픔만이 옳은 애도인지, 서로의 고통에 마침표를 찍을 수 있게 된 자유함도 애도의 일종인지 많이 생각했다. 하지만 가족을 떠나 보낸 후에 오는 자유함 안에는 배신이나 죄책감만이 아닌 사랑의 성분이 분명하게 녹아 있었다. 그것은 그 누구도 아닌 내가 스스로 느끼고 있기 때문이다. 내 마음 안에 더 깊어지는 사랑이 있기 때문이다. 장례 후 일터와 일상으로 돌아가는 것은 굉장히 이상한 죄의식을 동반하기도 했지만 일을 다시 할 수 있고, 일상으로 다시 돌아 올 수 있다는 사실에 아빠에 대한 어떤 감사함과 사랑이 분명하게 따라 왔다.

하루 아니 조금 더일지라도

대처할 수 있는 의료처치는 어쩌면 한두 개, 어쩌면 세네 개 더 있었을지 모르겠다. 그로 인해 아빠가 하루쯤, 어쩌면 이주쯤 더 살 수 있었을지도 모르겠다. 그 생존 시간은 다른 어떤 처치에 따라 조금은 달라졌을 수 있겠지만, 아빠는 마침내 죽음에 이르렀을 것이란 사실에는 변함이 없다. 아빠가 하루쯤 더 살고 이주쯤 더 살았더라도, 그것은 깨어나지 못하는 아빠와 하루쯤 더 대화를 못하고, 이주쯤 더 대화를 못했을 뿐일테니, 그 시간 동안 더 커지고 길어졌을 슬픔은 어쩌겠는가. 그때, 그렇게 아빠가 죽음을 맞이하는 것은 모든 것이 그랬어야 했기 때문이란 생각도 한다.

말라버린 휴지 뭉치

오열을 하고 나면 나는 한 일주일쯤은 다시 잘 지냈던 것 같다. 눈물은 아마도 굉장한 치유의 장치이리라. 눈물이 아직도 난다는 사실에 되려 안도하곤 했다. 제주에서 집으로 돌아온 엄마를 보러 친정집에 방문했던 어느 날, 엄마가 내게 휴지 한 뭉텅이를 내놓아 보여준다. 바삭바삭 건조해진 두루마리 휴지 한 뭉텅이가 엄마 한 손에 수북이 잡혀 있다. 엄마가 제주로 가고 없던 날, 지금도 아빠의 부재가 잔인할 정도로 느껴지는 아빠의 서재, 아빠의 책상 앞에 앉아, 아빠의 컴퓨터 키보드를 붙들고 오열하던 날의 내 흔적이다. 이 날은 아빠가 하늘로 떠나가던 날에 쏟아낸 눈물의 열 배는 많은 그런 눈물의 줄기를 쏟아내고는 기절하듯이 아빠 서재방을 걸어 나왔었다. 엄마마저 제주로 가고 없던 적막의 집, 고요의 집, 아빠가 영영 부재한 슬픔의 집, 그날 나는 그렇게 사랑하는 부모님의 집에 덩그러니 혼자 앉아 오열을 하고 통곡을 했다. 가고 없는 아빠를 생각하며 울었고, 언젠가는 또 떠나가고 사라져 없을 엄마를 떠올리며 울었다.

소금 같은 죽음

아침에 따뜻한 방에서 눈을 뜨고, 밤에는 포근한 잠자리에 눕고, 맛있는 음식에 흥분하고, 지금 주어진 일에 열심이며, 아이들 때문에 더 나은 어른이 되고 싶고, 노후의 삶을 상상하며, 현재의 삶에 큰 의욕을 보인다. 그렇게 사랑하던 사람을 하늘로 보내고도 사랑하는 내 자신은 이 세상에 아직 살아 있기에, 날마다 좀 더 잘 살려 노력한다. 소크라테스도 그러지 않았나. **그저 사는 것이 아니라 잘 사는 것이 중요하다**고. 그리움은 그것을 끝내고 마침표를 찍은 후 새롭게 시작할 수 있는 다른 일들과는 달리, 끝낼 수 없고 그저 안고 함께 가는 일이다. 삶과 죽음도 따로 갈 수 있는 별개가 아닌 한 쌍이며, 죽음은 삶의 맛을 나게 하는 소금이다. 소금이 없으면 맛을 낼 수 없듯이 죽음이 없으면 진정한 삶의 맛에 음미도 없을 것이다. 좋은 죽음을 맞기 위해서는 좋은 삶을 살면 된다.

변화의 이유

아빠가 가고 우리 가족은 아빠가 살아 계셨으면 전혀 생각하지 못했을 것을 생각하지 못했던 방법으로 볼 줄 알게 되었고, 나쁜 점보다는 좋은 점을 발견하는 능력 같은 게 좀 생겼나 보다. 전혀 계획에 없던 매우 큰 용기가 필요한 '새로운 일'을 시작하게 되기도 했다. 아빠는 우리로 하여금 새로운 것들을 보고, 그것을 실행하게 하기 위해 하늘나라로 갔을까? 그것들은 아빠가 있었다면 우리가 그다지 관심을 두거나, 하지 않았을 계획들이고 생각들이기 때문이다. 누군가가 죽지 않으면 시작되지 않았을 일들이 시작되고 이루어질 수 없던 일들이 결실을 맺어 나가는 모습은 사실 세상 도처에 참 많이 있다. 뉴스 속, 죽어간 무명의 한 개인으로 인해 불합리하고 부정했던 세상의 어두운 한 켠이 바뀌는 계기가 마련되는 일들은 정말 허다하다. 개인에게는 허망한 죽음이고 가족에게는 숨쉬기도 힘들 그리움이지만 인류를 위해 위대한 희생이고 변화의 동기였을 많은 죽음들에 대해 사색하고, 고개를 숙일 줄 아는 사람이 되어간다.

다정한 연락

아빠의 서재에는 4개 정도의 컴퓨터가 있었고 프린터기도 2개쯤은 당연한 듯이 있었다. 전자공학을 전공하고, 의용공학과 교수가 된 아빠의 공간에는 컴퓨터 말고도 복잡하고 알 수 없는 기계가 늘 가득했다. 항상 공부하고, 자료를 찾고, 그것들을 인쇄하고 파일링 하느라, 은퇴한 노교수의 서재를 규칙적으로 방문해주는 고마운 프린터 기사 분이 있었다. 아빠가 떠나고 한참이 지난 어느 날, 그 프린터 기사 분에게 전화가 왔다. "프린터도 살펴보고 잉크도 분명히 갈아야 할 텐데 교수님께 너무나 연락이 없어 궁금해서 전화 드렸어요", "아……" 탄식과 같은 외마디가 입 밖으로 흘러 나왔다. 아빠와 서너 달에 한번쯤 만나 사소하게 사는 얘기도 나누고, 따뜻한 커피 한 잔도 같이 나누었을 그 기사님은 아빠의 안부를 궁금해 하고 있었던 것이다. 그분의 마음씀과 아빠를 그리워해주는 사람의 등장에 감사해서 나도 모르게 눈물이 아롱아롱 맺히고 가슴이 벅찼다. 아빠는 이제 더 이상 집에 없고 하늘나라에 있다.

기록들

아빠가 병원으로 실려 갔던 2016년 7월 19일, 그 무렵의 일기를 꺼내보려 할 때면 망설여지는 작은 힘겨움이 있다. 그때의 간절함, 애절함, 애틋함을 상기하고, 가슴 울렁임을 다시 느끼게 될 때마다 심호흡이 조금 필요하다. 그날들의 냄새와 분위기와 날씨까지 고스란히 생명을 얻고 살아나 움직인다.

2016.8.9 일기

아빠를 하늘나라에 보내드리며, 아빠가 잠든 곳, 작은 교회에서 마지막 예배를 드렸다. 딸이 좋아하는 강아지풀이 많은 아빠의 새 집. "아빠 며칠 있다 또 만나러 올게."

한번만 다시

살면서 피 섞이지 않은 타인도 매달리고 싶거나 또는 붙잡았어야 했다고 후회하는 소중한 인연이 얼마나 많았나. 하물며 아빠는 내 가족인데, 붙잡고 놓을 수 없을 것 같았다. 한번만 다시 만나고 싶다. 아빠를 사랑했노라고, 늘 고마웠던 날이었지만 늘 그냥 잠자리에 들어버린 날들뿐이었다고, 소중했는데, 참 소중하지 않게 보내버린 하루들이었다고. "그래도 아빠는 내 마음 알고 있었죠. 지금도 알고 있죠?" 매일 다시 묻고, 아빠의 대답도 듣고 싶다. 가족은 그런 것인가 보다. 놓을 수 없는 유일한 생의 인연.

충만한 끝

끝이 언제 오고, 어디에서 맞이하건 그 끝날까지 내게 힘을 주고 내 곁에 남는 사람들이 꼭 있어야 한다. 그것은 삶의 이기가 아닌 삶의 조건이다. 사람들은 한번 보고 말 낯선 타인에게 세상 친절한 표정을 지어주고 부드러운 말투를 들려주지만, 바싹 내 곁에 있어 평생 볼 내 가족에겐 한없이 불친절하고 퉁명스럽다. 가족에게 친절한 것은 노력 대비 바로 바로 돌아오는 보상이 적거나 간혹 없기도 하다. 친절을 받은 가족 역시 그것이 친절인지 잘 알지 못하며, 안다 해도 '애가 요즘 내게 잘하네.', '엄마아빠가 요즘 내게 친절하네.' 그런 낯선 낌새로 느끼고 만다. 피드백이나 보상이 없는 친절은 자주 귀찮음과 짜증, 피곤으로 변하고 반복된다. 하지만 타인보다 가족에게 조금이라도 친절하고, 따뜻한 말투를 노력하고, 응원의 인사말을 매일 건네는 나라면, 그 보상은 나의 죽음 끝에서 명확해진다. 따뜻했고, 친절하려 노력한 나의 오랜 노력은 확실한 사랑의 형태와 냄새로 나타나 내 마지막 날을, 내가 거한 마지막 공간과 이제 마무리되는 내 육체와 영혼을 꽉 채울 것이다. 베풂을 받은 상대가 아닌 베풂을 노력한 나의 마지막을 내 스스로 충만하게 하는 거다. 늘 친절했던 아빠처럼 좋은 사람이 되고 싶다.

새끼 손가락

마지막 의식이 혼미하면서도 엄마에게 힘들게 새끼손가락을 내밀던 아빠의 모습은 내게 충격적이면서도 너무 아름다웠다. 중환자실 면회 시간마다, 아빠가 오빠랑 나의 손을 꽉 잡고 힘의 기운을 전해 주던 것과 엄마에게 새끼손가락을 내밀던 것은 어떤 의미였을까. 무언의 약속 '하늘에서 꼭 다시 만나자.', '아이들과 행복하게 지내다 오렴…….' 그런 것이었겠지? "소나무야 소나무야, 할아버지! 이 노래 듣고 다시 와!"라는 딸의 외침이 아빠에게 들렸을까.

아빠가 많이 아파요

015B의 노래를 듣고 또 많이 애정하며 성장했다. 센티멘탈 상태의 극치를 달리던 중학생 때부터, 엄마아빠와 딱 태평양만큼 떨어져 유학생활을 시작하고 고독을 씹던 고등학교 사춘기 시절에 015B의 노래는 서울대를 졸업한 똑똑한 오빠들이 만든 음악이란 명분까지 더해져 뭔가 특별하고 세련되게 나를 감동시켰다. 하지만 그들의 음악을 들으며 눈물을 흘렸던 적은 암만 떠올려봐도 한번도 없었다. 아직 어렸기에, 015B 오빠들이 부르는 연애의 희로애락은 오로지 내 것이 되지 못했고, 그 감정의 상태를 상상만 하며 흉내내보기에 그쳤던 게 아니었을까 싶다. 많은 시간이 흘러, 그 오빠들의 나이가 오십을 넘기고, 나도 그렇게 마흔이 되어서야 나는 처음으로 그들의 노래를 들으며 통곡에 가까운 눈물을 주륵주륵 흘린다. 이제 오빠들이 부르는 노래는 내 이야기가 되어 있다. 혼자 방안에 앉아 우연히 노래를 들으며 또르륵 흘러내리는 눈물을 또 만났다. 얼굴이 상할까 마른 티슈 말고 물티슈로 눈물을 다 찍어내 닦고는, 나도 오빠들도 이제 정말 인생의 희로애락을 알게 되었구나란 생각을 조용히 했다.

엄마가 많이 아파요

그렇게 예민하신 데 우리를 보고 웃네요. 이모가 오니 우네요. 내가 아주 어렸을 땐 엄마랑 결혼한댔죠. 근데 엄마가 아픈데 아무것 해줄 수 없죠. 엄마도 꿈이 많았죠. 한 땐 예쁘고 젊었죠. 우리가 뺏어 버렸죠 엄만 후회가 없대요. 엄마는 아직 몰라요. 시간이 이제 없단 걸. 말해줄 수가 없어서 우린 거짓 희망만 주네요. 언젠간 잘해 줘야지 그렇게 미뤄만 두다가 이렇게 헤어질 시간이 빨리 올 줄 몰랐죠. 엄마 이제 나는 나는 어쩌죠. 하루하루 빠르게 나빠져 가는 모습 나는 더 이상 볼 수가 없어서 차라리 잠을 주무시다가 편히 가시기만 바라죠. 엄마가 좋아한 분당에서 다시 살게 해주고 싶었어. 엄마가 고쳐달라 부탁한 카메라도 고쳐줄게. 하느님 불쌍한 우리 엄마 한번만 살려주세요. 엄마가 무서워하세요. 좀 더 시간 주세요. 내가 제일 사랑하는 분이에요. 엄마와 지낸 이번 삶 나 정말 행복했어요. 이젠 편안히 쉬세요. 엄마야 이제 잘 가요. – 공일오비 작사작곡, 윤종신 노래, 〈엄마가 많이 아파요〉

반전의 미소

20일간 아침부터 밤까지 중환자실을 지켰기에 심장이 오그라들고, 소름 끼치는 아빠의 마지막 의료 처치까지도 모두 봐야 하는 고통이 있었지만, 그랬기에 나는 아빠의 임종을 지킬 수 있었다. 그래서 나는 너무 감사하고 행복할 뿐이다. 심장이 꺼져가는 기계의 맥박수를 보는 고통, 잠깐 고통스러워하는 아빠의 스러지는 얼굴을 보고 있었는데 하나님이 아빠를 데려간 그 마지막 순간, 정말 소설의, 영화의, 드라마의 반전을 보았다. 평온하게 순수한 아기로 변해버린 아빠의 얼굴은 인간의 지식으로는 이해하기 힘든 너무나 소중하고 비밀스런 광경이었다. 그랬기에 아빠는 그 순하고 편안한 아기 미소, 아기 모습으로 입관까지도 그대로셨다. 아빠가 평온한 모습이었기에 나는 그 모습 하나로 지금 시간을 견딜 수 있는 건 아닐까 생각한다. '아빠, 아빠도 엄마를 만났지? 그래서 아빠도 아기같이 좋았던 거지…….'

어려운 죽음

강신주 박사가 했던 말이 있다. 부모가 죽을 때 온기가 빠진 부모 손의 냉기를 절대 무서워하거나 낯설어 하지 말라고, 그 냉기가 나의 것이 되는 날이 온다고 말이다. 나는 실제로 냉기 어린 아빠의 몸이 전혀 차갑지 않았다. 아빠가 방금 막 하늘로 떠나갔을 때는 내 손으로 아빠의 손을 붙들고 계속 비비고 만지고 있었기 때문이고, 또 아빠 몸 속에서 방금 멈춰버린 피가 아직은 온기가 있을 때여서 그랬을 테지만 아빠가 며칠간 얼음동굴 같은 안치실에 있다 나온 입관식에서도 그랬다. 정말로 계절의 더위가 느껴지지 않던 여름이었으며, 아빠의 냉기도 전혀 느껴지지 않던 독특한 날들의 진행이었다. 부모를 잃은 참혹했던 제주 4.3사건의 기억을 더듬으며 그날의 이야기를 풀던 한 제주 할머니의 말과 똑같았다. "얼굴은 눈물 범벅이 됐고, 추웠지만 춥다는 생각이 들지 않았어." 그렇게 나도 덥지도 춥지도 않았다. 사랑하는 사람의 죽음은 무섭지만, 역설적이게도 사랑하는 사람의 죽음은 또한 전혀 무섭지가 않다. 헤어짐에 의한 부재의 무서움은 있지만, 죽은 아빠의 얼굴, 육신을 보는 두려움은 전혀 없었다. 죽음은 참으로 이렇게 어려운 것이지만, 모두가 겪어낼 수 있는 것은 아닌가 싶다.

아빠의 냄새

집에 돌아오는 길 엄마의 집에 들러 옷걸이에 아직 걸려 있는 아빠의 재킷 냄새를 얼굴을 파묻고 깊숙이 맡았다. '나도 이러는구나…… 나도 이런 행동을 하는 때가 있네.'

아빠다운 떠남

장례를 마치고 아빠를 보내고 집으로 돌아왔다. 그대로 켜져 있는 아빠의 컴퓨터, 때가 타고 뭉툭해진 아빠의 연필과 지우개, 세면대 위 물컵에는 물기를 거둔 아빠의 면도칼이 꽂혀 있다. 평생을 물질 욕심 없이 산 아빠의 헤어지고 낡은 가죽지갑 안에는 아무 것도 없고 교보문고, 영풍문고의 회원카드 두 장만 달랑 남아 있어서 나는 가슴이 찢어지는 허전함과 자랑스러움에 울컥했다. 전도서의 인생의 무상함을 늘 이야기 해주던 아빠는 너무나 아빠답게 떠났다. 책을 왕창 주문했다. 아빠를 닮아서, 나 또한 책을 읽으며 시간을 견딘다. 입관일 아침에, 엄마는 푸르고 젊었던 날 아빠에게 처음 선물 받은 〈독일인의 사랑〉 책을 장례식장에 챙겨갔다. 아빠의 영정사진 앞에 무릎을 꿇고 앉아서 〈독일인의 사랑〉을 찬찬히 다시 읽던 엄마. 성경책도 독일어로 읽던 나의 멋진 아빠…… 두 분이 사랑해서, 나를 낳아주어서 참 다행이란 생각을 한다.

혼잣말

하늘을 보면 혼잣말을 하는 낯선 버릇이 생겼다. 습관이나 버릇은 오랜 세월에 걸쳐 만들어지는 것일 텐데, 혼잣말은 급하게도 내게 자리를 잡았다. 사랑하는 사람을 잃고 알게 되었다. '아, 내가 혼잣말을 하는구나.' 드라마를 볼 때면 아무도 없는 상태에서 혼자 말하는 배우들이 낯간지럽고 우스웠다. 내가 혼잣말을 하게 될 때를 생각해 보니, 하늘, 구름, 나무를 가만가만 바라볼 때였다. 아빠가 이사 가서 살게 된 저 높은 하늘이, 아빠가 좋아했던 저 나무들이 유독 내 눈에 들어 올 때, 그리고 구름이 움직이는 것을 보면 아빠가 왔다가 가는구나…… 그런 생각을 한다.

호통의 위안

"할아버지는 하늘나라 이제 사니까 좀 지나서 또 만나면 되는데 자꾸 왜 우냐!" 힘들던 시기, 호통치는 딸아이가 내 곁에 있었다.

인도하는 아빠

아빠가 하늘나라로 떠나고 나니, 내가 계획하는 미래의 많은 것들이 더 없이 참 멋지고 근사하다는 생각이 든다. 나와 나의 가족들, 내가 하려는 일을 위해 하나씩 하나씩 의미가 부여된 계획들이 모두 소중하면서 비밀스러워지는 느낌이다. 문득 내 안으로 다시 찾아 드는 강력한 생의 충동, 어릴 때의 꿈처럼 무엇을 이루고 싶고, 그 무엇이 이루어진다면 아빠가 얼마나 기뻐할까 싶은 생각에 나는 함부로 시간을 보내거나, 나태해질 수가 없다는 다짐을 자주한다. 나를 늘 좋은 방향으로 데리고 가는 아빠. **아르스 모리엔디**Ars Moriendi , 죽음 끝의 아름다움, **메멘토 모리**Memento Mori, 기억해야 할 죽음, 죽음에 관한 이 근사한 명언들이 나를 많이 위로하고 잘 살게끔 채찍질하고 있다.

질서의 회복

하루의 일상으로 돌아가 청소도 하고, 밥도 하고, 몸도 단장하고, 거울도 들여다 보고 외출할 때는 향수도 뿌리는 나를 보며 서서히 일상이 회복되고 있음을 알 수 있다. 편안한 집, 건강한 내 모습을 만들려고 이전보다 더 내 집과 내 몸을 단장하게 되는 나를 발견하곤 한다. 윈스턴 처칠의 we shape our buildings, and they shape us 란 말처럼 집은 따뜻하고 밝게, 애정을 가지고 정리 정돈하면서 내가 머무는 공간이 나를 안정시켜 주었으면 하고 바랐다. 따뜻한 집이 나와 내 아이의 영혼을 쉬게 해 주기를.

사라지지 않는 바람

아빠가 하늘나라로 가기 전에 나는 아빠가 하늘나라에 절대로 가지 않기를 간절히 애타게 바랐다. 아빠가 하늘나라로 가고 난 후, 그 간절하던 바람은 정말 바람처럼 자연스럽게 사라져버렸지만 대신 나는 아빠가 하늘나라에서 행복하기를 간절히 바라게 되었다. 사랑하는 사람에 대한 간절한 소망, 기도, 바람은 이렇게 사라지지 않고 자리를 옮겨간다. 사랑이 끝나지 않았기 때문이다.

힘을 내자고요

아빠가 떠나고, 내게 힘을 내라고 말해주는 사람이 너무 많다. 그 말을 천 번은 들은 것 같은데 불행하게도 힘내란 말로는 힘이 하나도 나지 않았었다. 힘을 낸다는 것은 어떤 것일까, 힘은 어디서 나오는 것일까, 어떻게 힘을 밖으로 낼 수 있는가를 곰곰이 생각까지 해보았을 정도다. 하지만 사람들도 내게 그 말밖에는 해줄게 없을 거란 거, 나는 다 알고 있다. 아빠를 떠나 보내고 나니 나도 아빠를, 엄마를 얼마 전 보냈노라고 내게 고백해 온 사람이 많았는데, 나조차도 "힘내요"란 말이 자동으로 나왔다. 그다지 힘이 나지 않을 것을 너무도 잘 아는 나조차 그 말밖에 해 줄 말이 없었다. 나 아닌, 내 가족이 아닌 타인과 슬픔을 나눈다는 말이 과연 가능한지를 생각해 본 적도 있다. 사람들과 슬픔을 함께 나눈다 해도, 지극히 개인적인 비극은 내 안에 그대로 남아 있기 때문이다. 하지만 우리는 위로를 늘 주고받는다. 힘도 되지 않는 위로라도 주고받으며 살아야 하는 게 맞다. 그러는 동안 시간이 가고, 그러면서 살아지기 때문이다.

사랑의 메모

아빠가 계실 때, 엄마는 외출을 하면서 아빠에게 꼭 메모를 남겼다 "강의 가요.", "5시에 올게.", "점심시간에 잠깐 들를게." 지금, 메모를 남길 사람도, 남길 필요도, 남길 수도 없게 된 엄마가 너무너무 안쓰럽다. 그 작은 메모의 행위도 사랑과 행복이었다는 것을 엄마는 알았을까? 엄마도 몰랐겠지. 사람이 피곤해 하며, 의무적으로 또는 책임감으로 했던 어떤 행위도 시간이 흐른 뒤 그 행위의 진짜 가치가 밝혀지기도 한다. 의무도, 책임도, 연민도 모든 것은 숨어 있던 행복이다.

찬찬히 보여주는 인생

아빠가 살아 있고, 함께 산책을 하거나 식사를 하거나, 대화를 하는 등 아빠랑 같이 무언가를 하던 날들 중에, 내가 그때마다 매번 참 행복하다고 생각했었는지 기억이 나질 않는다. 아닐 것이다. 고백하건대 그렇게 생각해본 적은 딱히 없었던 것 같아서 자책감이 든다. 하지만 모든 매 순간 행복을 생각하는 사람도 없을 것이다. 인생의 짓궂음은 모든 것을 세월이 지나가서야 알려주는 것인지 모르겠다. 모든 것이 지나가고, 또는 다 사라지고 난 뒤에 우리에게 찬찬히 서서히 진실을 보여준다. 인생은 참 짓궂다.

편린

아빠가 떠나고 아빠의 공부방을 서성이다 발견한 작은 액자에 어린 말투를 채 벗지 못한 20살의 내가 파리에서 아빠에게 보낸 빛이 바랜 엽서가 있다. 이태리에서 두 번째 유학 중이던 나는 파리로 짧은 주말여행을 떠나서 아빠를 떠올렸던 것 같다. 아빠는 그 무렵 많이 아팠다. 1999년의 마지막 날, 온 세상이 전부 밀레니엄을 축하하던 12월 31일 자정에 우리 가족은 아빠가 아파서 며칠 입원해 있던 병실에 옹기종기 모여 있었고 함께 TV를 보았다. 아, 그렇다. 그때 아빠는 아팠지만 나는 그때 병실에서 가족들과 같이 모여있는 게, 참 포근하고 행복하다고 생각했었다. 분명 행복하다고 생각했었다. 멸망 없이 밀레니엄이 오는 것보다 더 기쁜 것은 작은 병실 안 아픈 몸으로도 가족과 함께 있는 것임을 나는 딱 20년 전에도 알았다.

죽음은 진짜

모든 사람은 죽는다는 예외 없는 사실은 아빠가 죽기 전까지는 무식하게도 내겐 언제나 예외적 사실이고, 사실도 뭐도 아니었던, 감각도 없고, 실체도 없고, 추상적이고 모호하고, 희미하게만 존재했던 '저 먼 죽음'일 뿐이었다. 아빠가 죽고 나서야 모든 사람이 죽는다는 사실이 '아 정말 사실이구나'라고 실제로, 확신으로, 진리로, 그리고 나의 현실의 문제가 되었다. 불행 중 다행으로 죽음을 잠시 피해가고 비켜간 안도 속에서도 죽음은 다시 매일 우리 인간을 위협하고 있다. 삶은 매일 위협받기에 그렇게 가치가 높은 것이었나 보다.

고아가 된 아빠

아빠는 어린 시절 일찍이 엄마를 하늘나라로 보냈다. 8살, 학교에서 돌아오니 엄마가 기찻길에서 사고를 당했다는 이웃 어른들의 말을 들었고 그것이 엄마와의 마지막이었다고 했다. 소설책에 분명 한번쯤 등장했을 법한, 이상하리만큼 친숙한 스토리가 아빠가 엄마를 잃은 이야기였다. 한참 엄마에게 투정부리고 조잘조잘 학교에서 있던 이야기를 들려주고, 배고프다 졸라댈 엄마가 인사도 없이 아빠를 떠나갔다. 8형제 중 가장 막내였던 아빠는 너무 어린 나이부터 엄마 없이 자라야 했기에 할아버지에게 사랑을 가장 많이 받았다고 했다. 아빠가 대학생이 되었을 때, 그렇게나 사랑을 주고 마지막 보호자로 아빠를 걱정해주던 아빠의 아빠도 하늘나라로 떠나갔다. 아빠가 아빠를 보내던 날, 아빠는 사는 이유와 살아갈 이유를 잃었다는 생각뿐이었다고 했다. 엄마도, 아빠도 모두 하늘로 떠나 보내고 아빠는 고아가 되었다. 사람은 누구나 태어나면 한번은 고아가 된다. 인간이 고아가 되는 것은 100% 정해진 운명이고 누구도 피해갈 수 없는 아픈 운명이다. 살아갈 이유를 다 잃었다고 생각했을 만큼 아프고 고독했을 아빠를 생각한다.

죽음의 순간

드라마나 영화에서, 죽음을 통보하거나 선고하는 순간을 보면 가족들은 무릎을 꿇고 비명과 같은 소리를 내며 울고불고 한다. 실제 마주한 죽음의 선고는 정말 다른 것이었다. 미처 상상도 못 한 죽음이기에 현실 같지가 않아서인지, 소리를 지르면 비현실이 쨍그랑 깨져버리며 현실입니다! 할 것 같아서인지, 우리는 그냥 마치 슬로우 모션처럼 두 손바닥을 입가에 가져다 대고, 스스로 말문을 막았다. 터져 나오는 큰 소리는 없고 깊게 들이 마시는 숨과 깊게 내뱉는 큰 숨이 가장 기억에 남는다. 끝끝내 삼켜내던 울음은 그 후 조금씩 조금씩 터져 나왔다. 그날 그 모습들을 달리 표현할 길이 없다. 사랑하는 자를 잃은 모습을.

수천 개의 만약들

아빠가 만약 중환자 외과에서 내과로 옮기지 않았다면, 아빠가 만약 의식만 잃지 않아서 현재 나의 어디가 이상하다 어디가 너무 아프다 말만 할 수 있었다면, 아빠가 만약 다른 병원에 갔거나 다른 의사를 만났다면, 아빠가 만약 살면서 좀더 좋은 음식들을 먹었다면, 이런 수천 개의 만약이라는 경우의 수가 머리를 헤집고 다녔다. 그리고 그 만약들에 대해 가족과 수도 없이 대화를 나누었다. 그러나 세상에 절대 없는 것이 그 만약들이다. 그 수천 개의 수억 개의 만약들은 이미 일어난 죽음을 더 안타깝고 슬프게 할 뿐이다. 죽음은 인간의 영역에 속한 것이 아니다.

떠나기 좋은 날

드라마나 뉴스에서처럼 갑작스런 사망의 이유에 의사에게 목소리를 높이는 일은 당연히 없었다. 적어도 우리 가족에게는 드라마와 현실은 참 달랐다. 사망선고를 듣자마자 의사를 붙들고 늘어지지도 않았고, 살려내라고 하지도 않았다. 심호흡을 하고, 아빠를 나지막이 부르고, 눈물이 주르르 흐르는 것 외엔 없었다. 아빠를 얼마나 반복해 불렀는지는 모르겠다. 평생 불렀던 아빠보다 더 많이 아빠를 불렀다. 사람의 생명은 어느 때든 끝이 날 수 있다는 사실, 그 지식은 이미 굳건히 자리잡고 있었다. 어쩌면 아빠의 죽음을 예감했지만, 미련을 붙들고 있었을 뿐. 아빠는 오늘 아니면, 내일, 어쩌면 일주일 후에 죽음을 맞이할 수도 있었을 것이다. 일주일을 더 살았다고 덜 슬프지도 않았을 것이고, 일주일을 덜 살았다고 더 슬프지도 않았을 것이다. 아빠는 아빠에게 가장 떠나기 좋은 날 떠났다. 아빠 인생의 마지막 날이 2016년 8월 6일이었던 것이다. 그 날이 그래서 아빠 생일처럼 내게 소중한 날이 되었다 보다.

찾아오는 기억

참 좋은 점이라고 할까. 아빠와 헤어지니 아빠가 포함된 모든 내 유년의 기억이 하나 둘 셋 점점 나를 다시 찾아왔다. 아빠가 살아 있는 동안 내게 해줬던 말, 보여줬던 행동에서 어떤 깊은 뜻, 교훈, 사랑을 찾아내려는 내 모습을 발견하게 된다. 삶을 매우 깊이 들여다 보는 참 마음에 드는 좋은 태도가 생겨난다.

빛이 없을 리가

힘든 시간을 견뎌내고 있던 시간 동안 여러 차례 제주도에 다녀왔다. 섬마을, 한 돌담 집의 마당가, 비가 그친 후 만난 매우 조그마한 초록 잎새 위에 맺힌 땅콩만한 크기의 이슬. '와, 참 맑고 반짝거리는 빛을 발하네', '아아 너무 예쁘네!' 내 마음 속에서 우러나오는 혼잣말. 잠깐 맺혔다가 사라지는 이슬에도 이토록 반짝하는 빛이 있는데 인간의 사라짐, 인간의 죽음에 빛이 없을 리가 없다. 아무도 모를 세상 속 작은 존재인 내가 겪어낸 지극히 개인적인 죽음의 경험에도 나는 정말 아름답게 반짝거리는 빛을 발견해 내려고 한다.

축복

아빠의 죽음을 겪고 나는 인간의 죽음에 대해 알고 싶어 하는 집착과 맹렬한 욕구가 생겨났다. 그것은 내 남은 인생을 위한 축복의 통로가 되어줄지도 모른다는 생각을 했기 때문이다. 지독한 슬픔에 잠겼다가 그 경계 밖으로 다시 빠져 나오고, 미련과 후회의 기억 속으로 빠져들었다가 다시 이엉차 스스로 빠져 나오곤 했다. 반복되는 이런 일상이 싫지 않았다. 이 반복되는 우울과 생의 의욕 안에서 나는 기꺼이 축복이 될 만한 작은 무언가를 꼭 발견해 내곤 했다.

오늘밤 죽음

우리가 죽음의 위협을 받으면 삶이 갑자기 멋있어 보인다. 삶이 얼마나 많은 계획, 여행, 사랑, 배워야 할 것들을 숨겨 놓고 있는지 생각해 보라. 우리의 게으름으로 인해 미래의 어느 순간으로 끊임없이 미루고 있는 그것들을. 하지만 그것들이 영원히 불가능해질 위기에 처하면 그것들은 다시 아름다워진다. 아, 대재앙이 지금 일어나지 않는다면 많은 것을 하리라! 새로운 화랑들을 구경하고, 사랑하는 사람에게 자신을 내던지고, 인도로 여행갈 기회를 놓치지 않으리라…… 하지만 대재앙은 일어나지 않으며, 우리는 그 일들 중 어떤 것도 하지 않는다. 얼마 지나지 않아 게으름이 절실함을 무력화시키는 일상의 삶으로 돌아간다. 그러나 오늘의 삶을 사랑하기 위해 대재앙이 반드시 필요한 건 아니다. 그것은 우리가 유한한 존재라는 것을, 그리고 죽음이 오늘 밤에 찾아올지도 모른다는 것을 생각하는 것만으로도 충분하다." – 마르셀 프루스트, 류시화 〈새는 날아가면서 뒤돌아 보지 않는다〉 중에서

가치관

겉으로 뿜어져 나오는 것이든, 내 안에 잠겨 있는 것이든 나에게 스며 있는 정신세계, 가치관들은 떠나간 아빠와 남은 엄마로부터 배우고 물려받고, 그들을 보고 만들어 간 것이다. 아빠가 살면서 소중한 가치로 생각했을 유무형의 것들을 생각해 본다. 나도 그것들을 비슷하게 사랑하고 소중히 여기며 살고 있다는 것을 알게 된다. 나의 몸과 정신까지 만들어 내는 부모란 얼마나 가치로운 대상인가.

보석

존경하는 작가 피천득 할아버지는 그분의 책에서 이런 말을 했다. **그리 예쁘지 않은 아기에게 엄마가 예쁜 이름을 지어 주듯이, 나는 나의 이 조약돌과 조가비들을 산호와 진주라 부르련다** 태어나 처음으로 겪은 아빠의 죽음이라는 예쁠 수 없는 사건, 고통과 슬픔의 기억이 우리 가족에게는 새로운 삶이 시작되는 이야기, 나는 그래서 아빠의 죽음에도 좋은 이름을 붙여주고 싶었다. 슬프고 눈물을 흘린 게 대수인가, 그 슬픔이 내 인생의 보석 같은 날이 됐음을 부정할 수 없다.

비워진 자리 채우기

아빠가 병원에 실려간 날부터 바닥부터 긁어 모아내는 나의 모든 에너지와 퍼낼 수 있는 모든 애정은 아빠를 목표로 향해 있었다. 2주를 꼬박 아프다 떠난 아빠여서 2주 동안 모든 내 세포를 탈탈 털어 연애하는 사람마냥 아빠만 생각하고, 아빠만 사랑하고, 아빠만 기다리다, 그렇게 아빠를 훅 떠나 보내고 나니 깊게 하나 깨달은 게 있었다. 내 안에 이렇게 초집중하고 탈탈 털어 쓸 만큼 많은 사랑이 있었는데, 이 사랑을 일상에서 안 쓰고 살았다는 점이었다. 아빠를 향해 쏟아냈던 애정의 정도와 양이 나란 사람 안 어딘가에 분명히 있다니…… 그때 결심했다. 매일이 마지막일 것처럼 혼자 남은 엄마를 사랑하고 나의 바쁨과 슬픔으로 인해, 늘 받아 마땅할 애정의 반만 받고 있는지도 모를 나의 아이들에게 내 한계치의 모든 애정과 에너지를 쏟을 것이라고.

현명한 이별

'내가 얼마나 꿋꿋하고 현명하게 이별을 받아들이고 있는지 아빠 보고 있어요?'

행복의 기준

슬픔 속에 거하더라도 완벽히 슬픔 그 자체가 되는 것은 피해야 한다. 이런 자세에 나는 너무나 능란해졌는지 모르겠다. 더 이상 견딜 수 없구나 싶을 만큼의 비통은 이제 내게 없다. 나를 압도하지는 않지만 슬픔은 어디에나 보인다. 책에서 읽었는데, 사람을 그리워하는 그리움이 현실에서 실현 가능한 것으로 변할 때 생기는 심리적 반응이 설렘이라고 한다. 현실에서는 볼 수 없는 아빠를 만나러 가는 날이면, 나는 데이트를 앞둔 사람처럼 그렇게 설렌다. 행복의 기준이 설렘의 유무라면, 난 아빠가 사라진 지금도 여전히 행복한 사람이다.

아빠가 필요해요

아빠가 앰뷸런스에 실려가기 이틀 전, 아빠에게 전화를 했었다. "아빠 뭐해?", "왜? 아빠 필요해? 뭐, 사다 줄까? 커피?", "아니~~~ 그냥 아빠 뭐하나 해서" 가끔 커피를 너무 마시고 싶어 사러 나가고 싶은데, 둘째 때문에 집에서 꼼짝 못할 때, 몇 번 아빠에게 SOS를 친 적이 있었다. 아빠는 그날 이 후로, 산책이 끝날 즈음에는 꼭 내게 전화를 해서 커피 사다 줄까를 물어오셨다. 나는 몰랐는데, 그냥 전화했던 그날 아빠는 새삼스레 엄마 앞에 내 칭찬을 계속 늘어놓았다고 한다. 우리 수영이 좋은 아이라고, 잘 키워줘서 참 고맙다는 말을 엄마에게 했다고 한다. 엄마는 이 날의 시간을 되돌려 보면, 아빠의 뜬금없는 딸 칭찬이 마치 이상하게 마지막 인사같이 느껴지기도 했다고 한다. 그날 나도 이상한 이끌림이 있었던 것일까. 전화를 끊자마자 용무도 없이 서둘러 나는 딸의 손을 잡고 아빠를 만나러 갔었다. 아빠는 침대에서 손녀랑 놀아주었다. 졸려서 침대에 계신 줄로만 알았는데 아빠는 힘이 빠져나가고 있었나 보다. 아빠는 많이 아팠던 거다. 식을 끊고, 음을 끊고, 변을 쏟고, 그날로부터 딱 이틀 동안 죽음의 사인을 다 보이고 병원에 실려갔다. 아팠는데, 죽음에 바짝 다가갔을 만큼 아팠던 아빠였는데, 손녀와 놀아주고 "아빠 뭐해?"라는 내 전화에, "커피 사다 줄까?" 그 몸을 이끌고 커피를 사러 가려던 아빠였다. 아빠는 죽는 날까지 내게 다정했다.

책으로 견디기

아빠는 견디는 것도 능력이라는 말 한마디로, 20대 시작한 나의 사업을 지지해 주셨다. 다른 부모님들은 어떠했을지 모르겠다. 자식의 사업은 마치 지뢰폭탄 밭에 내놓은 것 같은 큰 사건일 수도 있는데 아빠는 단 한번도 딸이 저지른 큰 사건에 당혹감이나 불안감을 보인 적이 없었다. 해 볼 테면 한 번 해봐라 식의 협박 또는 억지 승낙 같은 것은 더욱 없었다. 그런 건 아빠와 맞지 않다. 아빠는 내 세계를 한번도 침범하거나 무너뜨린 적이 없었고, 그저 철저한 긍정과 무언으로 응원을 대신했다. 가끔 아빠의 몇몇 제자들로부터, 교수님이 딸의 사업을 자랑하셨다는 말을 전해 듣곤 했다. 하지만 나는 사업을 하고 1년이 가고, 2년이 가고 3년이 갈 때까지 나 스스로에게 월급을 주지 못했다. 그래도 아빠는 나만 보면 웃었고, 일 안 힘드냐, 일 재미있냐, 그 말만 하셨다. 견디는 것도 능력이라는 아빠의 말은 포스트잇 위에 써진 채 내 컴퓨터 앞에 오랫동안 붙어 있었고, 나는 결국 견디어 냈다. 버텨내는 시간, 견디는 시간이 능력이라고 가르쳐준 아빠가 있었기에, 나는 아빠가 없는 슬픈 시간도 견디어 내고 있는 것이 아닐까 생각할 때가 있다. 아빠가 미리 나를 단련시킨 것일지도 모르겠다.

식물에 대한 애정

조금씩 피기 시작했던 베란다 앞의 핑크 꽃이 그새 많이 펴 있다. 뿔테 안경을 낀 서울대 전자공학도에서 보건학 박사를 취득하고 많이 뒤늦은 나이에 의용공학과 교수가 된 아빠는 무슨 공부를 맨날 그렇게 고3처럼 열심히 하는 건지, 나는 아빠가 가르치는 전공에는 하나도 관심이 없는 딸이었다. 언젠가 아빠 서재에 처박혀 있던 빛바랜 잡지에서 연구할 시간이 없어 머리 깎는 시간도 아깝게 느껴진다는 아빠의 인터뷰 기사를 읽었다. 그런 아빠에게 전공과 상관없는 유일한 관심사는 식물이었다. 내게 아빠는 비공식적 식물 박사였고 그 분야만큼은 참 멋지고 내 마음에 쏙 들었다. 어린 시절 우리 가족은 정말 산으로 들로 강으로 여행을 자주 다녔고, 그 여정의 길에서 마주치는 식물마다, 나무마다, 꽃마다, 내가 물어보는 모든 식물에 대해 아빠는 모르는 게 없었다. 아빠는 백발의 노인이 되어서도 공원을 걷다가 모르는 풀을 만나면 유심히 관찰하며 한참 동안을 그 자리에 머물며 요리조리 풀을 살폈다. 늙지 않는 아빠의 호기심도 이젠 나의 존경이 되었다. 아빠가 떠나고 아빠의 책장을 둘러보다가 발견한 여러 식물 관련 책들과 식물도감들을 보면서 생각했다. 내가 언제 또 물어올지 모르니 아빠가 식물도 계속 열심히 공부했던 것은 아닐까 하고. 식물에 대한 아빠의 애정은 나에 대한 애정이었는지도 모르겠다.

이런 식으로 흘러감

아빠가 정말 없구나……. 아빠는 3분이면 코가 닿는 옆집에 살았다. 그런데 3분이 아닌 3년의 시간을 걸쳐 열심히 달려가고, 30년을 내리 달려도, 살아 있는 아빠를 만질 수 있는 곳에는 닿을 수 없다. 아빠의 소년 같은 수줍은 미소를 볼 수 없고, "수영아" 다정히 부르던 짧은 3음절을 들을 수 없다. 그렇게 하루 하루, 한 주 한 주, 한 달 한 달, 일 년 이 년 삼 년이 그렇게 가야 한다. 이 세상에서 내 시간은 이제 이런 식으로 흘러가게 되리라는 것을 인지하니 또 다시 가슴이 뻥 뚫린 듯 허하고 쓸쓸하다. 그러니까 이제 아빠의 부재는 현재의 삶이 되었고, 아빠가 없는 채 잘 살려고 애쓰며, 살아가야 한다. "수영아" 다정했던 3음절, 녹음이라도 해둘 것을.

욕망

사랑하는 사람을 떠나 보낸 슬픔의 기간에도 깔깔 웃고, 맛있는 것을 조금 더 먹고 싶고, 예쁜 것을 보면 소유하고 싶은 '애도 기간의 방심' 상태 같은 순간들이 찾아온다. 방심이란 표현은 아빠를 보내고 이런 본능적인 욕망이나 즐거움의 감정이 생겨나는 것에 대한 죄책감과 같은 마음일 것이다. 계속 슬퍼하는 것, 계속 조용한 시간을 유지하는 것, 욕망에 방심하면 안 되는 것. 그것이 아빠에 대한 의리라고 생각되기도 하고 불효 같은 부끄러움도 느껴지곤 한다. 이런 감정들은 나도 처음 겪는 것들이기에, 참으로 사소한 욕망이 찾아 드는 순간이라도 어쩔 줄 모르겠고, 스스로 놀라서는 서둘러 평정심을 찾기 위해 얌전해지곤 한다. 마음 속으로 아빠에게 용서를 구한다. 그리고 다시 시간이 가면 나는 그렇게 다시 웃고 얘기하고 농담도 하고 있다. 깔깔 웃고 난 뒤면 언제나 아빠를 바로 떠올린다. 언젠가 이 웃음들도 조금의 죄책감도 섞이지 않은 순도 100% 웃음만 포함한 채 아빠를 향해 '나 이렇게 잘 지내고 있어요.' 라고 뿌듯하게 말을 걸게 되겠지.

친근한 고독

곁에 여전히 남아 있는 사랑하는 사람들이 있어도, 닿지 못할 곳으로 떠나 보낸 사랑하는 사람이 있다면 가끔씩인들 허전한 밤은 분명히 찾아온다. 시끄러운 상태에서도 고독 안에 거할 수 있게 되고, 나만 아는 그 고독의 상태에서도 타인과 대화를 할 수 있고, 고독 속에서 일을 할 수 있게 된다. 겉으로는 기분 좋고 명랑하게 보여도 나 스스로는 충분한 고독 상태가 가능해진다. '오늘을 무사히 잘 보냈구나' 하는 위안 속에 잠이 드는 것에 많이 익숙해져 간다.

아빠와 함께 살던 집

아빠가 떠난 아빠의 집, 엄마가 남은 엄마의 집, 아빠가 떠나고 엄마가 남은 아빠엄마의 집에 가면 '아빠가 여기 늘 있었는데, 이젠 없네…….'라는 생각이 단 한번도 빠짐없이 든다. 1년이 지나도 1시간 전처럼 느껴질 만큼 그렇게 바로 전, 그렇게 방금 전, 그렇게 조금 전까지 아빠가 우리의 곁에 있었다. 오래 우리 곁에 머물렀기에 그만큼 아빠의 부재는 심각하게 생소하고, 현재 존재하는 사람처럼 여전히 생살 닿듯 가깝게 느껴진다. 엄마에게는 아빠의 부재가 갖는 위력이 얼마나 더 크게 작용할까. 현관문을 열고 집으로 들어설 때, 쓰나미처럼 높고 거대한 아빠의 부재가 엄마를 덮칠 것이다. 엄마는 온 몸과 마음으로 아빠의 부재가 주는 갖가지 슬픔과 고독, 그리움을 있는 그대로 부딪혀 내면서 함께 살던 집에서 완전히 혼자 살아 가고 있다. 나는 엄마가 당장부터 해내고 있는 이 독거의 경험이 나의 경험으로 확장되어 뻗칠 때마다 큰 두려움을 느낀다. 나도 이만큼 아프고 힘든데 엄마의 아픔은 정말 어느 정도일까. 하지만 홀로 남겨진 자가 두려움을 날려버릴 수 있는 유일한 마음의 다스림은 그럼에도 불구하고 아빠와 함께 살던 이 집을 대신하는 평안할 수 있는 곳은 그 어디에도 없다는 믿음이다.

사랑

죽음이 우리를 갈라 놓을 때까지 사랑한다는 말이 있지만 죽음이 아빠와 나를 갈라 놓았는데도 사랑은 계속되고 있다. 죽음 이후에도 사랑은 계속 된다. **산 자를 위한 땅이 있고 죽은 자를 위한 땅이 있으며, 그 땅을 연결하는 다리가 바로 사랑이다. 그 사랑이란 바로 유일한 생존자이자 유일한 의미이다.** - 손턴 와일더 〈산 루이스 레이의 다리 (The Bridge of San Luis Rey)〉

행복하다는 말

아빠가 우리 곁을 떠난 잔인했던 여름이 가고 세상이 온통 노랑으로 물들기 시작하던 가을의 어느 날 딸 아이의 생일파티를 차렸다. 배달된 풍선들이 천장 위 조명 옆으로 일제히 날아오르자 딸은 "엄마아아, 너무 행복해요."라고 외치며 폴짝폴짝 뛰었었다. 행복하다는 말은 어쩌면 내가 가장 듣고 싶던 말이었을까, 딸의 행복하다는 말을 듣고 나는 모든 것이 괜찮고, 앞으로 모든 것이 나아질 거라는 마음이 잠시 들었었다. 그런 풍요로운 마음의 발현이 내게 큰 위로가 되었다. 풍선과 함께 둥실 떠오르던 내 마음을 말로 표현할 수 없었다. 아빠가 하늘로 떠난 지 두 달이 채 안 된 어느 햇살 좋은 가을날이었다. 사람은 본능적으로 다시 행복을 찾아가는 방향을 잡고, 행복해지기 위해 해야 하는 어떤 행동들을 취한다. 우리를 삶의 고난으로부터 벗어나 자유하게 해주는 것. 그것은 떠나간 사람이 주는 선물 중 하나이다. 아빠는 가고 없는데, 아빠는 여전히 이렇게 삶 속에서 주고 있는 것이 많다.

(2016.10.5.)

질서를 찾아가다

마트도 가고, 카페도 가고, 대기순번 쪽지를 들고 하염없이 은행의자에서 대기도 하고, 인터넷쇼핑으로 다 쓴 샴푸와 기저귀도 주문하고, 핸드폰으로 아이들 사진도 찍고, 이러저러한 작은 볼일들을 보면서, 특별할 것은 하나 없지만 그저 질서를 찾아가주는 내 삶이 대견하다. 그 속에서 달라진 점은 죽음을 매일같이 상기하며 내 삶을 좀 더 골똘히 들여다 보는 횟수가 크게 늘어났다는 점이다. 사랑하는 사람이 죽기 전의 시간, 그러니까 아빠가 한참 많이 아파서 간호하는 시기에는 늘 해오던 일과를 두세 개쯤은 제대로 해내지 못했고, 지켜오던 자잘한 규칙들도 대수롭지 않게 어겨버렸다. 그렇게 질서를 잃고, 순식간에 혼란스러워진 일상들이 아슬아슬하게 진행됐었다. 하지만 사랑하는 사람이 마침내(?) 떠나고 나면 그때는, 쓸쓸하면서도 다행스럽게도 삶이 서서히 제자리를 찾아간다. 그건 마음먹은 의지에서가 아니라 꽤나 자동적인 진행인 것 같다. 노력한 점이 없지 않아 있었겠지만 죽음으로 꺼져 있던 스위치를 탁하고 삶으로 올리는 즉시 '윙~' 하며 자동으로 작동되는 기계 같다. 사랑하는 사람이 죽고 나서 망가지거나 퇴보하는 삶은 옳지 않다. 사랑하는 사람이 죽고 나면, 적어도 제 자리를 찾아가고, 좀 더 나은 변화를 희망하는 삶, 그게 올바른 이별이다.

어디에나 할아버지

"엄마 목욕탕에 할아버지 있어." 목욕탕에 가보니 욕실 벽 타일에 딸이 크레파스로 그려둔 할아버지가 있다. 정말 아빠랑 똑 닮았다! 너무 반가워 눈물이 왈칵한다. '아빠 안녕?' 딸은 특별히 높은 하늘 위 둥둥거리는 구름 곁에 또는 구름 안에 할아버지를 그려 넣는 일이 참 많다. 아직도 곳곳에서 나는 아빠를 만난다. 아빠는 어디도 가지 않았고 너무나 그대로, 우리 곁에 그대로이다. 나 역시 딸처럼 특별히 하늘 둥둥 구름을 올려다보면 어김없이 아빠를 볼 수 있다. 아빠가 찾기 쉬운 곳에 있다는 건 좋은 일이다.

삶이 만든 상처

내 침대 곁에 놓여 있는 사이드 테이블의 상판이 물과 커피의 흔적으로 마치 세계 지도처럼 얼룩덜룩 해져 있다. 그런데 그게 내 눈에는 세계 지도처럼 참 근사하게 보인다. 내 꿈은 언제나 세계 여행이었기 때문이다. 꽤 오랜 시간 커피 방울들이 스며버린 이 지저분한 듯 멋진 흔적이 마치 내 꿈인 세계여행을 이루어 줄 사인인 것처럼 참 좋았다. 사랑하는 아빠를 보내면서 내 마음에는 태어나 처음으로 온몸과 마음을 다해 막아내면서 할퀴어지고 닳은 커다란 상처가 생겼지만 결국 이 상처가 내 안에 만들어진 게 좋다. 문신처럼 새겨진 아빠를 잊지 못하고 사는 삶의 상처도 너무 괜찮다는 것을 누구는 이미 알고, 누군가는 나처럼 곧 알게 될 것이다. 모두에게 삶의 진리처럼 그 차례가 오고, 또 그 차례를 받아들일 마음의 상태도 만들어질 것이다. 인간은 삶의 질곡, 고통, 갈등을 짊어지고 살아가되 그곳에서도 작은 희망을 발견하기 위해 나의 모든 것을 오늘에 바치며 살아가는 것이 아닐까.

하늘 가는 길

어릴 때, 비행기가 하얀 도화지 같은 하늘의 이쪽 끝에서 저쪽 끝까지 기다랗게 연기를 남기며 만들어 놓은 길을 나는 '천당 가는 길'이라고 불렀다. 그렇게 부르는 습관은 정말 오랫동안 지속되어서 나는 마흔이 된 아직도 비행기의 연기 잔흔을 천당 가는 길이라고 부른다. 딸이 하늘을 보며 "엄마 저거 뭐야?"라고 물을 때는 그 질문이 반가울 정도였다. "저거? 저건 할아버지 사는 하늘나라 가는 길이지.", "오 정말?", "정말"

책의 도움

책은 늘 내 전부 중의 하나, 전부 중에서도 매우 큰 부분을 차지했지만, 근래 진심으로 나는 집에 꽂혀 있는 빼곡한 책들과 고심해서 골라 새롭게 주문하는 책들로 세월의 무게를 견디어 낸다. 짧은 시간 많은 책들이 늘어나, 책장을 여러 번 정리해야 했다. 책을 중고서점에 보내고, 그 돈으로 다시 책을 사고, 새로 읽을 책을 꽂는 일을 계속 반복하고 있다. 그런데 아빠를 보내고 읽은 책들은 중고서점으로 보내지 못하겠단 생각이 든다. 잃은 것을 되찾는 방법은 책으로의 몰입밖에 없다는 생각을 한다.

죽고 없다

거시경제학의 아버지라 불리는 케인즈는 이런 말을 남겼다.
장기적으로 볼 때 우린 모두 죽고없다라고.

천 번을 반복해 읽은 시

백 년쯤 지나면 그때는 모두 밝혀지리라. 그렇게 오늘 우리를 슬프게 하던 그 무수(無數)한 사건이 두 조각 선악(善惡)으로 그날 드러나리라. 누가 애타게 흐느낀 한마디 울음 한 구절의 시(詩) 또는 내가 아무렇게나 짓거린 말이며 무엇인가 한동안 몹시 기다리던 우리의 안타까움 같은 것 그것들은 모조리 오늘과는 다른 기막힌 형상(形象)을 이루우리라. 백 년쯤 지나면 그때는 우리 모두 죽어 없어져도 저마다의 이름은 숨길 수 없이 여러 가지 색깔로 그날 드러나리라. 그리고 오랜 날을 진흙에 빛을 잃었던 구술이며 저 눈보라에 파묻혔던 당신의 음성도 어디선가 은은히 들려오리라. - 하인(河人) 백 년 후(百年後)

다시 만나게 될 비탄

열정과 사랑이 식기 마련이듯 비탄, 슬픔도 점차 서서히 잠잠해지는 감정인 것은 똑같다. 새로운 대상이 나타날 때 사람의 열정도, 새로운 연인을 만날 때 사랑도 다시 불타듯 돌아오듯이, 아빠를 하늘로 보냈던 나의 비탄, 슬픔도 그 대상이 엄마로 바뀔 때 다시 만나게 될 것이란 걸 생각해 보았다. 죽음으로 인한 이별은 내게 가장 큰 충격적인 사건이고, 이미 겪어 본 일이 되었음에도, 엄마와의 이별 앞에 눈이 벌써부터 찔끔 감기고 마음이 떨린다. 헤어짐 이후에 찾아오는 특별할 일 없이 평화로운 시간은 곧 쓸쓸하기도 하다. 그 쓸쓸함과 친구가 되어야만 그 평화를 진정한 내 시간으로 가질 수 있다는 의미이기도 하다.

손녀의 꿈

"할아버지 꿈을 꿨어. 같이 〈도리를 찾아서〉를 보는 꿈을 꿨어. 할아버지랑 놀았어. 내가 천국에 갔는데 할아버지랑 블록 쌓기를 하고 돈까스를 먹었어." 나는 딸의 꿈 이야기를 들으며 "아……" 길게 탄식만 했다. 탄성인지 탄식인지 모를 감동 같은 것이었다. "할아버지 어때 보였어?" 딸의 꿈이 실제인 듯 나는 딸이 부러워서 묻는다. "응 좋아 보였어", "그랬구나", "내가 왔다고 할아버지가 너무 많이 반가워 하셨어" 그렇다. 진짜로 아빠는 루디아를 반가워 했을 것이다. 노인이 된 후의 아빠가 사람과의 만남 중, 가장 반가워 했던 것은 바로 손녀 루디아와 아빠의 옛 제자를 만날 때 뿐이었다. 딸이 아빠를 이렇게 종종 만나는 일은 사실 내게는 꿈이 아닌 현실처럼 인식된다. 정말 현실 같아서 아빠의 행태가 궁금하고, 안색과 표정이 궁금하고, 무슨 말을 했는지 알려달라고 꼬치꼬치 묻는다. 그 대답은 꿈도 아니고 동화도 아니고 우리 가족에겐 실제로 아빠의 지금 상태로 인식되었다. 아빠가 잘 있는지 매일 너무나 궁금할 뿐이다.

공부하는 아빠

아빠 서재문을 열었다. 오랜만에 다시 아빠 책상에 앉아보니 심장이 두근두근 뛴다. 그 느낌이 가히 좋지는 않다. 매년 아빠 생일엔 정말 도서상품권 외엔 선물로 줄 게 없어서 언제부턴가 드렸던 깎아 쓰는 좋은 연필들. 내가 준 그 연필을 아빠는 늘 잘 썼다. 아빠가 올려놓은 그대로 연필도 또르르 잘 누워 있고, 꼬질꼬질 한 지우개도 그대로이다. 아빠가 떠나고 아빠 고향에 갔을 때, 아빠가 다녔던 고등학교에 들렸다. 일제시대를 통과한 백 년의 역사 깊은 지방의 사립학교에서 첫째는 손을 잡고, 둘째는 들쳐 업고, 엄마와 교정을 천천히 돌았다. 학교 마당 교석에 새겨져 있던 요한복음 8장 32절의 성경구절 **진리가 너희를 자유케 하리라**를 입 밖으로 내어 큰소리로 읽고 있으니, 그 모습이 신기했는지 미소가 좋으신 한 선생님이 우리에게 다가와 이것저것 물으신다. 그리고 백 주년 기념 도록을 주겠다며 수업이 시작되어 정적이 감도는 학교 안으로 우릴 초대해 주셨다. 아빠는 40년생으로 그 옛날, 이 시골 촌구석에서 서울대 전자공학과를 가고 큰 아빠는 서울대 약대를 갔다. 선생님은 형제가 학교의 큰 기쁨이자 자랑이었겠다며 우리에게 엄지손가락을 들어 웃어 주셨다. 공부랑 책을 사랑한 키 작은 아빠가 이 운동장을 가로질러 등교를 하고, 맨 앞자리에 앉아 공부하던 모습을 상상했다. 아빠는 77세가 될 때까지 늘 공부하는 그 모습 그대로였다. 변함없는 사람……

용기가 필요하다

죽음을 주제로 다루는 글은 언제라도 가치가 있을 것이란 생각을 한다. 평생에 걸쳐 어떻게 살고, 어떻게 죽는가를 배우고 늘 생각해야 하는 것은 결국 인생의 종착은 죽음이기 때문이다. 어제와 다를 것 없는 평범하고 또는 지루하게 시간이 흘러가던 어느 날, 갑작스럽게 부모의 죽음과 만나게 되는 차례가 온다면, 그 누구도 부디 매우 건강하고 아름다운 정신을 유지하며 용기 있게 애도의 시간을 잘 통과하기를 바란다. 그것은 내게도 현재 가장 절체절명의 과제이기에 매일 이만큼 중요한 게 있나 싶은 생각이 든다.

꽃은 어떻게 세상을 바꾸었을까

아빠는 의용공학 박사였는데 공부랑 책 말고도 정말 식물을 애정했다. 산에 가고 공원에 가면 식물 이름을 물어볼 때마다 모르는 게 없던 아빠. 아빠의 서재를 한 칸 한 칸 보다 보니 한 켠에 식물관련 책이 꽤 꽂혀 있다. 그곳은 식물 칸이었다. 〈선비가 사랑한 나무〉, 〈숲과 나무를 이해하기〉, 〈꽃은 어떻게 세상을 바꾸었을까〉, 혹시 내가 또 물어볼까 혼자서 늘 바지런히 공부도 하고 계셨을까? 아빠는 멋쟁이. (2016.8.31.)

아이와 같은 자

성경에는 **정녕 아이와 같지 아니한 자는 천국에 가지 못한다**고 했다. 딸아이가 그렇게 꿈에서 할아버지를 자주 만나는 것을 지켜보며, 오늘도 나는 내 딸에게 더 잘해야겠다는 생각을 혼자서 하고 있다. 일종의 아부 같은 마음일까? 딸은 마치 놀이터에 놀러 가듯 하늘나라의 아빠를 쉽게 만나는 유일한 존재처럼 느껴져서 이 아이가 너무 소중하고, 빛나고 값져 보인다. 같이 그 놀이터를 가고 싶다.

인사 없이

아빠는 죽기 전 날까지 많은 모르핀을 투여 받아야 했다. 아빠의 몸에는 몇 개의 구멍이 뚫렸고, 흉부도 크게 갈렸다. 의사는 인간이 참기 힘든 고통일 것이라고 말했다. 아빠는 마약과도 같은 그 모르핀으로 정말 고통을 모를 수 있었을까? 신체의 고통보다는 우리를 볼 수 없고, 다시는 만날 수 없을지도 모른다는 엄청난 두려움이 더 큰 고통으로 아빠를 지배하고 있지는 않았을까? 아빠의 마음을 알 수 없던 그 시기에 나는 항상 궁금했다. 아무런 인사도 하지 못한 채 어느 한 날, 갑작스럽게 맞이할지도 모르는 죽음은 아빠에게도 인생의 마지막이며 영원한 작별일 테니 말이다. 그 두려움을 아빠는 어떻게 혼자 이겨내고 있었을까? 그런데 아빠는 정말로 우리와 이별했다. 결국 아무런 인사도 나누지 못한 채 말이다.

가슴에 떠오르는 스승

"손수 손으로 강의 내용을 대본으로 작성하시던 분, 같은 수업이지만 해마다 새로운 가르침을 주시던 분, 교수님의 월급은 학생들에게 쓰는 것이 옳다고 생각하시던 분, 좋은 책은 항상 누구보다 먼저 공부해 보라며 학생들에게 책을 사주시던 교수님. 여러분은 하늘을 보면 가슴에 떠오르는 스승이 계신가요?" 아빠의 제자들이 아빠가 하늘나라로 떠난 지 1년이 지난 스승의 날에 편지를 써 하늘나라로 띄어 보내주었다. 편지와 수줍게 미소 짓고 있는 아빠의 사진을 아빠학교 인터넷 학보에서 보았다.

(2017.5.16.)

괜찮다

모르핀은 로마시대에 잠과 꿈의 신 모피어스morphues에서 유래된 말이라고 한다. 그리고 자연의 진통제라 불리는 엔도르핀endorphine은 내생적인endogenous이란 단어와 모르핀morphine이란 단어의 합성어이다. 사람이 죽기 직전에는 이 엔도르핀이 순간 몸에서 나온다고 하는데, 그것은 육체적인 고통뿐만 아니라 정신적인 고통과 충격, 두려움, 그리고 공포로부터 인간을 보호해주는 신이 주신 신체 내부의 자연 메커니즘이라고 한다. 죽음을 앞둔 사람을 조금이라도 살게 하기 위한 마지막 방해물이면서도, 죽어야 할 사람을 너무 슬프거나 아프지 않게 죽게 하기 위한 처방인 셈이다. 엔도르핀이 주는 힘 '괜찮다, 겁내지 마라, 슬프지 마라' 그런 다독임 때문이었을까. 아니면 아빠도 하늘나라에서 엄마를 만나서였을까? 아빠는 죽음 직후 너무나 아기 같은 미소를 보여주었다. 아빠의 미소는 괜찮다, 겁나지 않는다, 슬프지 않다는 의미 같았다.

섭리

죽음에 관한 많은 것들을 궁금해 하고 배우면서 내렸던 결론 중 하나는 최후의 승리는 자연의 섭리란 것이다. 출생과 함께 죽음은 그저 필연적인 것이고, 탄생은 이미 그 자체로 언젠가의 이별을 기정사실로 확정 짓는다. 인생에 끝이 없으면, 그리움도, 아름다움도, 사랑도 있을 수가 있나. 그것을 어쩌면 살면서 늘 듣고 말하고 느끼며 알고 있었다. 끝이 있기에 모든 것이 더 아름답다는 말은, 아빠가 없는 지금, 아빠가 더 아름답다는 사실을 직접 경험한 것만으로도 나는 100% 동의한다.

아빠가 있던 곳

아빠가 떠나 간 후, 기운을 잃고, 목소리를 내지 못하고, 귀에 심각한 염증이 생기고, 살이 빠졌으며, 여기저기 몸이 많이 아팠던 엄마는 아빠를 떠나 보낸 그 병원을 혼자서 찾아 가 진료접수를 했다. 진료를 마친 엄마를 데리러 병원으로 향할 때, 나는 운전하는 내내 아빠의 기억에 사로잡혀 너무나 마음이 설레었다. 무섭지 않았고, 회피하고 싶지 않았고, 우울하지도 않았다. 왜 하필 그 병원에 갔냐는 원망이 아닌, 그 병원을 선택한 엄마가 자랑스럽고, 멋졌다. 아빠가 사이렌을 울리며 실려갔던 응급실, 면회를 늦지 않기 위해 매일 서둘러 차를 대던 병원주차장, 아빠가 머물던 4층의 중환자실, 잠시 잠깐 커피의 위로를 주던 병원의 작은 카페테리아, 그리고 눈물바다였던 장례식장까지, 나의 눈이 지나쳐가는 병원의 장소들이 무섭지 않고 아프지 않고 슬프지 않고 아빠를 다시 만난 듯 너무 반갑기만 하다. 그날의 냄새들과 색깔, 소란함과 침묵, 고통과 고요, 그날의 간절함이 고스란히 느껴져 내 가슴이 많이 두근거린다. 언제나 그럴 것 같다. 고마웠던 병원.

사랑의 그냥

"아빠 왜?", "아니, 그냥…… 근데 니 모해?" 아빠는 옆집에 살면서도 종종 내게 전화를 걸었다. 30초도 안 되어 끊길 때가 더 많았을 만큼 아빠의 전화는 정말 그냥 건 전화일 때가 더 많았다. 그런 아빠의 그냥 건 전화는 더 이상 내게 울리지 않는다. 내가 뭐 하는지 궁금해 하던 뜬금없고 실없는 하지만 항상 귀여웠던 아빠의 전화는 더 이상 없다. 그래서 나는 아빠의 그냥 건 전화가 사무치게 그립다. 딸에 대한 궁금증, 딸이 만들어낸 손자 손녀에 대한 궁금함은 아빠의 유일한 사랑 표현이었다. 그러고 보면 아빠의 그냥은 정말 그냥이 아닌 그냥이었다.

그

노래 가사 속 '그'란 존재는 언제나 내게 짝사랑하는 남자, 헤어진 남자, 결혼할 남자를 의미하던 것이었다. 그런데 아빠가 하늘나라에 가고 난 후부터는 모든 노래 속 '그'는 아빠로 변해버렸다. 가사의 배경이 아빠의 추억과 조금 의미가 맞지 않다면, 자체 필터가 달린 양, 아빠에 부합되는 부분만 내 귀에 들려왔다. 아빠가 떠나간 후 모든 사랑의 노래가 아빠를 떠올려도 되는 노래로 마술이 발휘되는 것만 같았다.

5.24. 할아버지 생일

"엄마, 엄마가 하늘나라에는 뭐든지 다 있다면서……", "응 그럼 다 있지", "그럼 할아버지 오늘 하늘나라에서 생일 파티 진짜 멋지게 하겠네?", "그래……. 완전 멋지겠지" 아빠 하늘나라에서 보내는 첫 생일 축하해요. (2017.5.24.)

발견

나는 아주 천천히 아주 조금씩 이해해 가고 있는 중이다. 나와 나의 부모님의 관계, 나와 내 자식의 관계, 삶과 죽음, 생성과 소멸, 보이는 것과 보이지 않는 것에 대해 그런 막연하고 모호한 것들의 진실함에 대해 생각하며 살고 있다. 객관식이 아닌 주관식 답이란 게 참 좋다. 반갑고 왠지 짜릿하기까지 한 나만의 발견이 내 남은 삶을 안정시키고 조금씩 윤택하게 만든다고 믿는다. 나이 마흔에도 계속 성장한다는 사실도 참 좋은 발견이다.

방어기재

아빠가 가고 나니 엄마의 남은 시간에 집착 같은 것이 생겨난다. 그것은 엄마의 남은 시간이면서 동시에 내게 남은 시간과 같다는 걸 의미한다. 지나고 보니, 부모의 시간은 가혹하리만큼 빠르다. 아이들 크는 것을 보느라, 부모가 늙는 것이 보이지 않는다는 말을 이제야 알 것 같다. 어느 날, 엄마가 내 차 보조석에 앉으며 목을 더듬더듬 쓰다듬으며, “나 여기가 너무 쪼글쪼글 늙어졌더라” 하신다. 분명 꽤 전부터 그러했을 텐데, 나는 몰랐고 알았더라도 늙으면 원래 그렇게 되는 거니까 그러려니 했을 것만 같다. 그런데 그 쪼글쪼글한 엄마의 목 주름이 마치 엄마가 아빠처럼 빨리 내 눈앞에서 사라져버릴지 모른다는 증표처럼 훅 겁이 났다. “엄마, 엄마는 피부가 너무 좋은데 많이 건조하니까 크림을 꼭 듬뿍듬뿍 발라”라고 말해 주었다. 아무 일도 일어나지 않을 거라고 마치 나를 세뇌하듯 아무렇지 않은 듯 내뱉는 말, 나의 두려움의 방어기재는 이렇게 평범한 말로 나온다.

여전히 함께하는 삶

저녁 메뉴로 고등어를 구우면, "할아버지가 좋아하던 고등어야."라고 딸에게 말해준다. 땅콩 캐러멜을 보면, "할아버지가 좋아하던 캐러멜이지?"라고 말하고, 딸이 꼬막볶음밥을 먹고 맛있다고 하면 "꼬막은 할아버지 고향에 많이 나. 할아버지가 좋아하던 거야." 같이 공원입구를 들어설 때면, "할아버지가 좋아하던 공원인데"라면서 했던 말을 자꾸만 하고 또 하고 있다. 아빠가 하늘나라에 갔는데, 아빠는 그냥 우리 일상에 자연스럽게 등장한다. 마치 여전히 옆집에 사는 것처럼 평소에도 할 수 있는 대화처럼 말이다. 사라졌지만 여전히 같이 머무는 삶은 아무렇지 않게 일상에서 이어져 간다. 사소하고 별 거 아닌 것들이 설레고 아름다울 때가 참 많아졌다.

불면을 이기는 이유

칠흑의 밤이 깊어지면 아빠는 우주 속 어디에 있을까, 아빠의 존재 생각에 한동안 끝도 없이 잠이 오지 않는 밤을 계속 보냈다. 아이들은 그런 나를 구원해 준 유일한 존재이다. 내가 아빠를 잃어도 엄마를 잃은 게 아닌 내 새끼들. 그 아이들을 먹이고, 입히고, 씻기고 재우고, 놀아주고, 하루하루를 온전히 키워내느라 어느 순간 녹초가 되어 쓰러졌고, 나는 쓰러지자마자 피곤과 불면과 싸웠다. 잠이 쏟아지는데 잠들지 않는 밤은 진실로 고통이었다. 불면이 찾아오면 아이들을 위해서 불면을 이겨내야 했다. 아로마, 반신욕, 약처방, 상담, 로봇안대 등 안 써본 것들이 없다. 잘 수 없던 밤을 다독이고 달래며 애를 써 잠을 청한 이유는 다음 날도 돌봐야 할 아이들이 있고, 늘 피곤에 절어 웃지 않는 엄마이기는 정말 싫기 때문이다. 시간이 한참인가 지났을 때 어느 순간 깨달았다. '아, 불면이 사라졌구나.' 내가 내 아이들 때문에 이 슬픔 속에서도 불면과 같은 무언가를 극복하며 살아 보려고 하듯이, 아빠도 한 고난의 시기를 지나갈 때 나를 위해 많은 것들을 이겨내며 사셨겠구나 하는 생각이 스쳐갔다. 살아내는 것 자체가 난제이던 시대에 아빠에게 이김의 힘을 줬을 자식의 존재의 의미를 나도 내 아이들을 통해 보고 싶다.

부자의 방

숨을 쉴 때마다 나는 아빠를 계속 떠올리고 아빠의 존재, 아빠의 의미를 생각한다. 아빠를 떠나 보냈지만 매일 슬프게 살 수는 없다. 그러나 매일 샤랄라 한 기분으로 살 수 없기도 한 게 나의 본심이고 내 현재 삶의 상태이다. 내 마음 안에는 언제, 어디서든 아빠를 생각할 수 있는 작은 방 하나가 있다. 그 방 안에는 그리움, 후회, 안타까움, 서글픔도 있지만 사랑, 친절, 추억, 연민, 행복 등의 마음도 참 가득하다. 그 방 안에 들어가 앉으면, 나는 그때에 맞는 마음과 대면할 수 있다. 나는 언제 어디에서도 나 아닌 누구도 들어갈 수는 없고 살 수 없는 작은 방 하나를 갖게 된 부자이다.

빵 한 조각

오랜 세월, 친정집 현관에 걸려 있는 그림 액자가 있다. 딱딱한 빵 한 조각과 커피를 앞에 두고 기도하는 백발노인의 그림. 그 그림을 볼 때마다 살아 돌아온 아빠 같다. 아빠는 늘 소식을 했는데, 그 적은 양의 밥과 국 앞에서 한끼도 빠짐없이 가장 오래했던 행동 하나는 식전 기도였다. 국이 다 식도록 길기만 하던 아빠의 기도의 대상에는 나의 시어머니가 포함됐고, 아이들 삼촌을 위한 기도까지 이어지곤 했다. 일상의 일용할 양식이 별 다섯 개의 미쉘린 식당의 쉐프가 내어놓는 근사한 식사 못지 않게 될 수 있는 유일한 비책은 감사뿐이다. 어질러진 아이들의 장난감 산더미와 찢어지고 잘라진 스케치북 조각들로 발 디딜 곳 없어 한숨만 나오는 집구석이 '오직 갈 곳은 우리 집'이라는 평안으로 느껴질 수 있는 유일한 방법도 감사뿐이다. 모든 것의 비책은 감사뿐이다. 조촐한 식단 앞에 늘 머리를 숙이던 아빠를 평생 봐왔으면서도 감사가 적었던 날들이 죄스럽다.

아빠와의 교제

아빠와의 대화에는 우아함과 열정, 적당함과 평온이 있었다. 아빠는 지식이 넘치듯 풍부했고, 모든 것을 상대의 기초지식에 맞추어 설명을 시작할 수 있는 능력이 대단했다. 현자들이 살기 위해 읽으라던 몽테뉴의 글에서 **존경할 만한 남자와의 교제는 드물어서 힘들다**고 했는데 나는 마치 그 몽테뉴의 말대로 내 주변에서 드물게 존경할 수 있었던 남자와의 교제를 즐기지 못했다. 아빠는 그런 사람이었다. 아빠의 유일한 취미이자 평생의 습관은 독서였는데 아빠가 아마 그렇게 홀연히 하늘로 가지 않고, 병상에 오래 머물게 됐어도 아빠는 그 병상의 시간을 모두 독서에 할애했을 거라는 건 상상해볼 필요도 없다. 그러나 아빠는 병원 침상에 눕고는 단 한 권의 책도 읽지 못한 채 모든 것을 다 놓고 가버렸다. 아빠의 서재에는 아빠가 실려가기 전 읽던 책도 그대로이고, 끄적이던 몽땅 연필도 그대로 남았다. 나는 아빠의 유전을 물려받았는지 책을 사랑했고, 어떤 책을 읽더라도 이제는 그 안에서 아빠를 만날 수 있는 능력도 있다. 아빠와의 새로운 교제가 시작된 것처럼 책에서 만나는 모든 것이 좋았고, 책은 내 안에 있던 고통의 무게를 확실히 덜어주었다.

하모니카

티비에서 배우 최민수가 아빠 산소에 방문하는 것을 보았다. 그가 아빠의 무덤 곁에 서서 하모니카를 부는데, 내 눈에서 눈물이 갑자기 후두두둑 떨어진다. 아빠가 내 딸 앞에서 하모니카를 불며 시범을 보여주던 기억이 눈 앞에 그대로 그려졌다. 하모니카를 불던 아빠. 눈물이 자꾸 나온다.

기억이 안내하는 곳

지금 이 시간 안에는 과거 아빠의 시간과 함께하다가 멈춰버린 것들로 가득하다. 아빠의 체크무늬 잠바, 아빠만 사용하던 수저, 책상, 운동화, 연필, 안경 또한 그런 물건들만이 아닌 웃음, 대화, 식사, 산책, 시선, 침묵, 조언, 전화, 주고 받은 것과 주고 받지 못한 것, 말하지 말았어야 했던 것들과 말했어야 했던 것들에 대한 아쉬움과 후회와 집착까지 모든 유무형의 것들이 가득하다. 하나 하나 꼬리에 꼬리를 물 듯 이어지는 기억이 안내하는 곳을 하루에도 수 차례 따라간다. 멈춰버렸거나 사라져버린 것들인데도 맑고 투명한 이슬처럼 생생하게 내 안과 곁을 떼굴떼굴 구르며 돌아 다닌다. 추억은 참 진주 같다. 그것들은 모두 보석처럼……

우리를 슬프게 하는 것들

숱한 세월이 흐른 뒤에 문득 발견한 돌아가신 아버지의 편지.'사랑하는 아들아, 네 소행들로 인해 나는 얼마나 많은 밤을 잠 못 이루었는지 모른다.' 대체 나의 소행이란 무엇이었던가? 이제 그 사소한 소행들은 내 기억에서 사라지고 없는데 아버지는 그로 인해 가슴을 태웠던 것이다. - 안톤 슈낙 〈우리를 슬프게 하는 것들〉

기한과 정도

"이제 괜찮은가요? 잘 지낼 만한가요?"란 말은 여전히 참 두려운 질문이다. 시간이 많이 지났다 한들 누군가 아직 슬프다고 한다면, 그는 아직 슬픈 것이다. 슬픔의 기한과 슬픔의 정도는 누구나 같지 않고 또 그만둘 만한 때란 없다. 이별 후, 이제 슬프지 않다고 불효나 배신도 아니고 여전히 슬프다고 효나 미련의 의미도 아니다. 슬픔을 잘 극복해 낸 것일 수도 있으며, 슬퍼할 게 아직 많이 남아 있음이기도 할 것이다. '아빠, 아빠는 이제 단비 같은 휴식 중인가요? 휴식하는 아빠를 생각하면 행복해야 하는데, 아직도 아빠가 너무 보고 싶어요.'

쇠락의 풍경

사랑하는 가족의 쇠락하는 모습, 그리고 그 안에 함께 거해 쇠락의 풍경을 목격하고 머무를 수 있는 것은 축복이다. 가족은 모든 것의 시작이다. 사람은 가족에서 태어나 시작되었다. 그렇다면 가족은 모든 것의 마지막도 되어야 한다. 가장 좋은 순간은 생의 발생이 아닌 생의 마지막 순간에도 올 수 있는 법이다. 그렇기에 우리는 마지막까지 예쁘게, 멋지게 살아야 하지 않을까. 먼 훗날, 내 가족이 나의 쇠락의 풍경에 함께할 때 그것을 축복이라 여겨준다면 그것은 얼마나 나 개인에게 영광이며 아름다운 최종의 순간일까. 나도 아빠의 모습처럼 쇠락하고 싶다는 생각이 드는 걸 보면 나는 아빠의 마지막 순간을 너무 부러워하는 모양이다. 그것이 축복이지 않았다면 그것을 내 미래 속에 대입해 상상해보지 않았을 것이다. 매일의 삶을 잘 가꾸고, 내 쇠락의 풍경을 만드는 데 그 매일을 축적해가는 것만이 지금 할 수 있는 최선의 삶일지 모르겠다.

희망과 절망

환자가 중환자실을 떠나 일반 병실로 이동하는 문제는 완쾌되지는 못했지만 조금은 나아졌다는 사실에서 적당히 양보한 희망의 타협점이 될 수도 있다. 반대로 조금 병세가 나아진 상태지만 어쩌면 병실에서 오랫동안 빠져나올 수 없다는 절망의 시작이 될 수도 있다. 일반병실로 옮겨가는 것은 쾌차하고 있다는 증거일 수도 있지만 환자의 상태에 따라 기약 없이 병실 생활이 연장될 여지가 있음을 의미하기도 한다. 아빠가 조금 회복되었다면, 그래서 일반 병실로 옮겼다면 과연 병원에 실려 오기 전에 누렸던 소소한 생활, 따뜻한 열정, 제자와의 미팅, 일상의 산책, 평범한 식사, 손주들과의 놀이를 다시 아무렇지 않게 영위할 수 있었을까를 생각하면 우리 가족은 그 점에 매우 회의적이었다. 일반 병실로 이동했다 한들, 아빠는 삶에서 가장 편안하고 소중했던 가족의 공간으로부터 단절된 채 홀로 지내야 하는 시간이 거의 다였을 테고 대수술로 인해 삶의 질과 희망이 극도로 나빠진 채로 지루하고 고단한 병실 생활만이 이어졌을 것이다. 아빠는 과연 그 생활을 '살아남았다'는 이유로 과연 행복해 했을까? 그것은 사실 물음표로 남았다. 가족들이 지쳐가진 않았을까? 어쩌면 그랬을지도 모르겠다. 부질없는 상상이 이렇게 꼬리에 꼬리를 물고, 고개를 저으며 그만두고 다시 생각해보기를 반복한다. 환자의 가족들이 충분히 생각해 볼 문제임은 분명하다.

부서지는 말들

남편이 사다준 김동률의 새 앨범에 수록된 노래를 듣다가 또 나는 아빠를 떠올리고 말았다. 과거 남편과의 연애를 떠올리는 것도 아니고, 풋풋했던 첫사랑이 생각난 것도 아니고, 노래 중간에 자꾸 아빠만 등장한다. 아빠가 사라지고 나서부터 모든 사랑 노래에 아빠가 떠오르는 것은 정말 특별한 변화 중 하나이다. 의식하지 않아도 노력하지 않아도 사랑과 이별 노래를 타고 아빠가 내 앞에 나타난다. 아빠가 잠든 곳, 투명하고 말간 유리 한 장을 사이에 두고 아빠의 납골함 앞에 서면 가슴 안에서 쏟아내지 못한 그 많던 말들이 어디론가 샅샅이 흩어져 버리기 일쑤다. 유리 앞에 바싹 다가가 무릎을 꿇고 앉아서 납골함을 물끄러미 바라보다가 일어서고, 몇 걸음 뒤로 물러서서 다시 바라본다. 아빠 앞에 가만히 서있다가 특별한 말도 건네지 못한 채 돌아오기를 반복한다. 그렇게나 할 말이 넘치게 많았는데 막상 할 말이 없다니. 부서지는 수없이 많은 말들, 김동률이 내 마음을 그렇게 대신 불러주는 것 같았다.

침묵으로 흩어지고

난 네 앞에 서 있어. 무슨 말을 할지 모르는 채. 떠오르면 또 부서지는 수없이 많은 말. 나를 사랑한다 말해도 그 눈빛이 머무는 그곳은 난 헤아릴 수 없이 먼데. 너를 사랑한다 말해도 더 이상 반짝이지 않는 두 눈이, 말라버린 그 입술이 나를 사랑한다 말해도 금세 침묵으로 흩어지고 네 눈을 바라볼 수 없어 - 김동률 〈사랑한다 말해도〉

끝의 새 시작

77년 전 5월 첫 숨을 들이쉬고, 그날로부터 77년이 지난 해의 8월 마지막 숨을 내뱉고 아빠는 인생을 마감했다. 아빠의 끝에는 완전히 새로운 나의 시작이 있고, 새로운 엄마의 시작이 있었다. 끝은 그냥 끝이 아니고 끝에서 시작하는 새 것이 있다. 잃는다는 것은 이별이나 단절로 끝나는 것이 아닌 또 다른 국면의 시작인 것이란 걸 알았다.

아름답게 하는 것

누군가와 함께 하고 싶을 때, 함께 할 수 없다는 것은 일종의 고통이다. 추석날 아침, 엄마 옆에 아빠가 없는 것을 보니 눈물이 주르륵 흘러내린다. 설날 아침, 아이들을 내 앞에 세우고 엄마에게 세배를 할 때, 엄마 옆 빈자리를 쳐다보면서 꾸역꾸역 흘러내리는 눈물로 아빠의 부재를 실감한다. 엄마는 그런 나를 보자마자 붉어지는 눈시울로 '네 마음 알아' 그렇게 무언의 마음을 보내준다. 모든 날 아빠가 그립지만, 눈도 코도 빨개지는 엄마를 보면서 아무도 입 밖으로 꺼내지 않는 아빠가 더 그립고 부재를 더 깊이 인지하게 된다. 특별히 오늘 같은 명절, 엄마도 나도 마음에 다시 큰 구멍이 뚫린다. 하지만 우리는 빨간 토끼눈을 한 채 마주보며 환하게 웃는다. **아름답게 하는 것은 눈에 보이지 않는 것들**이라는 어린 왕자의 말을 이젠 진리로 믿으며, 아빠가 잡히지도 않고 눈에 보이지도 않기에, 우리가 아름다운 사고를 할 수 있는 지혜를 얻었구나 생각한다. 조금 아프지만 우리는 지금 나름 좋은 삶을 살고 있다고 믿는다.

옛 사진

내 일상에 달라진 점 중 특별한 하나가 또 있다면 모든 옛날 사진들을 들여다 볼 때 '이때는 아빠가 있었던 시간, 이때도 아빠가 있었던 시간'이라고 말하는 버릇이 생겼다는 것이다. 그때는 있고 지금은 없는, 그 신기함, 모든 사진은 아빠가 있고, 아빠가 없는 시간으로 구분된다.

마음의 힘

죽음은 어찌할 도리가 없는 것이기 때문에 어쩔 수 없는 것을 견디는 마음의 힘이 가장 많이 필요하다고 생각한다. 내가 힘든 시간을 지나갈 때마다 견디는 것도 능력이라고 말해주던 아빠. 그 견디는 힘으로 나는 그 말을 해주던 아빠가 떠나간 시간도 견디고 있다. 그 말을 들려줬던 아빠와 그 말을 결코 허투루 듣지 않았던 나에게도 감사한 마음이 든다. 내가 오늘 하루를 참 잘 살아냈다는 것은 아빠에게 하루를 더 다가갔다는 의미도 된다. 언제라도 나는 아빠를 만날 날이 기다려진다. 나를 반기는 아빠의 얼굴을 떠올리면 지금 당장에라도 미소를 지을 수 있다. 아빠는 나를 얼마나 반가워할까.

삶은 이렇게

잠시 한국에 귀국했던 친정오빠는 다시 뉴욕으로 떠나고, 아빠는 하늘나라에 있고 삶이 참 자주 외롭다. '오빠 잘가요.'(2017.7.5.)

가만가만한 명상

하던 일도 멈추고, 하던 말도 삼키고, 순간적으로 갑자기 한참을 가만히 있어야 하는 때가 종종 생긴다. 열심히 일을 하거나, 누군가와 대화를 하거나, 티비를 보고, 책을 읽다가도 갑자기 불쑥불쑥 울적한 마음이 찾아오고, 별 이유도 없는데 슬픈 기운이 갑자기 휘감을 때면 하던 모든 것을 중지하고 잠자코 잠시 있는다. 아빠가 떠나고 이런 순간이 자주 반복되다 보니, 그럴때면 아예 어디론가 빠져드는 그 방향을 쫓아 잠시라도 그 슬픔을 집중적으로 느껴보려고 노력했다. 그러면 마치 모든 슬픔을 내 안에서 모조리 흡수하고 알아서 차근차근 해결해 내는 것만 같았다. 이것은 어쩌면 일종의 명상과 같은 것일까? 혼자 조용해져야 하는 시간의 진가를 발견한 것처럼, 나는 이 시간에 너무 큰 도움을 받고 있다.

고요의 반복

지독한 폭풍우가 지나고 나면 넓은 바다에는 믿기지 못할 정도의 적막과 고요가 찾아온다고 한다. 고요함은 일상으로 돌아가기 위해 준비되는 침착한 상태일지도 모르겠다. 상실의 슬픔 후에 찾아온 널을 뛰는 변화무쌍한 감정의 기복을 폭풍우처럼 겪고 나니 나에게도 일종의 그러한 고요가 찾아왔었다. 더 이상 아등바등 하며 살 필요가 없다고 느끼는 해탈의 감정 같은 것. 욕심이 생기면 다스려내는 침착함, 서두르지 않고 느긋해진 여유스런 마음도 자주 찾아오곤 했다. 이는 삶에 애정을 잃거나 중요도를 놓친 것이 아닌, 이젠 삶을 지난 날처럼 살지 않겠다는 다른 형태의 애정 같았다. 잠잠해진 바다가 평생 잠잠함을 유지하지 않는 것처럼 내 마음의 성난 파도도 다시 돌아오곤 했지만 그 뒤의 고요도 어김없이 다시 찾아왔다. 그 고요는 갈수록 더 멋있어진 고요로 찾아온다.

노을의 선물

일을 마치고 집으로 돌아오거나, 아이들을 픽업해 집으로 돌아오는 시간은 집 앞 공원 놀이터 위로 노을이 시작되는 시간 즈음이다. 그 노을은 어떤 날엔 노란빛으로 어떤 날엔 복숭아 핑크 빛으로 어떤 날엔 보라색과 파란색 중간의 빛으로 물 들었다가 점점 서로의 빛을 하나로 섞은 후 사라졌다. 그 노을의 색들은 모두 다 이상하게 외로운 빛깔이다. 집으로 돌아올 때 노을이 일렁이면 그 빛깔들을 바라보다가 그리움이 목구멍 끝까지 올라와 눈물을 만들어 낼 때가 참 많다. 하지만 이상하게도 그때마다 동시에 드는 행복하다는 감정을 부정하지 못하겠다. 나는 행복해 하고 있는 중이다. 웃음과 미소는 배신이 아닌 슬픔에서 깨어나기 위한 파편이란 말처럼 그리움의 가장자리를 행복이 감싸 안고 보호하고 있다는 기분이 매번 들었다. 슬픔과 웃음 사이를 끝없이 왕래한다고 느끼던 죄책감은 서서히 사라지고, 이제는 슬픔은 슬픔대로, 웃음은 웃음대로 받아들이고 있는 것 같다. 고통은 다시 오지 않는 법이 없지만, 행복도 오지 않는 법이란 없다.

같은 기억

슬픔과 고통은 지극히 개인적인 것으로 타인의 슬픔과 나의 슬픔은 확실히 다르다. 내가 겪은 아빠의 죽음과 남이 겪은 죽음의 고통은 모두 다 유일무이하고 특별하고 개별한 고통이다. 하지만 그 비슷한 고통의 기억을 나누고 그 비밀스런 감정을 이해해주고 이해받는다는 것 안에는 엄청난 내적 위안의 힘이 있다. 어떤 사유에서든 상실의 고통을 겪은 사람들을 보면 이제는 그들이 안타깝거나 불쌍하지 않고 너무나 위대해 보인다.

빈자리

남편이 10년만에 차를 바꾸고 시승식을 하던 날, 조수석에는 친정엄마가 앉았고, 뒷좌석에는 딸과 아들과 나, 이렇게 세 명이 앉았다. 뒷자리는 우리 셋이 타고도 너무나 널찍했다. 딸아이가 불쑥 꺼낸 말에 나는 금새 심장이 두근두근 한다. “할아버지가 있었으면 여기 내 빈 옆자리에 앉았을 텐데…….” 나는 그곳에 아빠가 앉아있는 상상을 한다. 다행히 그런 상상을 하니 그곳에 아빠가 앉아 있다. 아빠를 만나는 게 이제는 어렵지 않다.

보고 싶은 통증

보고 싶다는 상태에 대해 깊게 생각해 본 적이 없었다. 정말로 누가 보고 싶다는 마음은 오직 그 단어뿐이다. 그 외에 같은 의미로 표현될 수 있는 말이 하나도 없다는 것을 알게 됐다. 보고 싶은 마음이 심하게 들 때는, 내 안에 짜증도 솟구쳐 오른다. 정말 가슴 한 부분이 송곳으로 찔러대듯이 실제로 너무 아파지기도 했다. 두 손을 모아 가슴을 문지른 후 손을 한동안 가만히 가슴 언저리에 계속 대고 있어야 하거나, 아프니까 눈이 저절로 질끈 감겨진 적도 숱하게 많다. 정말로 보고 싶다는 마음 하나에만 극도로 집중되면서, 바로 곧장, 볼 수 없는 짜증과 보고 싶은 마음을 꾹꾹 참아내는 노력도 동시에 진행된다. 죽은 사람은 보고 싶어도 볼 수 없기 때문에, 만나러 찾아 갈 수가 없기 때문에 참는 행위는 보고 싶음과 동시발생적이다. 이럴 때가 종종 있는데 심할 때는 정말 몸까지 아파오는데 혼자 어쩔 줄 몰라 하는 그 상태가 몇 번의 경험에도 익숙해지지 않는다. 정말 보고 싶다는 마음이 들 땐 정말 여기저기 아파온다.

숨쉬는 것들에 대한 애정

나는 내내 나무와 꽃과 풀만 본다. "오빠, 아빠가 없으니까 나는 식물이 더 좋아져." 아무래도 나는 타샤할머니처럼 정원을 만들고 자연이 있는 곳에서 살아야겠다는 그런 꿈만 꾼다. 아빠가 사랑했던 식물들을 만지고 다듬고 보살피는 사람이 되고 싶다고 생각한다. 그런 사람이 될 수 있을까? 그 방법만 모색하고 궁리한다. 아빠가 하늘로 가고, 아빠가 전공하던 분야 이외에 아빠가 유일하게 애정을 보였던 그 식물은 내 마음에 더 단단하게 자리를 잡아버렸다. 아빠에게 가까이 다가갈 수 있는 방법중 내가 해볼 수 있는 유일한 것이다. '풀이 바싹 마른 모습이 얼마나 예쁜지 아니?' 시들어진 풀을 보고도 아빠를 떠올리기에 쉽게 마음을 걷어들일 수가 없다.

꿈

아빠가 꿈에 나타나면, 꿈은 꿈이 아니라 아빠와 실제로 만난 현실이 되어 있다. 아빠가 웃으면 아빠가 하늘나라에서 좋은가 보다 기뻐하고, 아빠의 얼굴에 표정이 없으면 아빠가 하늘나라에서 무슨 걱정을 하는 걸까 너무 궁금하다. 아빠가 아무 말이 없으면 혹시 말해주고 싶은 건 없었을까 상상한다. 꿈은 그저 꿈이었을 뿐일지도 모르는데, 아빠가 하늘나라로 간 이후에 꾸는 꿈은 논리적인 세상이 결코 줄 수 없는 어떤 확신을 발견하게 해주는 은밀하고 비밀한 방법이라고 믿게 되었다. 이런 내가 낯설지만 상실을 겪고 나면 꿈의 내용도 꿈에 대한 정의도 다 달라진다. 아빠가 웃든, 아빠가 안 웃든 나는 아빠가 나오는 꿈을 늘 기다린다. 그저 지금 현재에도 아빠를 볼 수 있다는 사실은 말 그대로 '꿈만 같기' 때문이다.

자연으로 이주

가장 눈부신 순간에 스스로 목을 꺾고 땅으로 떨어져 흙에 덮이고, 흙이 되는 동백이 가득한 제주로 이주를 결심했다. 꽃, 나무, 곤충, 땅, 풀과 공생하는 법을 배우는 뜰을 갖고 싶다. 내 삶을 통째로 뽑아 자연으로 옮겨 놓으면 좋겠다는 생각만 했다. 생생한 꽃으로 청춘을 보여주다가 시들고 꺾여서 땅속으로 썩어 사라지는 것들을 보면 인간은 자연 그 자체이며, 또는 일부라 느껴진다. 우리는 지금 일부러 자연을 찾아 다니지만 사람은 원래 자연 속에서 힘껏 살아가던 존재이다. 자연을 찾아 다니는 것이 아닌 함께하는 기쁨을 갖고 싶다. 내 자신에게 더 없이 충실해지려면 자연은 없어서는 안 될 존재이다. 서귀포는 아빠의 엄마, 나의 할머니가 태어나고 자란 고향이다. 그곳에 가면 아빠를 다시 만날 수 있을까.

다시 같이 살자

다시 명절이 찾아왔다. 명절이 오면 여전히 아빠의 빈자리가 너무 크다. "새해 복 많이 받으세요" 절하는 나와 두 아이들 앞에 엄마밖에 없는 모습은 여전히 낯설다. 스스로 빈 옆자리를 느끼고 있을 엄마의 눈을 맞추는 것이 왠지 미안해서 우물쭈물 하게 된다. 빈자리, 쓸쓸한 눈빛, 태연한 척하는 엄마 미소는 이제부터 내가 감내해야 할 슬픔이고 살펴 돌봐야 할 존재라는 것을 안다. 살아오면서 지금껏 명절마다, 생일마다 건넸던 "건강하게 오래오래 사세요"란 내 인사는 교과서에나 나오는 감흥 없는 인사말이었는지 모른다. 지금처럼 그 인사가 간절하고 진심이 되려면 한 부모를 잃어야 되는 거였나 보다. 하늘나라에도 새해가 있다면, '아빠 새해 복 많이 받아. 하늘나라에서 만나면 우리 진짜 건강하게 오래오래 다시 같이 살자.' (2018.2.16.)

직시

삶의 유한성을 직시하면 그다지 많은 것을 원하지 않게 된다. 아빠는 죽음을 두려워하지 않았다. 바라는 것도 없었다. 사람이 사는 동안 '지금이 천국이지', '이곳이 천국이지'라고 말할 수 있는 사람이 과연 몇이나 될까. 정말 극소수일 텐데 아빠는 그런 극소수 중 한 명이었다. 살아계셨을 때 아빠는 지금이 천국이라고 했다. 그 말을 들었을 때 아빠는 참 행복한 사람이구나 생각했고 감탄했었다. 죽지 않아도 천국을 만나고, 천국에서 살고 있던 아빠는 스스로의 삶에 자족하는 정말 멋진 사람이구나 생각했다. 언제나 딸인 내 걱정은 하나도 되지 않는다고 했다. 자식에 대한 걱정 없이 죽을 수 있는 사람도 있나. 아빠가 그랬다. 아빠는 내가 너무 잘 자라줘서, 지금도 혼자 잘 해내고 있어서, 좋은 사람도 만나 잘 살고 있으니 늘 아무런 걱정이 되지 않는다고 했다. 아빠가 살아 있는 동안 내가 아빠의 마음에 천국의 자리 한 켠을 내어 줬던 것일까. 나는 아빠의 죽음에 너무 크게 후회하며 자책하지 않아도 되는 걸까. 참으로 신기한 것은 시간이 지나면서 나도 조금씩 지금이 어쩌면 가장 살 만한 때는 아닐까 생각한다는 것이다. 언제나 바로 지금이 가장 만족할 만한 좋은 때가 아닌가 하는 생각이 든 것이다. 천국까지는 안 되더라도 말이다.

죽음의 계기

사람은 한 가지 병이 아닌 결국 신체기능의 종합적 무너짐으로 죽음에 이른다. 아파야 죽는 것이다. 아빠는 늙은 사람이었고, 늙어가는 사람은 곧 멀지 않은 시간에 죽음을 맞는 게 당연한 이치이지만 아빠의 죽음을 정말 내 것으로 받아들이기 위해서 나는 나름대로의 나만의 죽음의 이론을 찾거나 만들어내야만 했다. 사람이 신체기능의 쇠락으로 언젠가 한번은 죽는다면 그것은 병 또는 사고로 인한 망가짐일 수 있다. 어쨌든 죽음에 이르기 위해, 신체기능이 쇠락하는 하나의 계기를 만나야 하는 것이다. 죽기 위한 계기라니. 하지만 이것은 내게 가장 그럴 듯 하게 다가왔다. 왜 병에 걸렸을까, 왜 사고를 당했을까, 그 '왜'에 대한 정신 없고, 대책 없는 집착을 그만뒀다. 사람은 누구나 죽는다. 죽으려면 아파야 한다. 병 또는 사고를 만나야 한다, 아프지 않는데 멀쩡한 신체 상태로 죽는 사람은 없다라는 아주 간단 명료한 사실들에 차근차근 이르렀다. 어떤 사람은 죽고, 어떤 사람은 불로장생한다면, 내 아빠가 병에 걸려 죽는 것이 절대로 용납되지 않아 '왜'에 집착하는 것이 맞다. 하지만 누구나 죽기 때문에, 죽을 계기가 필요하구나란 단계적으로 명료한 원칙에 도달하니 내 정신은 조금 나아졌다. 어떤 사람은 암으로, 어떤 사람은 교통사고로, 아빠도 그처럼 아빠만의 병을 만나 죽을 수 있었던 거다. 이 접근이 내게 훨씬 더 쉬웠다. 언제 죽느냐의 문제는 억울할 여지가 있는 이슈이나, 마흔에 죽든, 일흔에 죽든, 백 살에 죽든, 그 나이에 죽음을 맞이한 것은 인간의 영역이 아니며, 그 나이는 그것으로 한 인간의 인생이 완성되는 것이다.

아주 편안한 죽음

시몬 드 보부아르가 쓴 〈아주 편안한 죽음〉 책을 읽었다. 그녀의 엄마가 죽기 전 마지막 몇 주를 기록한 에세이에서 그녀도 말했다. **사람은 태어났기 때문에, 명이 다 했기 때문에, 늙었기 때문에 죽는 것이 아니다. 사람은 무엇인가에 의해서 죽는 것이다** 그 무엇인가란 내가 이해했던 죽을 계기와 비슷한 맥락이 아니었을까 생각한다. 암, 혈전증, 폐렴 같은 질병, 교통 사고, 자살, 살인. 그런 죽게 된 계기 말이다. 자살이나 살인에 의한 사망도 결국은 신체의 기능이 망가지며 죽는 것이다. 우리가 그저 바라는 게 있다면, 자살이나 살인, 교통사고에 의한 날벼락 같은 비극적 죽음이 아닌, 인간 평균 수명을 잘 살다가 신체의 노쇠로 자연스럽게 죽길 바라는 것뿐이겠다. 암이든 급성심혈관 질환이든, 심장병이든 뇌졸중이든 각 사람에게 찾아온 병을 만나는 건 그래서 너무 억울하고, 재수없는 일이 아닌, 그 또한 그저 자연스러운 일로 받아들이려는 자세가 필요하다.

경고

이집트인들은 가장 맛있는 음식이 나오는 연회가 무르익는 절정의 때에 죽은 이의 해골을 가져오게 해서 잔치하는 이들에게 죽음의 경고로 삼았다고 한다. 매순간, 죽음을 염두하며 살라는 의미였다. 그렇게 해골을 보여줬다 한들 이집트인이라고 죽음을 일상에서 늘 염두하며 살았을까. 그러지 않았을 것이다. 죽음을 준비하며 살아도 대부분의 인간에게 죽음은 언제나 천지개벽처럼 갑작스럽다. 그것이 죽음의 본질을 설명할 수 있는 가장 큰 특징일 테니. 다행인 것은 아빠의 죽음을 겪고 적어도 나는 죽음을 매우 가까이 느끼고, 죽을 수 있다는 사실을 싫어도 매사에 염두하며 살게 되었다. 아빠가 지금 세상에 없다는 것을 아직도 깜짝깜짝 놀라며 새 사건처럼 인지하고, 다시 처음으로 돌아가 다시 죽음을 느끼고, 다시 처음부터 죽음을 배운다. 나는 그 사실이 너무 다행이란 생각이 든다.

큰 그림

좀 더 어른이 되면서 아빠를 포함한 내 인생의 큰 그림은 없었다. 나는 내 아이들을 포함한 내 인생의 큰 그림을 매일같이 그리고 사는데, 내 아빠를 포함하는 그림은 어느 순간부터였을까, 내 인생에 없었던 것 같다. 그것은 인생의 섭리처럼 자식이 부모가 되는 순간 자연스럽고 당연한 순리 같은 걸 수도 있겠으나 그걸 인지한 순간 마음이 너무 아팠다. 부끄러웠다. 부모란 내게 있는 것이 당연한 것이었고, 나는 그 보호 아래, 서둘러 인생의 도전을 하고 개척해 가야 하는 사람이어서 삶은 정신 없이 흘렀고 너무 바빴다. 그런데 내 인생에서 완벽하게 아빠가 빠져버리고 나서야, 아빠와 함께 하지 못했던 일을 수십 수백 번씩 후회하고, 이제서야 아빠랑 하고 싶은 일의 목록을 떠올리기 바쁘다. 아빠가 한 번도 나의 전부가 아니었으면서 아빠가 마치 나의 전부였던 양, 세상을 잃은 듯 슬퍼하는 내 모습을 보면 한숨이 푹푹 난다. 내 스스로가 싫어질 때가 있다. 자식은 다 그런 것이라며 마음의 자책을 내려놓아도 되는 것일까. 나는 언젠가 또 만나게 될 엄마의 죽음에 대해서도 생각한다. 이제는 엄마를 내 남은 인생의 큰 그림 속에 또록또록 하게 그려 넣는다. 어떤 색깔로 어떤 텍스쳐로 색칠해 나갈지를 매일 생각한다.

특별한 안내자

나는 매일 죽음이란 것에 대해 생각한다. 죽음에 갇혀서 살고 있다는 뜻은 전혀 아니다. 죽음은 내게 하루 하루를 더 잘 살게 해주는 유일한 삶의 주제가 되어 있다. 이제 하늘로 떠나 간 아빠는 내게 하늘에 떠있는 별처럼 똑같이 빛나 보인다. 인생에는 길을 가르쳐주는 지도도, 도로 위의 좌표도, 지금은 잠깐 멈추라는 빨간 신호도, 이제는 가라는 초록 신호도, 주의를 꼭 한번 살피며 가라는 점멸신호도 없지만 나는 이제 내 삶에서 길을 잃을 수도 나쁜 삶을 살 수도 없다. 갈 길을 잃고, 나 자신을 점점 잃어갈 때, 눈을 감으면 하늘과 우주에 닿는 내 마음이 아빠를 만난다. 아빠를 생각하면 나쁜 생각, 부정적인 마음들이 구별되고, 점점 희미하던 답이 또렷하게 길을 만들어 낸다. 죽음은 어쩌면 참 멋진 안내자이다.

혼밥

은퇴 후에도 아빠는 강단에 지속적으로 섰기 때문에 아빠는 노년의 시간을 학생들 곁에서 아름다운 백발의 노교수로 오랜 시간을 보낼 수 있었다. 아빠는 많은 날, 혼자 식사를 했다. 나는 한참 일의 전선에 뛰어 들어 바쁠 시기였고, 이제 시작하는 가정이 있었고, 키워야 할 꼬물꼬물한 아이도 있었다. 아빠와 13살의 큰 나이차가 나는 엄마 역시 한참 강단에 설 때였고 은퇴까지도 많은 시간이 남아 있었다. 친정 오빠는 20년 가까운 시간을 미국에서 보내고 있었다. 그런 동안 아빠는 엄마가 차려둔 식사를 혼자 먹기도 하고, 가끔은 내가 가서 차려 드린 식사도 혼자 했다. 무엇을 차려드려도 맛있게 감사히 먹던 아빠였다. 가끔 바빠서 내가 식사 차리기에 허둥지둥한 모습을 보이면 "내 밥 신경 쓰지 말고 어서 가, 내가 챙겨 먹으면 되는데 어서 가"라며 현관 앞까지 나를 배웅했다. 현관 앞에서 아빠는 아빠 특유의 말투로 고맙다란 단어 대신에 "감사하다"라고 말하며 웃곤 했다. 아빠랑 같이 한 번만 더 밥을 먹을 수 있다면 나는 얼마나 행복할까. 돌아오지 못할 식사 시간, 아빠는 다시는 만나지 못할 나의 식사 파트너가 되어 있다.

회상

아빠와 이별하고 나니, 사라지고 잊혀졌던 내 모든 유년의 기억이 천천히 나를 찾아온다. 그 시대의 아빠들이 그랬듯 아빠는 너무 바빠서 우리 자랄 때의 기억이 별로 없다며 미안해 했지만 나는 아빠와의 추억이 너무 많다. 아빠가 했던 말들, 아빠가 보여줬던 제스처와 행동들을 생각하면서 그 안에서 따뜻한 메시지나 교훈 같은 것을 찾아내려고 유년의 시간을 자주 회상하게 된다. 엄마도 젊은 청춘의 시절에 마음 설레게 했던 아빠와의 추억을 내 앞에 펼치며, 마치 그때가 지금인 듯 설렘과 존경을 수다로 풀어내곤 한다. 7년이라는 긴 기다림의 시간 끝에 그렇게 소망했던 결혼을 하고 얻게 된 나는 아빠에게 얼마나 기적 같고 소중한 딸이었을까. 내 아이가 내게 그렇듯, 나도 아빠가 살기 위해 필요한 삶의 동기였으며, 기쁨의 근원이고, 사랑 그 자체였을까?

2016.8.29 문자

나: “잘자 엄마, 행복하자”

엄마: “네가 내게 크고 아름다운 힘의 샘이자 산이야”

모른 척

삶에는 끝이 있다. 죽음을 늘 추상적으로만 알았으나, 결국 엄연한 리얼로 인생에 그 얼굴을 들이민다. 운명이란 게 진짜 있다면 운명 중 100% 확실하게 일어나는 사건은 모두가 죽을 운명이라는 것뿐이지 않은가. 죽음에 대해 인간이 논할 수 없는 게 있다면 '언제' 죽게 되느냐일 것 같다. 사람은 죽는 그 '언제'를 죽는 그 순간까지 알 수 없다. 죽음은 언제나 그다지 유쾌한 주제가 아니었기에 사람들은 눈을 질끈 감고 모른 척 회피하며 계속 살아간다. 과거의 나도 그랬지만, 지금의 나는 이제 그러지 않는다.

서로를

나는 핸드폰 속에 아빠의 죽은 모습을 저장했다. 시신이 된 아빠의 사진을 보는 게 여전히 전혀 무섭지 않다. 화면이 스크롤 되면서 아빠의 사진을 찾아나갈 때 나는 여전히 가슴이 두근거리고 반갑고 보고 싶고 슬프고 애틋하고 그립고 후회스럽다. 그 고요하고 평온했던 아빠의 하얀 얼굴을 핸드폰 액정 위에서 닳도록 매만진다. 언젠가 엄마가 해줬던 말이 생각난다. 내가 어린 나이에 뉴욕으로 유학을 떠나고 오랫동안 돌아오지 않았을 때, 어느 날 아빠 서재에 들어서니, 아빠가 컴퓨터 바탕화면 속에 깔아둔 나의 사진을 한참 쓰다듬으며 바라보았다고 한다. 우리는 그렇게 살면서도 죽어서도 서로를 쓰다듬고 그리워하는 가족이다.

잔인한 마술

만남의 안녕이 있었으면 작별의 안녕이 반드시 온다. 사실은 태어난 순간부터 사람은 죽음을 향해 점점 다가가는 것이고, 출생이 있는 그 순간부터 죽음도 시작된다는 것은 너무 당연한 사실이다. 삶은 참 잔인하게도 사람들에게 그 사실을 일단 망각하게 하고 살아가게 한다. 그러다 시간이 없거나, 너무 촉박하거나, 아슬아슬할 때 망각의 마술을 서서히 풀어준다. 어느 책에서 한 인물이 죽음을 앞두고 했다던 말이 생각난다. "훌륭합니다. 끝 악장이 조금 빠른 것 같았지만" 죽음은 늘 그렇게 급작스럽고 빠르게 진행되는 속성을 지녔나 보다. 아빠의 끝 악장은 그 누군가의 끝처럼 너무나 빠르게 진행되었단 생각이 든다.

그때

처음 보는 레지던트가 심폐소생술 동의에 대해 물어왔었다. 아주 급격하게 상황이 돌아가면 심폐소생술을 진행할 수 있는데, 그때는 가족의 동의가 필요하고, 그때는 동의를 받을 시간이 거의 없을 때이며, 그때를 위한 것이라고 했었다. 그때가 그렇게 오고 말았었다. 심폐소생술은 마지막 단계인 걸까? 나는 너무 무섭고 몸이 벌벌 떨려 사촌오빠에게 전화를 걸었었다. 아빠는 8형제 중 막내였고 아주 늦은 나이에 나를 낳았기 때문에 큰아버지의 아들인 사촌오빠는 나이가 아주 많은 어른이었지만 나는 오빠를 가깝게 느꼈고 잘 따랐다. 사촌오빠는 서울대 치대를 나와 90년대부터 치과의를 하고 있었는데 아빠가 유일하게 인정하는 안 아프게 치료를 하는 의사였고, 내가 연락할 수 있는 유일한 의사였다. "오빠 심폐소생술을 지금 한데요. 어떻게요. 이제 어떻게 되는 거예요?" 자정이 다 되가는 늦은 시간의 내 전화, 심폐소생술이란 단어, 사촌오빠는 아마 알았을 것이다. 오빠도 의사니 알았을 것이다. 걱정하지 말라고 또박또박 내게 말해주면서도 오빠는 아빠의 마지막을 알았을 것이다. 전화기 저편 나에게 힘을 실어주면서도 느껴지던 오빠의 쓸쓸한 기운을 나는 느꼈다. 하지만 따뜻한 목소리는 나의 두려움을 조금 물러나게 해주었던 것 같다. 두려워했던 순간이 결국 올 거란 것을 나도 이미 알고 있던 것 같다.

죽음의 윤기

괴테는 **소망이란 자신 안에 있는 능력의 예감**이라고 했다. 내가 잘 견디어 낼 거라는, 나를 한번 믿어보는 믿음은 모든 종류의 상실에 대한 대처에 적용된다. 내가 다시 현명하게 삶에 뛰어 들고, 바른 도전을 하고, 나의 쓸모에 대해 존중하고, 내 자신이 도전 앞에 더 곧게 서도록 나를 믿어야 한다고 계속 설득한다. 세상에 만연한 수천 종류의 우울함이 유혹을 하고, 정립했던 가치관을 망가트리는 수많은 헷갈림 속에서 제발 꿋꿋하고 건강하게 잘 버티자고 다짐한다. 나의 첫 번째 큰 상실은 아빠의 죽음이었지만 죽음은 윤기 있고 깊이가 있는 열매를 맺는 것이란 사실을 조금 더 받아들여 내 것으로 만들 것이다. 나는 여전히 노력 중이다.

아빠의 보살핌

아빠가 떠나고 치과치료를 받으러 사촌오빠에게 가는 국도에 올라서면 이상하게 운전을 하면서 그렇게 눈물이 펑펑 쏟아진다. 이유는 정말 모르겠지만 지극히 멀쩡하다가도 치과로 가는 길만 들어서면 한동안 그렇게 자동적으로 폭풍눈물이 흘렀다. 시내가 아닌 외곽 국도를 타고 가느라, 시내보다 산들도 조금 더 보이고, 하늘도 왠지 더 드높고, 푸르른 과천 숲들, 넓은 들판도 지나가서 일까? 높은 빌딩에 듬성듬성 하늘이 가려지는 방해 하나 없이 뻥 뚫린 하늘에서 아빠가 내가 운전하는 차를 시원하게 안내하며 지켜주며 따라 오고 있다는 느낌이 매번 들었다. '아빠, 그곳은 모든 길이 막힘 없이 뻥 뚫린 시원한 곳이겠죠?'

그대로 있는

아빠 서재에 들어갔다. 책상 위 작은 달력이 더 이상 넘겨지지 않고 아빠가 병원으로 실려가던 2016년 8월에 멈춰 있다. 아빠가 매달 한번씩 주치의를 만나러 가야 했던 병원정기 예약 날짜에는 동그라미가 그려져 있다. 그 동그라미가 말하는 것은 건강하게 살려고 노력했던 아빠 일상의 증표일 테니 마음이 참 아프다. 아빠 서재를 괜히 천천히 잠시 어슬렁거리다가 급히 나왔다. 늘 나를, 어느 날은 나와 내 딸을, 어느 날은 나와 내 딸, 내 아들을 현관에서 배웅해주던 현관 앞의 아빠 모습, 아빠의 미소, 허허거리던 웃음소리가 너무 진하게 내 머릿속에 각인되어 있다. 지금은 엄마가 혼자서 그렇게 나를 배웅해 준다. 엄마가 배웅을 해줄 때면 엄마 옆의 빈 공간에서 어렵지 않게 아빠의 얼굴을 볼 수 있다. 아빠는 그 자리에 그렇게 또렷하게 서 있다.

안내자

〈라이언킹〉 심바의 아빠, 〈굿다이노〉 알로의 아빠, 〈니모를 찾아라〉 니모의 아빠, 〈갓파쿠의 여름방학〉 갓파쿠의 아빠. 아이들과 에니메이션을 보다 보면 나도 아빠를 만난다. '너희들도 참 좋은 아빠가 있었구나. 그런 좋은 아빠와 행복하게 살았고, 어느 날 그 멋진 아빠를 잃었구나. 아이들에게도 적절한 시기에, 죽음에 대한 적절한 안내자가 필요하겠지. 죽음은 나처럼 성인이 되었을 때도 찾아오지만, 유년기일 때도 찾아오니까.' 전쟁과 기근으로부터 벗어나고, 의학이 발달해 평균 수명이 늘어나면서 사람들은 죽음에 대한 준비를 잘 하지 않게 되었다. 옛날에는 남편과 어린 아들을 전쟁터로 보내야 했고, 아이를 낳으면서 엄마도 아이도 자주 죽었다. 병을 앓아도 고칠 돈도 없었고, 고칠 방도도 없어 일찍 죽어가는 사람이 부지기수였기에 언제나 죽음을 대비해야 했고, 죽음에 대한 이해와 성찰이 아픔의 삶을 극복하고 다시 이어가게 했을 것이다. 죽음은 그렇게 일상이기에 삶과 같이했고, 삶 한 가운데 있었는데, 현대의 죽음은 삶의 밖에 또는 삶의 끝에 있다.

토끼와 거북이

모든 일상이 꽤 단조로워지고 바라던 소망도 점점 단순해지는 길 위를 걸어가고 있다. 모든 것이 다 부질 없다는 듯이 유행처럼 느리게 살고 싶은 마음은 전혀 없다. 느리게 살아질 때도 있고, 숨 가쁘게 달리고 싶을 때도 있을 것이다. 다만 지금은 조금 느리게 걷고 싶은 마음이 강해진 시기일 뿐인지 모르겠다. 목표하는 것이 행복한 삶에 있다면, 토끼처럼 빠르게 달려가도 그 언덕에 오르고, 거북이처럼 느리게 걸어도 결국 그 언덕에 올라가 있을 것이다. 토끼가 되어도 좋고, 거북이가 되어도 좋다. 아빠의 주름 박힌 이마에 손을 얹고 간절한 기도를 하고, 아빠의 차갑게 퉁퉁 부은 발을 모든 기운을 담아 주무를 때, 내 인생에 중요하지 않은 모든 바람들은 천천히 떨어져 나갔다. 오히려 바라는 것들이 단순해지고, 바라는 것들의 수가 줄어들길 바랐다. 그것이 아빠의 죽음의 대가로 이루어질 것이라고 생각해 본 적은 단 한 번도 없었다.

잃은 자와 잃지 않은 자

나보다 앞서 죽음에서 온 상처와 슬픔을 겪어본 사람은 내가 느낀 그저 막막함, 그저 쓸쓸함을 잘 알겠지……. 나는 그들의 글을 참 많이 읽었다. 나도 이제 사랑하는 사람의 죽음을 겪어낸 선배가 되어버렸다. 한동안 내게 세상의 사람들은 부모를 잃은 사람과 부모를 잃지 않은 사람으로 나뉘었다. 부모를 잃은 군에 속하게 된 나는 누군가에게 혹시 위로나 힘을 줄 수 있지는 않을까. 나의 역할을 무엇일까. 결국 죽음은 슬픔만을 남기지 않고, 갖가지 보물을 남긴다는 사실을 어떻게 전달할 수 있을까.

마지막 성장, 마지막 자유

죽음학의 대가 엘리자베스 퀴블러 로스는 죽음은 마지막 인간이 성장할 기회라고 했다. 살기 위해서 읽으라던 몽테뉴는 죽음이 어디서 우리를 기다리는지 알 수 없으니 어디서든 죽음을 기다리자. 죽음에 대해 미리 생각하는 것은 자유에 대해 미리 생각하는 것이다라고 했다. 이젠 너무나 이해하는 말.

마지막 호미질

인간에게 지복(至福)은 행복하게 죽는 것이 아니라, 행복하게 잘 사는 것이다. 재미있게 읽던 책의 마지막 페이지를 다 읽지 못했어도, 심어 두었던 구근에서 튤립이 피는 것을 보지 못했어도 아무런 상관이 없다는 생각이 들 때 죽음이 온다면 참 열심히 산 삶, 그리고 편안하게 죽는 죽음이겠거니 생각해 본다. 어느 때처럼 소파에서 책을 읽다가 잠시 책을 엎어둔 채 낮잠에 빠진 듯, 마당에서 호미질을 하고 있다가, 호미를 땅에 놓아두고 그때 죽음을 맞이 해도 괜찮다면 가장 잘 살아온 삶이 아닐까. 결국 인간은 인류의 역사를 걸쳐 평생 가장 무서워했던 죽음의 공포를 뚫고 지나간 존재가 될 거다. 이천 년 전의 사람들이 지금 21세기를 상상도 할 수 없던 것처럼, 아빠가 간 저 하늘나라의 세상도 난 지금 상상할 수가 없다. 하지만 아빠가 먼저 가 있을 곳이란 생각에 그곳은 참으로 좋은 곳, 나를 반겨줄 아빠가 있는 너무 아름답고 멋진 곳, 그래서 어렴풋이 죽음이란 경험이 조금은 덜 두려워진 것이 사실이다. 짙게 고뇌했던 아빠의 죽음은 나를 이롭게 하는 값진 경험일 수밖에 없다.

흡족한 삶

단풍나무, 너도밤나무, 참나무, 무화과 나무, 물푸레 나무, 느릅나무 등의 거목들은 늙어서도 성장을 멈추지 않는다. 수백년 수령의 나무를 보는 것은 나무를 잘 모르는 사람에게도 너무 근사한 것 같다. 조금 더 훗날, 어떤 모습이 내 쇠락의 풍경이 되면 좋을까. 어떤 방향이 최고로 행복한 노년의 노선일까. 모든 것이 완벽히 제자리를 찾고, 균형을 잡고 있으며, 모든 것이 부족없이 빼곡히 채워져 있는 삶보다는 조금은 불편하고 모자란 듯 살아가는 것이 어쩌면 가장 편안하고 흡족한 삶일 거라는 생각은 든다. '마음의 욕심이 줄어들었구나' 스스로가 확인했던 순간은 잡히지 않는 먼 세상의 크고 비싸고 대단한 것들이 별로 신경 쓰이지 않고, 주변의 아주 작고 값없고 소소한 것들이 더 없이 예쁘고 좋아지는 순간이 늘어나던 때이다. 시멘트 벽을 뚫고 자라는 민들레 같은 것.

영원할 것처럼 사는

죽음보다 가혹한 것은 오히려 사는 것일지도 모르겠다. 순간이동처럼 한 순간에 사라지면 끝인 죽음의 고통보다 영원할 것처럼 사는 동안 결코 사라질 것 같지 않은 고통이 인간에겐 더 잔인하고 길게 느껴지기 때문이리라. 불과 얼마 전까지만 해도 내게도 죽음은 뿌연 안개 뒤에 가려 보이지 않는 것이었고, 먼 미래지만 어쨌든 지금 당장은 아니기에 중요도가 현저히 떨어지는 추상적인 개념일 뿐이었다. 나를 찾아온 첫 죽음의 경험이 가장 사랑한 아빠였다는 사실은 어떤 면에선 비극일지도 모르겠다. 하지만 애도의 시간을 보내며 내가 인정했던 것은 그 경험이 그렇게 사랑한 아빠여서 너무나 다행이었다는 것이다. 아빠였기 때문에 죽음에 대해 최대한 바른 마음가짐을 가지고, 옳은 방향을 찾으려고 노력했다는 사실 때문이다. 개인적으로 간절한 바람은 아빠의 죽음으로 인해 나는 전보다는 나은 사람이 되고 싶다는 것. 해가 갈수록 나는 죽음에 대한 더욱 성숙한 정의를 만들고 싶다. 더욱 존엄하고 아름다운 죽음의 가치를 계속 발견해 나가고 싶다.

해우

흘러가는 것은 희석된다. 아빠를 잃은 슬픔은 마치 예고도 없이 발생하는 지진, 그 뒤를 잇는 쓰나미처럼 우리 가족을 찾아온 것과 같았다. 짧은 시간, 좁은 통로를 통해 허겁지겁 밀려 들어와 그만큼 밀도 높게 응축된 슬픔이었다. 모두가 아팠지만 우선 나보다 상대를 위로하고 챙겨주고 싶어했다. 내 내면의 슬픔은 알아서 헤아리려 노력했다. 슬픔을 다루는 일은 언제나 개인의 몫이다. 다행히도 슬픔은 세월이 흘러가는 동안 점점 옅어지고 희석될 것이다. 수많은 권태와 경이를 만나며 살다가 슬픔이 100% 희석될 즈음의 세월이 가면, 그때는 바로 아빠를 만날 시간이 다 되었을 때일 것이다. 우리 가족에게 남겨진 일이란 부끄러움 없이 아빠를 해우할 일 하나이다. 남겨진 나의 가족들도 아빠처럼 좋은 인생으로 끝나길 간절히 기도하게 된다. 내 아이들도 언젠가 다정한 남편과 지혜로운 아내를 만나고, 먼 훗날 엄마인 내 죽음도 성숙하게 받아들일 수 있는 어른이 되어 있기를, 세대를 걸쳐 우리는 또 다시 멋진 해우를 하게 되기를 기도한다.

사랑을 잃고 나는 쓰네

아빠를 잃고 나는 내 마음을 계속 기록한다. 노트북에도, 핸드폰 메모장에도, 플래너의 한 구석에도 내 마음의 상태와 고민, 바람, 기도를 계속 쓴다. 시공간을 가리지 않고 불쑥 튀어나오는 그리움과 울컥하는 나의 슬픔을 달랠 수 있는 유일의 방법은 그처럼 똑같이 시공간을 가리지 않고 언제 어디서나 할 수 있는 쓰는 행위뿐이었기 때문이다. 시간이 지나갔으니 이제쯤 괜찮을 거라고 짐작하는 타인에게 아직도 내겐 계속 진행형인 아빠의 이야기를 말하는 일이 결코 쉽지가 않아서 쓰고 또 썼다. 마무리 되지 못한 내 슬픔에 대한 미안함일까. 아직도 슬프다는 사실을 이해 받지 못할까 봐 눈치를 보는 것일까. 그건 사랑하는 사람을 떠나 보낸 사람만이 알 수 있는 심정일지 모르겠다. 쓰는 모든 행위의 중심엔 늘 아빠의 얼굴이 함께했다. 쓰면서 아빠를 만나는 일은 한번도 어김없이 마음이 고통스러웠다. 하지만 아빠를 만나는 고통보다 더 큰 그 설렘을 어떻게 설명할 수 있을까. 나는 쓰면서 온 힘으로 아빠를 끌어 안는 것만 같아서 쓰기를 그만둘 수가 없다. 지금 아니면 언제라도, 내가 살며 한번쯤 해야 하는 일이 아니었을까.

안위

아빠가 세상에 존재하지 않아 아빠를 살려달라는 기도는 더 이상 필요 없어졌고, 아빠의 건강을 위한 기도도 이제는 하지 않지만 신기하게도 아빠의 안위를 위한 기도가 계속된다. 그것은 아빠를 다시 만나고 싶다는 소망, 아니 소망을 거뜬히 넘어서 당연히 만날 거라는 믿음이 확고해지고 있기 때문이다. "할아버지는 하늘나라에서 지금 뭐할까?"라는 딸의 말에 나도 아빠의 안부가 참 궁금하다. **오늘 네가 나와 함께 낙원에 있으리라** - 누가복음 23:24 성경 말씀을 따라 아빠는 낙원에 있겠지. 여전히 나는 아빠의 안위가 그렇게 궁금하다.

왜 살아 있을 필요가 있는가

인간은 삶의 조건이 견디기 힘들면 힘들수록 자신이 그런 조건 속에서도 왜 살아 있을 필요가 있는지, 자신의 그 고단한 삶에는 도대체 어떤 의미가 있는지를 찾아내야 비로소 삶을 살아낼 수 있는 것 같다. 사람은 살면서 어떤 식으로든 경험이나, 사물, 환경에 의미를 부여하고, 자신을 설득하는 합리화 과정을 끊임없이 반복하며 세상을 여행한다. 그래야 살아갈 수 있다. - 빅터 프랭클, 아우슈비츠 체험보고 〈밤과 안개〉

아빠에게 마지막으로 묻고 싶은 말

아빠…… 삶은 고난이고, 삶으로 인해 고단할 때가 많았겠지만 살면서 행복했었나요? 우리의 사는 삶이 아빠를 잘 살게 했나요? 삶이 내게도 그렇겠지만 삶은 살아야 하는 것 맞지요?

BRAVO

아빠는 무대 위에서 아빠만의 빛나는 긴 공연을 마친 후 대단원의 막을 내리고 조용히 퇴장했다. 우리 가족은 퇴장한 아빠를 보며 눈물을 흘리고 참 슬퍼했다. 다시 아빠의 무대를 볼 수 있다면 정말 얼마나 좋을까. 앙코르를 외칠 수 있다면 얼마나 좋을까. 앙코르를 외칠 수 있다 해도 아빠는 답하지 않을 것이다. 우리 가족은 커튼 밖으로 되돌아 나오지 않을 아빠를 향해 크게 박수를 치며 존경을 보내고 있다. 되돌아 나오라는 앙코르 대신 수고했다고 브라보를 외치는 것으로 아빠가 떠난 자리를 여전히 지킨다. '아빠 브라보. 아빠 브라보, 아빠 브라보.'

할아버지

EPILOGUE

그리고 이제

아빠를 매일같이 그리워하면서 나도 이제 언젠가 나의 아이들에게 매일같이 '그리울 부모'가 되기로 다짐한다. 역사 이래 죽음은 어떤 개인에게도 멈춘 적이 없었고, 먼 훗날 내가 그들과 똑같이 죽음을 겪은 후에도 죽음은 또 계속 될 것이다. 그래서 나는 어쩌면 너무 큰 욕심이면서도 내 인생의 가장 큰 영광이 될 목표를 가지기로 했다. 그리울 부모가 된다는 목표는 보이지 않는 저 먼 하늘로 아빠를 떠나 보내고 내가 발견한 죽음의 열매 중 가장 아름다운 한 알이다. 아빠가 나에게 좋은 죽음의 본보기를 보이고 떠났듯이 나도 그러기를 준비하고 희망한다. 나는 며칠 후에 죽을 수도 있을 테고, 50년 후에 죽을 수도 있다. 나의 죽음은 내 아이들에게도 똑같이 큰 상실과 부재의 아픔을 주겠지만, "딸아, 아들아, 죽음은 끝이 아니라 하늘나라로 간 부모와 같이 사는 아주 새로운 국면의 삶이란다. 엄마가 그 시간을 똑같이 겪었으니 너무 두려워하지 말아."라고 꼭 말해 주고 싶다. 쓰지 않았다면 어디론가 흩어져버렸을지 모를 내 슬픔과 애도의 시간들이 기록으로 남았으면 좋겠다고 생각한 유일한 이유도 내 아이가 언젠가 만나게 될 슬픔을 견디는 시간에 이 글이 큰 위로와 희망, 다시 살아갈 방향의 실마리가 되어주길 바라기 때문이다. 지금 그리운 부모가 있고, 내 자녀들에게도 그리울 부모가 되고 싶다는 바람은 어떤 인간의 죽음도 헛되게 하지 않을 것이라 믿는다.

한 알의 밀이 땅에 떨어져 죽지 아니하면 한 알 그대로 있고 죽으면 많은 열매를 맺느니라 _ 요한복음 12장 24절

국립중앙도서관 출판예정도서목록(CIP)

나의 차례가 왔습니다 : 사랑하는 가족의 죽음, 그 잃음의
과정과 그리움의 편린들 / 전수영 기록. — [서울] : Andante mother,
2018
p. ; cm

ISBN 979-11-954958-6-3 03810 : ₩14000

수기(글)[手記]
사망[死亡]

818-KDC6
895.785-DDC23 CIP2018021884

나의 차례가 왔습니다

초판 1쇄 발행일 2018년 08월 06일
초판 2쇄 발행일 2019년 02월 06일

기획 전수영 ANDANTE MOTHER
발행 ADANTE MOTHER
디자인 형태와내용사이
인쇄 책만들기
등록 2011년 06월 10일 제 2014-000080호
주소 (63569) 제주특별자치도 서귀포시 서호동 안단테마더
홈페이지 www.andantemother.kr
전자우편 andante_info@naver.com
ISBN 979-11-954958-6-3 03810
정가 14,000원

• 이 도서의 국립중앙도서관 출판예정도서목록(CIP)은 서지정보유통지원시스템 홈페이지(http://seoji.nl.go.kr)와 국가자료공동목록시스템(http://www.nl.go.kr/kolisnet)에서 이용하실 수 있습니다. (CIP제어번호 : CIP2018021884)